U1016490

文学名著欣赏与写作

中国现当代文学名篇赏析

Appreciation and Analysis of Chinese modern and Contemporary Literature

张华林 章 红 编著

WUHAN UNIVERSITY PRESS
武汉大学出版社

图书在版编目(CIP)数据

中国现当代文学名篇赏析/张华林,章红编著.—武汉:武汉大学出版社,2022.8(2024.7 重印)
文学名著欣赏与写作
ISBN 978-7-307-22100-0

Ⅰ.中… Ⅱ.①张… ②章… Ⅲ.中国文学—当代文学—文学欣赏 Ⅳ.I206.7

中国版本图书馆 CIP 数据核字(2020)第 271385 号

责任编辑:唐 伟　　责任校对:李孟潇　　版式设计:马 佳

出版发行:**武汉大学出版社**　(430072 武昌 珞珈山)
(电子邮箱:cbs22@ whu.edu.cn 网址:www.wdp.com.cn)
印刷:湖北恒泰印务有限公司
开本:787×1092 1/16　印张:14.25　字数:335 千字　插页:2
版次:2022 年 8 月第 1 版　2024 年 7 月第 5 次印刷
ISBN 978-7-307-22100-0　定价:55.00 元

版权所有,不得翻印;凡购买我社的图书,如有质量问题,请与当地图书销售部门联系调换。

编者简介

张华林

1990年毕业于复旦大学中文系，后获文学硕士学位。现任教于湖北省某高校，中国财经小说代表作家，曾为中央电视台科教频道节目撰稿人。主要从事诗歌、小说、剧本、文艺评论等创作。曾获湖北省、中国文联和著名网站等重大创作奖励。

主要作品和著作有：

1. 长篇小说《金漩涡》（长江文艺出版社1998年）
2. 大学教材《西方文学史略》（学林出版社1999年）
3. 长篇小说《金漩涡》（2）（花山文艺出版社2001年）
4. 长篇小说《庄家》（报刊连载《长江日报》2003年）
5. 长篇小说《黑手迷踪》（中国电影出版社2005年）
6. 24集电视剧剧本《深呼吸》（2006年）
7. 35集电视剧剧本《楼兰十三骑》（2007年）
8. 大学教材《西方文学名著赏析》（武汉出版社2009年）
9. 大学教材《大学语文》（副主编，南开大学出版社2010年）
10. 长篇小说《楼兰十三骑》获搜狐“中国原创小说大赛”三等奖（春风文艺出版社2012年）
11. 学术专著《从荷马到兰坡》（吉林大学出版社2018年）

章　红

武汉人，生于长沙，毕业于成都理工大学核工系。2005年7月湖北美术学院美术学系研究生毕业。现任教于湖北科技学院艺术学院，主要从事各种艺术讲座、讲座主持和文艺写作，著有《西方文学名著赏析》《从荷马到兰坡》等著作。

将百年兴亡看饱

一

也许不该取这么大一个题目让自己难堪，而是老实巴交地沉浸在文学的小天地里，着眼于这本教材，就事论事地发一通编者的感慨，这样这个序言或许可以写得具体、专业、圆滑一些，然而我竟是那么地不甘心，哪怕是做一个"一低头的温柔"，我都觉得对不起那个风云变幻的伟大时代！

中国现当代文学——可能没有哪一门课程，可以像她这样如此显赫，可以为我们提供如此清晰完整、生动丰富的视角，让我们清楚地打量、了解一百年来中国社会天翻地覆的变化，并且真正意识到：正是百年前那场由文学全方位参与的深刻的社会变革、思想启蒙，才一举奠定了古老中国走向现代化的历史进程，才开启了中华民族伟大复兴的世纪梦想，才保证了今天的中国正在走向世界之巅……

这真的是我接手讲授中国现当代文学时的激动心情！

尤其是在开始编写这本教材时，一直按捺不住内心的冲动，十分庆幸百年前的那场新文化运动终于爆发了！中华民族在跌跌撞撞、抖抖嗦嗦的求索中，一路坎坷，在西方世界漫天的战争阴云里，终于迎来了自己的世纪日出！其实这场"时代觉醒"来得有点晚（已经不能再晚了！再晚可能就错过一段辉煌的历史而永无出头之日），但它毕竟到来了，此刻我们的文学，该以怎样的心跳来描述这个历史性的惊心动魄之时刻呢？

20世纪初年的中国，对于中华民族来说是一个火急火燎的时刻，时不我待！可以说留给中华民族自我觉醒的时间不多了。如果再次错过这样一个宝贵机会，未来中国何去何从确实很难说，更不敢指望百年后的今天，迎来中华民族全面复兴的辉煌。从1840年鸦片战争打开中国的大门，中国的有识之士也曾有过几度"觉醒"：

魏源提出"师夷长技以制夷"，严复翻译《天演论》宣扬"物竞天择，适者生存"的新思想，激发了"洋务派"第一波变革图强运动。曾国藩、李鸿章、左宗棠等人在物质层面的奋发图强，创造了以北洋水师为代表的"强盛"样板，结果在中日甲午海战中又灰飞烟灭；人们意识到只是简单地照搬、仿造别人的强盛，也只是虚有其表、外强中干，于是以康有为、梁启超为代表的"戊戌变法"，试图在文化、思想、制度层面进行变法维新，然而仅仅“百日即告流产”；孙中山的“辛亥革命”只是简单地推翻了清王朝，落下一个内囊空空的中华民国，不知何去何从……

我们的邻国日本，也差不多在相同的时间被西方打破了国门，却在一次痛定思痛的明治维新(1868年)中，全面改向学习西方，短短30年后快速崛起，先后打败了强大的俄国和曾经的中国师傅，跻身世界先进国家行列……

而俄国也发生了震撼世界的“十月革命”(1917年)，开始了伟大艰难的转变。

“沉舟侧畔千帆过，病树前头万木春。”活生生的例子就发生在自己的身边，在这个时间节点上，可以想见中国的有识之士是多么地痛心疾首、忧心如焚！好在伟大的陈独秀脱颖而出，在一片苍茫的大海之上及时而坚定地扬起了新文化运动的风帆，将古老的中华民族踉踉跄跄地推进了现代化的历史进程中……

我想写出这百年文学背后一个民族的兴衰存亡、文人的呼嚎奔走、作家的激奋与忧愁，想郑重描述在“启蒙与救亡的双轮驱动”的历史行进的列车上，迎风飘扬的文学大旗，是如何真实地传导和纪录了一个民族百年的心灵奋斗史。

汉娜·阿伦特曾在《黑暗时代的人们》的序言里，坚定地认为“即使是在黑暗的时代中，我们也有权去期待一种启明(illumination)，这种启明或许并不来自理论和概念，而更多地来自一种不确定的、闪烁而又经常很微弱的光亮。这光亮源于某些男人和女人，源于他们的生命和作品，它们在几乎所有情况下都点燃着，并把光散射到他们在尘世所拥有的生命所及的全部范围……”

陈独秀的“民主”和“科学”、胡适的“白话文运动”、李大钊“布尔什维主义”和“庶民的胜利”、鲁迅入木三分的“国民性”探究、郭沫若呕歌的“自由精神”(《女神》)、巴金倡导“人性平等”的思想观念(《家》《春》《秋》三部曲)、冰心的“爱的教育”(《寄小读者》系列)、茅盾“农村三部曲”(《春蚕》《秋收》《残冬》)对底层社会苦难命运的追究、萧红对“生”的意义虚无式的否定(《生死场》)……

补课，疯狂地补课，将我们千百年来文化传统中欠缺的、不足的、空白的种种思想、观念、思维、意识，一古脑地补上，统统补上，缺什么补什么——新文化运动是对中国现代化的一次大补救！启蒙思想家们雄心勃勃，豪情满怀，一个个像是古代的炼丹师，围绕着新文化运动这个大熔炉，想方设法地配制各种灵丹妙药，恨不得一下子全用在中国这个羸弱的病人身上，“求得大补于民族国家”，奋力自强，以期早日屹立于世界民族之林。

这些急迫的、声嘶力竭的、急功近利的、近似疯子式的“呐喊”，在当时人看来可能有点气急败坏，有些狰狞或极端，不招人待见，极易受到攻击甚至起到相反的效果，但这些呼号或呐喊的背后，无不是揣着一颗焦灼、滚烫的民族自强之心。他们不约而同地试图寻求国家的更完美的出路，尽管在当时那样一个充满寓言式的躁动环境里，这样的愿望和寄托显得过于单纯过于理想化，但它确实提供了一种可能。也正是在这种泥沙俱下、鱼目混珠式的狂暴的启蒙宣传里，新文化运动的效果奇妙地产生了……

20世纪的天空就这样一点点地被点燃，在自给自足的小农经济的温水里沉浮了千年的古老民族慢慢被唤醒。文学是急先锋，诗人作家们是勇往直前的斗士，他们疾风骤雨式的呼号搅动了一江春水，春江水暖——新时代的大幕徐徐拉开！

二

如果将百年前的那场思想解放运动，与今天中国社会天翻地覆的变化关联起来，就会发现它们之间形成了一种完美的映照关系，这样一份丰硕的成果，使得我们不得不重新打量百年前那场伟大的思想启蒙运动，以及新文学在其中扮演的光辉角色。

这样我们就获得了一个基于现代的视角，并且这个视角不会因为历史的卓然前行而模糊，相反它会越来越清晰、强大地表明正是因了百年前的那场声势浩大的思潮，真正开启了中国历史现代化的征程，才有了今天我们期盼已久的硕果。

历史上这样光荣的文学时代并不多见。五千年文明史里不过三次：

第一次是**春秋战国时期**，那是中国社会由奴隶制向封建制过渡的大时代（遵循史学基本论述），时代的大转折掀起一轮又一轮思想风暴，蔚为壮观地形成了中华文化史上的第一个高峰：诸子百家纷纷注书立说，各种理论、哲学、门派分庭抗礼；老子、孔子、庄子、墨子、韩非子、公孙子（龙），群英荟萃，星光灿烂；儒家、道家、法家、墨家、诡辩家，百家争鸣，风云激荡……这是一个为天地立心、为生民立命的宏大时代，一部民族的文化史、心灵史，就这样被用文学和哲学的方式塑造出来！诸子散文成为这一时期成就最高的文学形态。细细品味那一篇篇时代寓言式的作品，就能感受到一个民族的生存经验、智慧、权谋，就潜藏在那些风轻云淡的谈笑或对话中，这时的文学几乎强大到无边无际的程度，这就是所谓的“大文学时代”。

唐宋时期则是中华传统文化的高峰，唐诗宋词堪称典范。“初唐四杰”、大小“李杜”、“唐宋八大家”；田园诗意与边塞激昂轮番演绎，豪放“东坡”与婉约“易安”交相辉映；政治家乃至至尊皇帝，都好以文人的身份出现；得宠的诗人，也能在皇上贵妃面前撒娇买醉；一大帮子文人入则为仕、出则卖文，在两者之间轻盈穿梭……好一派“海上生明月，天涯共此时”的盛世景象。中华文明进化到了一种极致，文学，再一次脱颖而出，被大写出来，成为一个时代最理想的心声表露；诗和词，成为这一时期的思想生活最精致、优美、典雅的体现。

接下来又是一个千年转折，两千多年的封建帝制终结，现代文明冉冉升起。这不是一个自然的过渡，**新文化运动**有如一轮红日，将黯淡的旧世纪、旧文明映照得体无完肤，自惭形秽。但旧文明根深蒂固，决不会自动退出历史舞台，“扫帚不到，灰尘不会自动除掉”，只有把小农经济社会下的种种矛盾、陈腐、落后真真切切展现出来，暴露其根源，才能彻底“清空”旧思想、旧观念，为新文明提供净土或温床。文学，再一次被“端”出来，扮演了这一神奇的角色——这便是这本书里展示出来的部分作家、作品，他们被时代赋予的特殊价值和意义。此刻需要被挑选出来，展示在大家的面前。

三

站在2022年这个时间点上，回首过往的一百年，可以肯定地说，即便是20世纪初年那群最富于激情与创造的梦想家们，也不敢相信仅仅过了一百年，中华民族的复兴之梦已经实现到如此精彩与辉煌的程度。

虽然他们也有自知之明，面对一个残破不堪的中国，几千年的旧传统，因袭已久的落后，不是一副“思想启蒙”的灵丹妙药，几十年上百年的功夫就能见效的，他们许下了一百年两百年乃至更久远的期待，但是心理上谁不盼望药到病除、立竿见影呢？所以他们常常不经意间流露出这种矛盾、焦灼、遗憾的复杂心理，甚至因为播下了种子看不到收获而对自己的作为充满了怀疑或否定——“不少人已认识到文化革新非一朝一夕之功，但仍然囿于视线褊狭，只考虑如何从文化的表面形态着手，却忽略了至为根本的内在精神品性。蔡元培主张‘救国之道，非止一端，根本要图，还在学术’就是显证之一。殊不知抽空价值判断而强调智识的纯粹性，那同样会造就一根自缢的绳索。”（贺奕《中国知识分子的世纪病》）

这类复杂、微妙的脆弱意识在现代作家作品里，都有真切的体现。这便是文学有别于历史的精彩之处，它不只是速写，还提供了细节，甚至是自我否定，让后人得以抚摸他们的痛处，看见真实及复杂性，还原时代的本来面目——这便是我们编著此类教材需要强调的另一面：文学时代性的背后，还有更为真实的人性。

再宏伟的时代，再显赫的文学，最后也必须回到人身上。也只有与普通的现世人生、生活关联起来，文学才能真正体现它自有的、超时代的价值。所以回到“现当代文学”作家作品本身，也是重要的。

“伟大的康德修复了真理的大厦，他的修复方法是：承认人类的意识之中有真理，但认为对象世界之中也有真理，对象世界之中的真理需要通过信仰而相信。康德写了《纯粹理性批判》，详细地解析了人类理性能力的构成，他承认人类只能认知到‘观念之内的存在’，人类建构的真理只是位于人类的观念之中。但在对象世界之中，依然存在着人类不可认知的真理，他取了一个名字叫做‘物自体’。”

这是一种辩证关系，在对象的身上也存在真理。康德的教诲确立了我们学习“现当代文学”的自信。对很多著名作家作品，我们甚至可以降一个维度去理解或认知他们。这也是文学走向普通人的有效方式，不能把一个特殊时期的文学叙事描绘成“高大上”的样子，从而与普通人区隔开来，甚至是望而生畏的存在。

只有这样，才可以帮助我们更好地认识到，脱掉漂亮的时代外衣，除去伟大时代“绚烂于一时的‘五四’衣衫”，剩下作家作品的“本身”，就会发现这一时期的很多著名作家、作品，似乎不如大家想像中的出色、精彩，有点“盛名之下，其实难副”，有些甚至还相当幼稚、粗糙、原始。这是为何？

答案已经藏在书中。在一个突如其来的文学大转折时代，一切都是新的，一切都是未定之数！可以有几个横空出世的大师、奇才，带给我们传世的经典名作；也可以有从旧文学到新文学的“填补空白者”；有半路出家、实力超群的“天外飞仙”（像鲁迅、郭沫若、沈从文等另类人物）；也有科班出身、一鸣惊人的少年天才（像冰心、张爱玲、曹禺等）……他们起点不同、环境条件千差万别，因而对于他们的作品常常是褒贬不一，莫衷一是，然而正是因为这些独辟蹊径的“草莽”、不问出处的英雄、来历不明的“刺客”“杀手”，姹紫嫣红的“小姐”“书生”，才使得现当代文学的百花园峰峦叠起，奇葩盛开，参差不齐，争奇斗艳。个中滋味确实具体而微，一言难尽。诚如《牡丹亭》里那段著名唱词：

原来姹紫嫣红开遍，似这般都付与断井颓垣。
良辰美景奈何天，便赏心乐事谁家院？
朝飞暮卷，云霞翠轩，雨丝风片，烟波画船。
锦屏人忒看的这韶光贱！

一咏三叹之余，一大一小之间，文学的本质和光芒，展露无遗。这才是中国现当代文学的应有景象，也成了新文学、新世纪的坐标。

编　者

2022年3月28日

◎ 备忘录

中国现代史　四个关键时间

1911 年(武昌首义)——辛亥革命

中华民国成立(1912 年)二千多年封建帝制终结

有关“民国”的概念：

☆ 一个曾经被忽视的时代(1912—1949 年)

只有打碎封建帝制，才能开启文明自新之路。这是一个伟大的前提。

☆ 网络上被描述为“浓抹重彩”的一个时代，其实不然。

整个国家、民族一盘散沙的局面没有改变。

☆ 真实的“民国”：松散、积弱、外侮、屈辱、戏剧性。

原有的体系崩溃了，新的体系尚未建立，混乱而自由。

☆ 民国时代的风云人物\社会成就，与沉重的时代比较起来，微不足道。

1915 年《新青年》——新文化运动

现代思想启蒙运动

新文化运动的核心要义：

辛亥革命，打破了封建帝制的躯壳，但只是换了一面旗帜，内囊空空如也。

而新文化运动，算是真正地为这个新瓶子里面，注入了崭新的内容。

有表有里，新时代的一页才算真正开启。

一个新型现代化国家的意识开始萌芽。

思想启蒙两个核心内容：民主与科学（“德先生”与“赛先生”）。
“科学”观念，注入新文明之中，成为民族复兴的真正动力。
另外破旧立新、解放思想，成为新文化运动的时代使命。

普遍的说法是启蒙后来被中断，被耽误；
救亡成为民族的首义，启蒙思潮后来渐渐消散……
其实，政党政治的延续、中国共产党的伟大实践以至于改天换地的创举，开启了民族复兴的辉煌序幕——新文化运动依然在继续！
古老中国开始了现代文明的历史进程，慢慢步入现代化国家行列，才有了今天的伟大复兴。

新文化运动带来最显赫的成果：文学的繁荣。
最意想不到的成果：妇女的独立与解放，真正意义的解放（这个弯转得最快）。

1919年5月4日——五四运动

反帝爱国运动　民族意识全面觉醒

五四运动，大家习惯性地将其视为一个政治概念，这是认识上的一大偏差。
新文化运动与之构成密切的因果和完整的逻辑关系。
《新青年》播下的种子，在五四运动身上开出了花，收获了令人意外的成果。
这次实践证明：启蒙卓有成效！

五四运动最核心的意义——反帝、爱国、救亡，
民族、国家意识开始觉醒。救亡与振兴，成为知识分子的神圣使命。
可以视为对新文化运动思想内容的一大补充。
思想启蒙因此有了更为具体、形象、现实的内容，
因此习惯性地合称五四新文化运动。
当然，五四运动发生在民国时代，它可能对民国构成一种否定，
呼唤更新的体制文明，因而有某种叛逆的因子蕴含其中。

1921年7月1日——中国共产党成立

共产主义的先声　孕育现代文明因子

政党政治是新文化运动的自然延伸！
它不是思想启蒙运动的消解，而是真正改造中国的有力步骤。
它是启蒙从文化思想领域上升到政治层面的伟大转变。
中国共产党的成立，一开始并没有被社会重视，
并且一直被置于共产国际巨大影响之下。
中国共产党的诞生是中国历史的分水岭！
中国走向现代化，真正走出去，面向世界性竞争，
开始占据上风，是在今天，在当下。
一个政党用不到一百年时间初步实现自己的辉煌目标，
人类历史上没有哪一个政党可以有这种能力。

苏联及东欧社会主义国家解体之后，中国仍在西方的体制之外，
探索更适合人类发展的理想道路，打造人类命运共同体，
这条路正在显示出非同一般的价值。
所以对这一事物真正历史性的认知，还在继续……

目　录

序曲　新文化运动 现当代文学之发端

新文化运动时期文学革命概况

一、新文化运动旗手　陈独秀

新文化运动简介

《青年杂志》发刊辞：《敬告青年》

第一讲　陈独秀与《敬告青年》

陈独秀的《文学革命论》

二、胡适与白话文运动

胡适《文学改良刍议》

第二讲　胡适与《文学改良刍议》

白话诗与“白话文运动”

三、鲁迅的“国民性研究”

第一部白话小说《狂人日记》

第三讲　鲁迅与《狂人日记》

《阿 Q 正传》的“国民性探究”

第四讲　《阿 Q 正传》与“国民性”

第一讲　陈独秀与《敬告青年》

◎ 原文鉴赏

敬告青年

窃以少年老成，中国称人之语也；年长而勿衰(Keep young while growing old)，英、美人相勖之辞也，此亦东西民族涉想不同、现象趋异之一端欤？青年如初春，如朝日，如百卉之萌动，如利刃之新发于硎，人生最可宝贵之时期也。青年之于社会，犹新鲜活泼细胞之在人身。新陈代谢，陈腐朽败者无时不在天然淘汰之途，与新鲜活泼者以空间之位置及时间之生命。人身遵新陈代谢之道则健康，陈腐朽败之细胞充塞人身则人身死；社会遵新陈代谢之道则隆盛，陈腐朽败之分子充塞社会则社会亡。

准斯以谈，吾国之社会，其隆盛耶？抑将亡耶？非予之所忍言者。彼陈腐朽败之分子，一听其天然之淘汰，雅不愿以如流之岁月，与之说短道长，希冀其脱胎换骨也。予所欲涕泣陈词者，惟属望于新鲜活泼之青年，有以自觉而奋斗耳！

自觉者何？自觉其新鲜活泼之价值与责任，而自视不可卑也。奋斗者何？奋其智能，力排陈腐朽败者以去，视之若仇敌，若洪水猛兽，而不可与为邻，而不为其菌毒所传染也。

呜呼！吾国之青年，其果能语于此乎！吾见夫青年其年龄，而老年其身体者十之五焉；青年其年龄或身体，而老年其脑神经者十之九焉。华其发，泽其容，直其腰，广其膈，非不俨然青年也；及叩其头脑中所涉想，所怀抱，无一不与彼陈腐朽败者为一丘之貉。其始也未尝不新鲜活泼，寖假而为陈腐朽败分子所同化者，有之；寖假而畏陈腐朽败分子势力之庞大，瞻顾依回，不敢明目张胆作顽狠之抗斗者，有之。充塞社会之空气，无往而非陈腐朽败焉，求些少之新鲜活泼者，以慰吾人窒息之绝望，亦杳不可得。

循斯现象，于人身则必死，于社会则必亡。欲救此病，非太息咨嗟之所能济，是在一二敏于自觉、勇于奋斗之青年，发挥人间固有之智能，抉择人间种种之思想，——孰为新鲜活泼而适于今世之争存，孰为陈腐朽败而不容留置于脑里，——利刃断铁，快刀理麻，决不作牵就依违之想，自度度人，社会庶几其有清宁之日也。青年乎！其有以此自任者乎？若夫明其是非，以供抉择，谨陈六义，幸平心察之。

自主的而非奴隶的

等一人也，各有自主之权，绝无奴隶他人之权利，亦绝无以奴自处之义务。奴隶云者，古之昏弱对于强暴之横夺，而失其自由权利者之称也。自人权平等之说兴，奴隶之名，非血气所忍受。世称近世欧洲历史为“解放历史”——破坏君权，求政治之解放也；否认教权，求宗教之解放也；均产说兴，求经济之解放也；女子参政运动，求男权之解放也。

解放云者，脱离夫奴隶之羁绊，以完其自主自由之人格之谓也。我有手足，自谋温饱；我有口舌，自陈好恶；我有心思，自崇所信；绝不认他人之越俎，亦不应主我而奴他人；盖自认为独立自主之人格以上，一切操行，一切权利，一切信仰，唯有听命各自固有之智能，断无盲从隶属他人之理。非然者，忠孝节义，奴隶之道德也（德国大哲尼采别道德为二类：有独立心而勇敢者曰贵族道德（Morality of Noble），谦逊而服从者曰奴隶道德（Morality of Slave））；轻刑薄赋，奴隶之幸福也；称颂功德，奴隶之文章也；拜爵赐第，奴隶之光荣也；丰碑高墓，奴隶之纪念物也；以其是非荣辱，听命他人，不以自身为本位，则个人独立平等之人格，消灭无存，其一切善恶行为，势不能诉之自身意志而课以功过；谓之奴隶，谁曰不宜？立德立功，首当辨此。

进步的而非保守的

人生如逆水行舟，不进则退，中国之恒言也。自宇宙之根本大法言之，森罗万象，无日不在演进之途，万无保守现状之理；特以俗见拘牵，谓有二境，此法兰西当代大哲柏格森（H. Bergson）之“创造进化论”（L' Evolution Creatrice）所以风靡一世也。以人事之进化言之，笃古不变之族，日就衰亡；日新求进之民，方兴未已；存亡之数，可以逆睹。矧在吾国，大梦未觉，故步自封，精之政教文章，粗之布帛水火，无一不相形丑曲拙，而可与当世争衡？

举凡残民害理之妖言，率能征之故训，而不可谓诬，谬种流传，岂自今始！固有之伦理、法律、学术、礼俗，无一非封建制度之遗，持较皙种之所为，以并世之人，而思想差迟，几及千载；尊重廿四朝之历史性，而不作改进之图，则驱吾民于二十世纪之世界以外，纳之奴隶牛马黑暗沟中而已，复何说哉！于此而言保守，诚不知为何项制度文物，可以适用生存于今世。吾宁忍过去国粹之消亡，而不忍现在及将来之民族，不适世界之生存而归削灭也。

呜呼！巴比伦人往矣，其文明尚有何等之效用耶？“皮之不存，毛将焉传？”世界进化，未有已焉。其不能善变而与之俱进者，将见其不适环境之争存，而退归天然淘汰已耳，保守云乎哉！

进取的而非退隐的

当此恶流奔进之时，得一二自好之士，洁身引退，岂非希世懿德。然欲以化民成俗，请于百尺竿头，再进一步。夫生存竞争，势所不免，一息尚存，即无守退安隐之余地。排万难而前行，乃人生之天职。以善意解之，退隐为高人出世之行；以恶意解之，退隐为弱者不适竞争之现象。欧俗以横厉无前为上德，亚洲以闲逸恬淡为美风，东西民族强弱之原因，斯其一矣。此退隐主义之根本缺点也。

若夫吾国之俗，习为委靡：苟取利禄者，不在论列之数；自好之士，希声隐沦，食粟衣帛，无益于世，世以雅人名士目之，实与游惰无择也。人心秽浊，不以此辈而有所补救，而国民抗往之风，植产之习，于焉以斩。人之生也，应战胜恶社会，而不可为恶社会所征服；应超出恶社会，进冒险苦斗之兵，而不可逃循恶社会，作退避安闲之想。呜呼！欧罗巴铁骑，入汝室矣，将高卧白云何处也？吾愿青年之为孔、墨，而不愿其为巢、由；吾愿青年之为托尔斯泰与达噶尔(R. Tagore，印度隐遁诗人)，不若其为哥伦布与安重根！

世界的而非锁国的

并吾国而存立于大地者，大小凡四十余国，强半与吾有通商往来之谊。加之海陆交通，朝夕千里，古之所谓绝国，今视之若在户庭。举凡一国之经济政治状态有所变更，其影响率被于世界，不啻牵一发而动全身也。立国于今之世，其兴废存亡，视其国之内政者半，影响于国外者恒亦半焉。以吾国近事证之：日本勃兴，以促吾革命维新之局；欧洲战起，日本乃有对我之要求；此非其彰彰者耶？投一国于世界潮流之中，笃旧者固速其危亡，善变者反因以竞进。

吾国自通海以来，自悲观者言之，失地偿金，国力索矣；自乐观者言之，倘无甲午庚子两次之福音，至今犹在八股垂发时代。居今日而言锁国闭关之策，匪独力所不能，亦且势所不利。万邦并立，动辄相关，无论其国若何富强，亦不能漠视外情，自为风气。各国之制度文物，形式虽不必尽同，但不思驱其国于危亡者，其遵循共同原则之精神，渐趋一致，潮流所及，莫之能违。于此而执特别历史国情之说，以冀抗此潮流，是犹有锁国之精神，而无世界之智识。国民而无世界知识，其国将何以图存于世界之中？语云："闭户造车，出门未必合辙。"今之造车者，不但闭户，且欲以"周礼""考工"之制，行之欧美康庄，其患将不止不合辙已也！

实利的而非虚文的

自约翰弥尔(J. S. Mill)"实利主义"唱道于英，孔特(Comte)之"实验哲学"唱道于法，欧洲社会之制度，人心之思想，为之一变。最近德意志科学大兴，物质文明，造乎其极，制度人心，为之再变。举凡政治之所营，教育之所期，文学技术之所风尚，万马奔驰，无不齐集于厚生利用之一途。一切虚文空想之无裨于现实生活者，吐弃殆尽。当代大哲，若德意志之倭根(R. Eucken)，若法兰西之柏格森，虽不以现时物质文明为美备，咸揭橥生活(英文曰 Life，德文曰 Leben，法文曰 La vie)问题，为立言之的。生活神圣，正以此次战争，血染其鲜明之旗帜。欧人空想虚文之梦，势将觉悟无遗。

夫利用厚生，崇实际而薄虚玄，本吾国初民之俗；而今日之社会制度，人心思想，悉自周、汉两代而来，——周礼崇尚虚文，汉则罢黜百家而尊儒重道。——名教之所昭垂，人心之所祈向，无一不与社会现实生活背道而驰。倘不改弦而更张之，则国力莫由昭苏，社会永无宁日。祀天神而拯水旱，诵"孝经"以退黄巾，人非童昏，知其妄也。物之不切于实用者，虽金玉圭璋，不如布粟粪土。若事之无利于个人或社会现实生活者，皆虚文也，诳人之事也。诳人之事，虽祖宗之所遗留，圣贤之所垂教，政府之所提倡，社会之所崇尚，皆一文不值也！

科学的而非想象的

科学者何？吾人对于事物之概念，综合客观之现象，诉之主观之理性，而不矛盾之谓也。想象者何？既超脱客观之现象，复抛弃主观之理性，凭空构造，有假定而无实证，不可以人间已有之智灵，明其理由，道其法则者也。在昔蒙昧之世，当今浅化之民，有想象而无科学。宗教美文，皆想象时代之产物。近代欧洲之所以优越他族者，科学之兴，其功不在人权说下，若舟车之有两轮焉。今且日新月异，举凡一事之兴，一物之细，罔不诉之科学法则，以定其得失从违；其效将使人间之思想云为，一遵理性，而迷信斩焉，而无知妄作之风息焉。

国人而欲脱蒙昧时代，羞为浅化之民也，则急起直追，当以科学与人权并重。士不知科学，故袭阴阳家符瑞五行之说，惑世诬民，地气风水之谈，乞灵枯骨。农不知科学，故无择种去虫之术。工不知科学，故货弃于地，战斗生事之所需，一一仰给于异国。商不知科学，故惟识罔取近利，未来之胜算，无容心焉。医不知科学，既不解人身之构造，复不事药性之分析，菌毒传染，更无闻焉；惟知附会五行生克寒热阴阳之说，袭古方以投药饵，其术殆与矢人同科；其想象之最神奇者，莫如“气”之一说，其说且通于力士羽流之术，试遍索宇宙间，诚不知此“气”之果为何物也！

凡此无常识之思惟，无理由之信仰，欲根治之，厥为科学。夫以科学说明真理，事事求诸证实，较之想象武断之所为，其步度诚缓，然其步步皆踏实地，不若幻想突飞者之终无寸进也。宇宙间之事理无穷，科学领土内之膏腴待辟者，正自广阔。青年勉乎哉！

原载 1915 年《青年杂志》创刊号

一、新文化运动简介

(1)基本背景

辛亥革命后，中华民国虽然成立，但整个民国换汤不换药，只是摘掉了皇帝的帽子，剪掉了那条著名的辫子，其他的一切因循守旧，一如往常，人们一度陷入普遍的失落与苦闷之中。袁世凯刚登上总统宝座，就大搞“尊孔祭天”，提倡尊孔读经，甚至还在进行帝制复辟活动。1912年起，全国各地先后成立了“孔教会”“尊孔会”“孔道会”等，出版《不忍杂志》和《孔教会杂志》等。康有为还要求定孔教为“国教”，宣扬“有孔教乃有中国，散孔教势无中国矣”，他还说：“中国人不拜天，又不拜孔，留此膝何为?”1913年6月袁世凯亲自发表“尊孔令”，鼓吹了“孔学博大”。1914年又发布《祭圣告令》，通告全国举行“祀孔典礼”。为支持袁世凯帝制复辟活动，中外反动派掀起了一股尊孔复古的逆流……

面对这股反动逆流，新兴的资产阶级和小资产阶级知识分子，有的和封建势力同流合污，有的偃旗息鼓自暴自弃，许多人找不到出路，极度地痛苦与迷惘。刚刚从封建废墟里走出来的中国，并没有想好如何创造一个新世界，它首先遭遇的便是各种因循守旧的封建势力和强大的社会惯性的阻挠。前路茫茫，心神不定，一受挫折就有可能走回头路……

正是在这种万马齐喑的关键时刻，以陈独秀、李大钊、胡适、鲁迅为代表的激进知识分子发动了一场声势浩大的反封建反孔教的新文化运动，大张旗鼓地宣传“民主”和“科学”的思想，同封建“尊孔复古”思想展开了激烈的论争。这个运动是从1915年9月15日陈独秀在上海创刊《青年杂志》开始的。

陈独秀是一名激进民主主义者，他蔑视当时的封建军阀统治，要求实现真正的民主；他批判了封建社会制度和伦理思想，认为要实现民主制度，必须消灭封建宗法制度和道德规范。李大钊则反对复古尊孔，要求思想自由，号召青年不要留恋将死的社会，要努力创造“青春的中国”……

(2)新文化运动主要内容

1916年初，袁世凯复辟称帝。在此之前，美国人古德诺发表了《共和与君主论》，杨度发表了《君宪救国论》等文章，散布中国宜于实行君主制，没有君主便要“灭亡”的谬论。

1916 年 9 月陈独秀将《青年杂志》编辑部迁到北京，该杂志于出版第二卷第一期时，改名为《新青年》。陈独秀发表了《一九一六年》《吾人最后之觉悟》，李大钊发表了《民彝与政治》《青春》等重要文章，揭露了君主专制的危害。进步知识分子团结在《新青年》周围，高举民主和科学两面大旗，从政治观点、学术思想、伦理道德、文学艺术等方面向封建复古势力进行猛烈的冲击，他们还主张男女平等、个性解放。他们集中打击作为维护封建专制统治思想基础的孔孟学说，掀起“打倒孔家店”的潮流。

下面是新文化运动思想和内容的一个简要图示：

自 1917 年起，他们又举起“文学革命”的大旗，提倡白话文，反对文言文；提倡新文学，反对旧文学。随着新文化运动的蓬勃发展，《新青年》实际上成了新文化运动的思想领导中心。李大钊、胡适、鲁迅等成为主要撰稿人。

- 新文化运动的兴起
  - 《新青年》的诞生
    - 背景
      - 政治方面：袁世凯复辟帝制，实行专权
      - 经济方面：第一次世界大战期间，中国资本主义经济有了进一步发展，资产阶级要求实行民主政治，发展资本主义
      - 思想文化方面：西方启蒙思想的进一步影响，民主共和的思想深入人心；袁世凯在思想文化领域掀起尊孔复古的逆流
    - 兴起
      - 标志：1915年，陈独秀创办《青年杂志》
      - 代表人物：陈独秀、李大钊、胡适、鲁迅
      - 主要阵地：《新青年》和北大
  - 德先生和赛先生
    - 口号——民主和科学
    - 内容
      - 前期：提倡民主和科学，反对专制和愚昧、迷信；提倡新道德，反对旧道德；提倡新文学，反对旧文学
      - 后期：宣传马克思主义
  - 思想界的空前解放
    - 进步性
      - 动摇了封建思想的统治地位，使人们的思想获得空前的解放
      - 弘扬了民主和科学的思想，推动了中国自然科学的发展
      - 形成了思想解放的潮流，为马克思主义的传播奠定了思想基础
    - 局限性——对东西方文化存在绝对肯定或绝对否定的偏向

蔡元培出任北京大学校长后，邀请了许多有新思想新观念的学者到校任教。这样，《新青年》和北京大学成为新文化运动的主要阵地。《新青年》从 1918 年 1 月出版第四卷第一号起改用白话文，采用新式标点符号，刊登一些新诗，这对革命思想的传播和文学创作的发展，起了积极、重要的推动作用。

1918 年 5 月，鲁迅在《新青年》上发表了中国现代文学史上第一篇白话小说《狂人日记》，对旧礼教、旧道德进行了无情的鞭挞，指出隐藏在封建仁义道德后面的全是“吃人”二字，那些吃人的人“话中全是毒，笑中全是刀”，中国两千多年封建统治的历史就是这吃人的历史，宣告“将来容不得吃人的人，活在世上”。这篇小说奠定了新文化运动的

基石。

在《新青年》的影响下，一些进步刊物纷纷改用白话文，倡导白话文，并开始出现用白话文的副刊，随后短评、通讯、社论也都采用白话文和新式标点。所有这些文学改革，使全国报纸面貌为之一新。一股新气象呼之欲出，中国现代文学史掀开了崭新的一页。白话文推广并迅速取得成果，标志着新文化运动取得重大进步。

(3)新文化运动的旗帜——《新青年》

《新青年》堪称20世纪早期中国第一份具有革命影响力的杂志，在五四运动期间起到至关重要作用。该杂志发起新文化运动，并且宣传倡导科学(“赛先生”Science)、民主(“德先生”Democracy)和新文学。

《新青年》为16开本，每月一号，每6号为一卷(半年的合订本)。自1915年9月15日创刊号至1922年7月终刊共出9卷54号。由陈独秀在上海创立，群益书社发行。

早期的《新青年》虽说影响很大、反响不错，并且在年轻人中拥有了热烈的拥趸，但严格上讲还算不上是新文化运动的旗帜。主要原因还在于创始人陈独秀当时仅仅是一名清末秀才，虽留学日本却无名无分。名不正则言不顺，社会上轻视乃至中伤其人的不在少数。

1917年1月，北大校长蔡元培正式延请陈独秀为北大文科学长，并获得官方认可，同时《新青年》编辑部迁入北京。这是陈独秀、《新青年》乃至新文化运动的重要转折点。《新青年》移师北大，各种新鲜力量汇流于此，差不多聚齐当时中国学界的泰山北斗，一个新思想的高地由此形成，陈独秀、钱玄同、高一涵、胡适、李大钊、沈尹默以及鲁迅、周作人轮流编辑。《新青年》这才真正成为国民心中的一面旗帜，北大红楼也因此成为“新文化的圣地”。

整个《新青年》编辑部通常就八九个编辑同仁，1918年后该刊物改为同人刊物，不接受来稿。

(4)新文化运动的阵形、队列

↙蔡元培、周作人　“教育救国”、美育启蒙
“白话文运动”　温和型，作用：铺路、修桥
(启蒙)　↙胡适之“多研究些问题，少谈些主义”“文学革命论”
←陈独秀(主将)开拓型、勇士人物，大刀阔斧
(救亡)　↖李大钊　“布尔什维主义”，红色政党　激进型　革命者
↖鲁迅　文学启蒙唤醒国民、“狂人”　传统文化批评者
↖钱玄同、高一涵、沈尹默　“打倒孔家店”

二、《青年杂志》发刊辞：《敬告青年》

“二次革命”失败后，陈独秀对中国时局进行了痛苦而深刻的思考，认为单纯的政治革命没有多大作用，而“救中国、建共和，首先得进行思想革命”。中华民国四年(1915年)夏天，陈独秀从日本回上海后，便开始筹备《青年杂志》。在创刊号上，陈独秀发表创刊词《敬告青年》，对青年提出六点要求：

自由的而非奴隶的
进步的而非保守的
进取的而非退隐的
世界的而非锁国的
实利的而非虚文的
科学的而非想象的

并指出：“国人而欲脱蒙昧时代，羞为浅化之民也，则急起直追，当以科学与人权并重。”也就是提出了民主与科学的思想。

陈独秀作为中国新文化运动的先驱，五四运动的总司令，中国共产党的创始人而名扬天下。他在就任北大文科学长(仅次于校长的重要职位)期间，成为当时国内新思想、新文学的领军人物。而真正开启他光芒四射的人生的正是那篇惊世骇俗的“发刊词”——《敬告青年》！这篇堪称世纪雄文的发刊词，是新文化运动的一纲领性文章。它开明宗义地指出“人权说”“生物进化论”“社会主义”这三事是近代文明的特征，要实现这社会改革的三事，关键在于新一代青年的自身觉悟和观念更新。他勉励青年崇尚自由、进步、科学，要有世界眼光，要讲求社会实践和积极进取。他总结近代欧洲列国强盛的原因，认为人权和科学是推动社会历史前进的两个车轮。从而首先在中国高举起“民主”和“科学”两面大旗。尤其是“科学”这门功课的启蒙，在当时中国实属标新立异，令人耳目一新。千百年来中国不仅科学技术十分落后，国人的科学意识和科学观念尤其淡薄，几乎与现代文明格格不入，这是走向现代国家和进入现代文明社会的巨大障碍。

平心而论，在当时的中国，这两面旗帜确实非新文化运动的“急所”，在一个民智未开、风气初变的转折时代，这两面大旗显得过于阳春白雪、不接地气而曲高和寡，并未在新文化运动中产生真正现实的成果；然而又恰恰因为这两面大旗，不是迁就于一时的应对之策，而是超越历史时限，着眼于百年中国，乃至于更长远的未来的标新立异，才使得今天我们感受到这两面旗帜真正的分量和价值，它为一个古老的民族复兴奠定了历史性标高。从这一点看，陈独秀的远见卓识是无可比拟的！

《新青年》的创刊是新文化运动兴起的标志，《敬告青年》一文则成为新文化运动的宣言书，堪称中国现代文学史的辉煌之作。这篇雄文有如一颗重磅炸弹，惊醒了中国一代有为青年，中国开始了新旧之分——从封建帝制的旧堡垒中走出来，真正走向现代文明，迈开了一大步。古老的中国真正实现脱胎换骨的改变、观念与意识的革命，是从这里开始！

一大批进步青年团结在《新青年》的周围，积极参加新文化运动。一些革命青年甚至还直接与陈独秀和《新青年》联系，争取支持，并仿效《新青年》在各地创社团、办刊物，形成一股庞大的全国新文化浪潮。比较有名的像毛泽东在长沙组织的“新民学会”，创办《湘江评论》；恽代英、林育南在武汉组织“新声社”，出版《新声》杂志等。他们都以陈独秀为领袖，以《新青年》作向导。如1919年3月，恽代英等致函《新青年》说：“我们素来的生活，是在混沌里面，自从看了《新青年》，渐渐地醒悟过来，是像在黑暗的地方见了曙光一样。”五四时期的陈独秀确如毛泽东后来所评价的那样，他是“五四运动时期的总司令，整个运动实际上是他领导的”。

20世纪初的中国，对于中华民族来说是一个惊心动魄的时刻，时不我待！可以说留给中华民族自我觉醒的时间不多了。如果再次错过这样一个宝贵机会，未来中国何去何从确实很难说，更不敢指望百年后的今天，迎来中华民族全面复兴的高光时刻。从1840年鸦片战争打开中国的大门，中国的有识之士也曾有过几度觉醒：

最早的魏源提出“师夷长技以制夷”、严复翻译《天演论》，宣扬“物竞天择，适者生存”的新思想，激发了“洋务派”第一波变革图强运动，曾国藩、李鸿章、左宗棠等人在物质层面的奋发图强，创造了以北洋水师为代表的“强盛”样板，结果在中日甲午海战中灰飞烟灭；以康有为、梁启超为代表的戊戌变法，试图在文化、思想、制度层面进行维新，仅仅百日即告流产；孙中山的辛亥革命只是简单地推翻了清王朝，落下一个内囊空空的中华民国，不知何去何从……而我们的邻国日本，也差不多在相同的时间被西方打破了国门，却在一次痛定思痛的明治维新(1868年)中，全面改向学习西方，短短30年后快速崛起，先后打败了强大的俄国和曾经的中国师傅，跻身世界先进国家行列……而现在俄国也发生了震撼世界的“十月革命”(1917年)，开始了伟大艰难的转变。在这个时间节点上，可以想见中国知识分子是多么地痛心疾首、忧心如焚！好在伟大的陈独秀脱颖而出，在一片苍茫的大海之上及时而坚定地扬起了新文化运动的风帆，将古老的中华民族踉踉跄跄地推进了现代化的历史进程中……

三、人 物 简 介

陈独秀(1879—1942年)，字仲甫，安徽怀宁(今属安庆)人，新文化运动的发起人，中国现代启蒙运动的先驱，中国共产党的创始人及首任总书记，中共一大至五大的最高领袖。

1896年考中秀才，1897年入杭州中西求是书院学习，开始接受近代西方思想文化。1907年入东京正则英语学校，后转入早稻田大学。1913年参加讨伐袁世凯的“二次革命”，失败后被捕入狱，出狱后于1914年到日本，帮助章士钊创办《甲寅》杂志。第一次使用笔名“独秀”发表文章《爱国心与自觉心》一文，开宗明义地提出：“人民何故必建设国

家？其目的在保障权利，共谋幸福，斯成立国家之精神。”文中指出，要有爱国心也要有自觉心，“恶国家甚于无国家”，如果是一个人民在其中没有权利，无幸福可言的国家，“瓜分之局，何法可逃，亡国之奴，何事可怖”，引起舆论哗然。

1915 年 9 月，独自一人在上海创办并主编《青年杂志》(一年后改名《新青年》)，掀起了轰轰烈烈的新文化运动。1917 年初受聘为北京大学文科学长，并将《新青年》杂志带到北京。1918 年 12 月与李大钊等创办《每周评论》。这期间，他以《新青年》《每周评论》和北京大学为主要阵地，积极提倡“民主”和“科学”，提倡文学革命，反对封建的旧思想、旧文化、旧礼教，成为新文化运动的倡导者和主要领导人之一。这是 20 世纪初中国的第一次思想解放，他是将“民主”和“科学”输入中国的第一人，《新青年》作为现代中国影响最大的刊物，震撼了整整一代人。

他指导了五四运动，这场运动对于现代中国的重大历史意义显而易见；五四运动后期，开始接受和积极传播马克思主义；1920 年初潜往上海，在共产国际的帮助下，首先成立上海的共产党早期组织，同时与其他各地的先进分子联系，发起成立中国共产党，成为主要创始人之一；他是中共第一代领导人，从党的一大到五大，对于中国革命具有非同寻常的贡献，确立了党的基本原则、思想纲领以及革命方针。

他和李大钊都是由最优秀的新文化的主将，转身而成为共产党的领袖人物，将新文化运动的优秀“基因”注入这个政党的肌体中，决定了这个当时看似不起眼的小政党“先进的、革命的、崇高的理想主义的远大信仰”特殊禀赋，赋予了她神圣的使命，极大地推动了中国现代化和民族复兴的历史进程。在 20 世纪初，期望变革图新的人们都意识到了政党政治在国家革命中的巨大作用，创立一个政党几乎是一种社会时尚，但为什么中国共产党能够脱颖而出？这里不得不正视以陈独秀为代表的新文化运动知识分子精英们的思想高度和理想抱负的纯洁度！是他们从一开始就奠定了这个政党非同寻常的灵魂与信仰追求——这是当时其他政党远远达不到的。

在国共合作的后期，因共产国际的错误影响和他个人认知局限导致轰轰烈烈的大革命遭到惨痛失败，1927 年 7 月中旬，中共中央政治局改组，他离开了领导岗位。此后他受域外“托派”影响，在党内以成立小组织的方式进行系列活动。1929 年 11 月，因在中东路问题上发表对中共中央的公开信而被开除党籍。此后他在上海组成“托派”小组织无产者社，出版刊物《无产者》。1931 年 5 月出席中国各“托派”小组织的“统一大会”，被推选为中国“托派”组织的中央书记。1932 年 10 月在上海被国民党政府逮捕，后判刑囚禁于南京。

抗战爆发后，他于 1937 年 8 月出狱，先后辗转武汉、重庆，埋头从事学术研究。1942 年 5 月在贫病交加中逝世于重庆江津。

他是中国现代历史上第一个深刻总结、反思苏联及社会主义革命政治经验教训的人。

他晚年对中国民主政治的深刻思索，仍闪耀着真理的光辉，至今很少有人能够超越。他还是一位卓越的思想家、文学家、杰出学者，他的文学研究具有极高的学术价值。

◎ 编者注：

在万马齐喑的民国初年，陈独秀何以能出类拔萃、独树一帜地扛起新文化运动的大旗？这位有点类似于天外来客的奇人，真的是“中国文化的一个异数”、中国现代化的一个“突如其来的救世主”？下面我们试图提出揭示、理解陈独秀心路历程的四个维度：

(1)文化源流：明清以来，著名的“桐城派”文学对安徽地域文化影响甚大。桐城派的“文以载道”理想，适应清朝统治者提倡程朱理学的需要；“义法”理论，也能为“制举之文”所利用，故得以形成“经世致用”的传统。清末民初徽派文化演绎而来的文学传统，哺育了众多安徽学人，陈独秀、胡适等概莫能外。

(2)时代风尚：以李鸿章为代表的“淮军”在中国清末历史上拥有举足轻重的地位，使得安徽一省显赫一时，受此影响，徽派一脉崇文尚武，风气大开；人才辈出，精锐无穷，发时代先声，引历史风云。

(3)政党政治：明末以来，顾宪成、高攀龙、钱一本等“东林党人”，讽议朝政、评论官吏，提出了“廉正奉公，振兴吏治，开放言路，革除朝野积弊”等进步口号，与宦官魏忠贤及其依附势力展开抗争，演变形成明末激烈的党争局面，以影响历史和时代而闻名；以及清末“维新党”与“保皇党”(俗称“帝党”和“后党”)所演绎的时局文化，对当时政治的影响深远……政党政治在中国传统文化的血脉中始终存在。

(4)个人经历：陈独秀留学日本，目睹日本“明治维新”运动以来，国力迅速上升，整个国家脱胎换骨，深受刺激；俄国在布尔什维克党的领导下，通过“十月革命”摇身一变，由一个衰弱落后的农业国强势崛起，国家发生天翻地覆的巨变。这两个身边国家由弱变强，为中国的现代化提供了活生生的例证。陈独秀受到莫大的精神鼓舞，这些为他振臂一呼、脱颖而出，提供了现实可能。

四、阅读思考

新文化运动时期的陈独秀，新锐前卫，是赫赫有名的大人物；《新青年》是“五四”反帝反封建的主要舆论阵地、革命青年的向导、民主主义与社会主义的一面旗帜，影响了整整一代人。在他的呼号和倡导下，“民主”和“科学”成了新文化运动的主要口号与运动主调，影响极其深远。另外，他深刻又尖锐地、彻底地不妥协地反帝反封建的革命精神，在当时是无人可比的。诚如一首诗所赞颂：

小院当年聚风云，独秀引来万木春；
千秋功罪任评说，毕竟巍巍一昆仑。

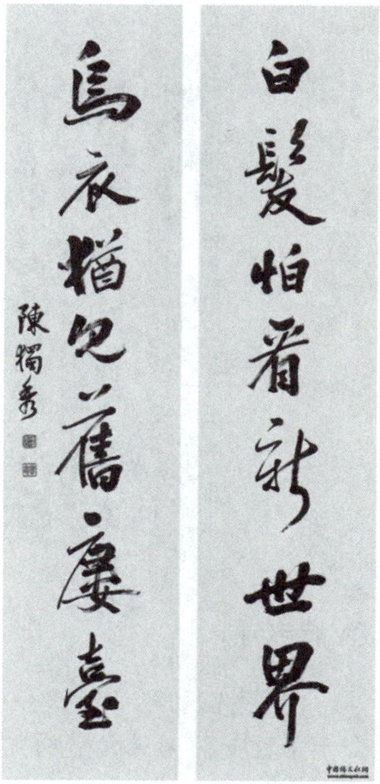

鲁迅曾如此描述："假如将韬略比做一间仓库罢，独秀先生是外面树一面大旗，大书道：'内皆武器，来者小心！'但那门却开着，里面有几枝枪，几把刀，一目了然，用不着提法提防。"

陈独秀的"青年"性格，决定了他起于理想主义者，止于政治家的命运。从反孔教、反共产国际，到晚年拒绝国民党的拉拢，陈独秀有一以贯之的共产主义理想，始终没有抛弃"青年"秉性，对"终身反对派"的称号颇为受用。他的典型性格、他的杂志、他所掀起的这场伟大的思想革命，深刻地影响和改变了一代人——"五四青年"！他们的服饰、他们的言辞和特立独行的处事方式是如此新颖突出，在他们的身上，集体地体现了一种共同的"反叛精神"，终身叛逆的人格特征，铭上了一个时代鲜明的印迹。

然而说起陈独秀，却总有一种一言难尽的感觉。一方面他是多么幸运，一介知识分子被自己的时代挑选、塑造出来，并成为开一代风气之先的精神领袖；同时他又是不幸的，他注定会被自己掀起的革命所抛弃、埋没，最后反而成了一个热热闹闹时代的没落者。这样大喜大悲的人生是免不了令人嘘唏感叹的。这样的悲剧性典型远非陈独秀一人。俄国的普列汉诺夫、法国启蒙运动的卢梭、法国大革命的罗伯斯庇尔，以及后来的拿破仑……

这里我们分明看到一个中国传统知识分子、反传统的革命者、思想家，跌倒在政治阶梯之前，止步于政治之后的真实人生轨迹。而他身后的那些簇拥者，呼啸前行，投身于火热的政治浪潮之中，将他忘却，并很快淹没于历史的洪流中……

但是被遗忘，并不意味着他的价值不存在。文人知识分子在历史大潮中相对独立的价值思考，在往后的历史回顾中，最能引发人们的关注。陈独秀尤为如此！直到今天，我们的历史对他的评点尚未止息。我们该从哪种角度理解这位世纪先贤？

以任何形式走进历史，也是我们今天的任务。问题是以怎样的思想与心情，去回眸历史才是最恰当的？很多人对陈独秀并不十分了解，但这不重要，因为"陈独秀现象"已超越了具象化的人物和事件，也超越了历史和时代，成为人类追求自由独立精神、追求真理、不屈服于任何一种力量和诱惑，甚至是主动自我摒弃、自我否定的最好证明。在人类文明史上，这样的人物极其罕见！

◎ 陈独秀人生轨迹引发的思考：

时代局限？性格悲剧？历史误区？

陈独秀的书法是碑帖结合，兼备众体。今天所见的陈氏翰墨中，以书札、诗稿为多，其中大多率性而作，写得汪洋闳肆、狂放不羁，犹如大江东去，气势磅礴。

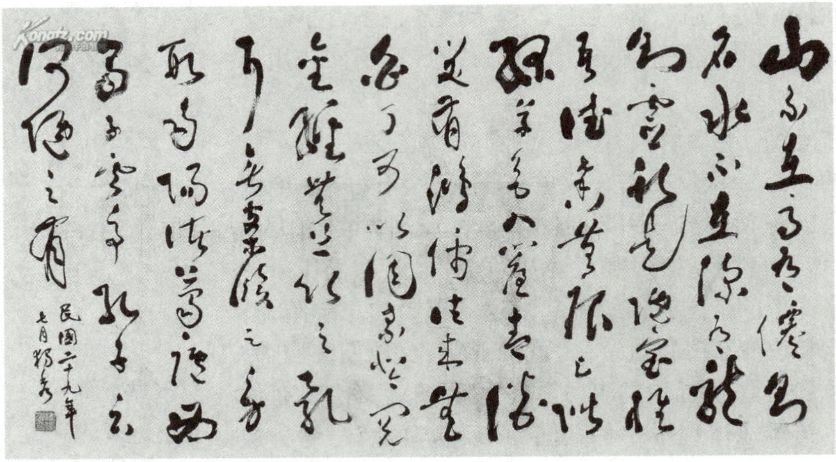

◎ 编者注：

(1)民国初年的知识分子，是中国现代化历史进程中的一个特殊功勋群体。他们在那个千年巨变的大时代显赫的地位和影响力乃至显赫的身价都是特定时代赋予的，不可复制，也只有这样的时代才能塑造出一代改天换地的伟人。

在那个愚昧、贫困、极端落后的时代，人们大多目不识丁，少见的几个文化人承担起了中国社会思想观念历史性转型的重大使命。所以那个时代作家、文人、知识分子特别吃香，谈笑风生、激扬文字；呼风唤雨、指点江山，实在是因为人才过于稀缺，而地位又如此的突出。

(2)这与今天网络上所谓“公共知识分子”的零落形成鲜明对比，在一个人人都不止能读书识字、知识与资讯高度发达的信息时代，“知识分子”这一个历史性角色，早已被消解得无影无踪。这是我们社会整体进步的标志，它宣告了一个知识平等社会的到来。

(3)探讨中国近现代社会的历史转型，知识分子是一个重要的视角和观察主体，所以民国文人知识分子这一特殊群体，也是研究中国近现代文学绕不开的重大话题。

“启蒙与救亡的双重变奏”，考验、纠结着他们——他们承担着时代启蒙的历史重任，也在迫在眉睫的民族救亡面前，犹豫迟疑、彷徨反复，并最终分崩离析，显示出知识分子文人的复杂性格，甚至某种历史性悲剧的渊源。

◎ 附：延伸阅读

文学革命论

陈独秀

今日庄严灿烂之欧洲，何自而来乎？曰，革命之赐也。欧语所谓革命者，为革故更新之义，与中土所谓朝代鼎革，绝不相类；故自文艺复兴以来，政治界有革命，宗教界亦有革命，伦理道德亦有革命，文学艺术，亦莫不有革命，莫不因革命而新兴而进化。近代欧洲文明史，宜可谓之革命史。故曰，今日庄严灿烂之欧洲，乃革命之赐也。

吾苟偷庸懦之国民，畏革命如蛇蝎，故政治界虽经三次革命，而黑暗未尝稍减。其原因之小部分，则为三次革命，皆虎头蛇尾，未能充分以鲜血洗净旧污；其大部分，则为盘踞吾人精神界根深蒂固之伦理道德文学艺术诸端，莫不黑幕层张，垢污深积，并此虎头蛇尾之革命而未有焉。此单独政治革命所以于吾之社会，不生若何变化，不收若何效果也。推其总因，乃在吾人疾视革命，不知其为开发文明之利器故。

孔教问题，方喧呶于国中，此伦理道德革命之先声也。文学革命之气运，酝酿已非一日，其首举义旗之急先锋，则为吾友胡适。余甘冒全国学究之敌，高张“文化革命军”大旗，以为吾友之声援。旗上大书特书吾革命军三大主义：曰，推倒雕琢的阿谀的贵族文学，建设平易的抒情的国民文学；曰，推倒陈腐的铺张的古典文学，建设新鲜的立诚的写实文学；曰，推倒迂晦的艰涩的山林文学，建设明了的通俗的社会文学。

《国风》多里巷猥辞，《楚辞》盛用土语方物，非不斐然可观。承其流者，两汉赋家，颂声大作，雕琢阿谀，词多而意寡，此贵族之文古典之文之始作俑也。魏、晋以下之五言，抒情写事，一变前代板滞堆砌之风，在当时可谓为文学一大革命，即文学一大进化；然希托高古，言简意晦，社会现象，非所取材，是犹贵族之风，未足以语通俗的国民文学也。齐、梁以来，风尚对偶，演至有唐，遂成律体。无韵之文，亦尚对偶。《尚书》《周易》以来，即是如此。（古人行文，不但风尚对偶，且多韵语，故骈文家颇主张骈体为中国文章正宗之说。——亡友王无生即主张此说之一人——不知古书传抄不易，韵与对偶，以利传诵而已，后之作者，乌可泥此？）

东晋而后，即细事陈启，亦尚骈俪。演至有唐，遂成骈体。诗之有律，文之有骈，皆发源于南北朝，大成于唐代。更进而为排律，为四六。此等雕琢的阿谀的铺张的空泛的贵族古典文学，极其长技，不过如涂脂抹粉之泥塑美人，以视八股试帖之价值，未必能高几何，可谓为文学之末运矣！韩、柳崛起，一洗前人纤巧堆朵之习，风会所趋，乃南北朝贵族古典文学，变而为宋、元国民通俗文学之过渡时代。韩、柳、元、白，应运而出，为之中枢。俗论谓昌黎文章起八代之衰，虽非确论，然变八代之法，开宋、元之先，自是文界豪杰之士。吾人今日所不满于昌黎者二事：

一曰，文犹师古。虽非典文，然不脱贵族气派，寻其内容，远不若唐代诸小说家之丰富 ，其结果乃造成一新贵族文学。

二曰，误于“文以载道”之谬见。文学本非为载道而设，而自昌黎以讫曾国藩所谓载道之文，不过抄袭孔、孟以来极肤浅极空泛之门面语而已。余尝谓唐、宋八家文之所谓“文以 载道”，直与八股家之所谓“代圣贤立言”，同一鼻孔出气。

以此二事推之，昌黎之变古，乃时代使然，于文学史上，其自身并无十分特色可观也。元、明剧本，明、清小说，乃近代文学之粲然可观者。惜为妖魔所厄，未及出胎，竟而流产，以至今日中国之文学，委琐陈腐，远不能与欧洲比肩。此妖魔为何？即明之前后七子及八家文派之归、方、刘、姚是也。此十八妖魔辈，尊古蔑今，咬文嚼字，称霸文坛。反使盖代文豪若马东篱，若施耐庵，若曹雪芹诸人之姓名，几不为国人所识。若夫七子之诗，刻意模古，直谓之抄袭可也。归、方、刘、姚之文，或希荣誉墓，或无病而呻，满纸之乎者也矣焉哉。每有长篇大作，摇头摆尾，说来说去，不知道说些甚么。此等文学，作者既非创造才，胸中又无物，其伎俩惟在仿古欺人，直无一字有存在之价值，虽著作等身，与其时之社会文明进化无丝毫关系。

今日吾国文学，悉承前代之弊：所谓“桐城派”者，八家与八股之混合体也；所谓“骈体文”者，思绮堂与随园之四六也；所谓“西江派”者，山谷之偶像也。求夫目无古人，赤裸裸地抒情写世，所谓代表时代之文豪者，不独全国无其人，而且举世无此想。文学之文，既不足观，应用之文，益复怪诞：碑铭墓志，极量称扬，读者决不见信，作者必照例为之。寻常启事，首尾恒有种种谀词。居丧者即华居美食，而哀启必欺人曰“苫块昏迷”。赠医生以匾额，不曰“术迈岐、黄”，即曰“著手成春”。穷乡僻壤极小之豆腐店，其春联恒作“生意兴隆通四海，财源茂盛达三江”。此等国民应用之文学之丑陋，皆阿谀的虚伪的铺张的贵族古典文学阶之厉耳。

际兹文学革新之时代，凡属贵族文学，古典文学，山林文学，均在排斥之列。以何理由而排斥此三种文学耶？曰：贵族文学，藻饰依他，失独立自尊之气象也；古典文学，铺张堆砌，失抒情写实之旨也；山林文学，深晦艰涩，自以为名山著述，于其群之大多数无所裨益也。其形体则陈陈相因，有肉无骨，有形无神，乃装饰品而非实用品；其内容则目光不越帝王权贵，神仙鬼怪，及其个人之穷通利达。所谓宇宙，所谓人生，所谓社会，举非其构思所及，此三种文学公同之缺点也。此种文学，盖与吾阿谀夸张虚伪迂阔之国民性，互为因果。今欲革新政治，势不得不革新盘踞于运用此政治者精神界之文学。使吾人不张目以观世界社会文学之趋势，及时代之精神，日夜埋头故纸堆中，所目注心营者，不越帝王，权贵，鬼怪 ，神仙，与夫个人之穷通利达，以此而求革新文学，革新政治，是缚手足而敌孟贲也。

欧洲文化，受赐于政治科学者固多，受赐于文学者亦不少。予爱卢梭、巴士特之法兰西，予尤爱虞哥、左喇(拉)之法兰西；予爱康德、赫克尔(黑格尔)之德意志，予尤爱桂特郝、卜特曼之德意志；予爱倍根、达尔文之英吉利，予尤爱狄铿士、王尔德之英吉利。

吾国文学豪杰之士，有自负为中国之虞哥、左喇(拉)、桂特郝、卜特曼、狄铿士(更斯)、王尔德者乎？有不顾迂儒之毁誉，明目张胆以与十八妖魔宣战者乎？予愿拖四十二生之大炮，为之前驱。

1917年2月1日，发表于《新青年》第二期

◎ 编者注

(1)以革命者的气魄和逻辑，对因循千年的中国传统文学进行大刀阔斧式的改革，是陈独秀对中国文学的巨大贡献(很难想象没有陈独秀式的人物这般威猛神武，中国文学历史将惯性地发展成何等样子)。

(2)这一场痛快淋漓的文学革命，借助新文化运动闯将们的“神人神力”，以摧枯拉朽之势，神奇地逆转了中国传统文学江河日下的没落趋势，掀起了以新文学为开端的一场现代化的革命浪潮，将古老中国跌跌撞撞带进了一个新时代。

(3)“大风起于青萍之末”。陈独秀这篇雄文，对新文学的孕育和鼓吹，堪称首功。当然他的贡献和功劳远超文学的范畴，在更广阔的文化层面上掀起了波澜壮阔的史诗性的社会革命。

(4)讲述中国现当代文学而不介绍陈独秀，是没有将中国现当代文学置于中国现代史的宏大叙事中。在这个世纪初年，文学，在古老的中国走向现代文明的历史征程中，首先扮演了鼓吹者的角色，依靠它掀起了一场思想大革命，然后才是文学自身，然后才有了现代文学的异军突起。

第二讲　胡适与《文学改良刍议》

◎ 原文鉴赏

文学改良刍议

今之谈文学改良者众矣，记者末学不文，何足以言此。然年来颇于此事再胡适四研思，辅以友朋辩论，其结果所得，颇不无讨论之价值。因综括所怀见解，列为八事，分别言之，以与当世之留意文学改良者一研究之。

吾以为今日而言文学改良，须从八事入手。八事者何？

一曰，须言之有物。二曰，不摹仿古人。三曰，须讲求文法。四曰，不作无病之呻吟。五曰，务去滥调套语。六曰，不用典。七曰，不讲对仗。八曰，不避俗字俗语。

一曰须言之有物

吾国近世文学之大病，在于言之无物。今人徒知“言之无文，行之不远”，而不知胡适作品言之无物，又何用文为乎。吾所谓“物”，非古人所谓“文以载道”之说也。吾所谓“物”，约有二事。

(一)情感《诗序》曰，“情动于中而形诸言。言之不足，故嗟叹之。嗟叹之不足，故咏歌之。咏歌之不足，不知手之舞之，足之蹈之也。”此吾所谓情感也。情感者，文学之灵魂。文学而无情感，如人之无魂，木偶而已，行尸走肉而已。(今人所谓“美感”者，亦情感之一也。)

(二)思想 吾所谓“思想”，盖兼见地、识力、理想三者而言之。思想不必皆赖文学而传，而文学以有思想而益贵。思想亦以有文学的价值而益资也。此庄周之文，渊明老杜之诗，稼轩之词，施耐庵之小说，所以敻绝于古也。思想之在文学，犹脑筋之在人身。人不能思想，则虽面目姣好，虽能笑啼感觉，亦何足取哉。文学亦犹是耳。

文学无此二物，便如无灵魂无脑筋之美人，虽有秾丽富厚之外观，抑亦未矣。近世文人沾沾于声调字句之间，既无高远之思想，又无真挚之情感，文学之衰微，此其大因矣。

此文胜之害，所谓言之无物者是也。欲救此弊，宜以质救之。质者何，情与思二者而已。

二曰不摹仿古人

文学者，随时代而变迁者也。一时代有一时代之文学。周秦有周秦之文学，汉魏有汉魏之文学，唐宋元明有唐宋元明之文学。此非吾一人之私言，乃文明进化之公理也。即以文论，有《尚书》之文，有先秦诸子之文，有司马迁班固之文，有韩柳欧苏之文，有语录之文，有施耐庵、曹雪芹之文。此文之进化也。试更以韵文言之。击壤之歌，五子之歌，一时期也。三百篇之诗，一时期也。屈原荀卿之骚赋，又一时期文学改良刍议也。苏李以下，至于魏晋，又一时期也。江左之诗流为排比，至唐而律诗大成，此又一时期也。老杜香山之"写实"体诸诗(如杜之《石壕吏》《羌村》，白之《新乐府》)，又一时期也。诗至唐而极盛，自此以后，词曲代兴。唐五代及宋初之小令，此词之一时代也。苏柳(永)辛姜之词，又一时代也。至于元之杂剧传奇，则又一时代矣。凡此诸时代，各因时势风会而变，各有其特长。吾辈以历史进化之眼光观之，决不可谓古人之文学皆胜于今人也。左氏史公之文奇矣。然施耐庵之《水浒传》视《左传》《史记》，何多让焉。《三都》《两水》之赋富矣。然以视唐诗宋词，则糟粕耳。此可见文学因时进化，不能自止。唐人不当作商周之诗，宋人不当作相如子云之赋。即令作之，亦必不工，逆天背时，违进化之迹，故不能工也。

既明文学进化之理，然后可言吾所谓"不摹仿古人"之说。今日之中国，当造今日之文学。不必摹仿唐宋，亦不必摹仿周秦也。前见国会开幕词，有云，"于铄国会，遵晦时休"。此在今日而欲为三代以上之文之一证也。更观今之"文学大家"，文则下规姚曾，上师韩欧，更上则取法秦汉魏晋，以为六朝以下无文学可言，此皆百步与五十步之别而已，而皆为文学下乘。即令神似古人，亦不过为博物院中添几许"逼真赝鼎"而已，文学云乎哉。昨见陈伯严先生一诗云：涛园钞杜句，半岁秃千毫。所得都成泪，相过问奏刀。万灵噤不下，此老仰弥高。胸腹回滋味，徐看薄命骚。

此大足代表今日"第一流诗人"摹仿古人之心理也。其病根所在，在于以"半岁秃千毫"之工夫作古人的钞胥奴婢，故有"此老仰弥高"之叹。若能洒脱此种奴性，不作古人的诗，而惟作我自己的诗，则决不致如此失败矣！

吾每谓今日之文学，其足与世界"第一流"文学比较而无愧色者，独有白话小说(我佛山人、南亭亭长、洪都百炼生三人而已。)一项。此无他故，以此种小说皆不事摹仿古人(三人皆得力于《儒林外史》《水浒》《石头记》。然非摹仿之作也。)，而惟实写今日社会之情状，故能成真正文学。其他学这个，学那个之诗古文家，皆无文学之价值也。今之有志文学者，宜知所从事矣。

三曰须讲求文法

今之作文作诗者，每不讲求文法之结构。其例至繁，不便举之，尤以作骈文律诗者为尤甚。夫不讲文法，是谓"不通"。此理至明，无待详论。

四曰不作无病之呻吟

此殊未易言也。今之少年往往作悲观。其取别号则曰"寒灰""无生""死灰"。其作胡适手迹为诗文，则对落日而思暮年，对秋风而思零落，春来则惟恐其速去，花发又惟惧其早谢。此亡国之哀音也。老年人为之犹不可，况少年乎。其流弊所至，遂养成一种暮气，不思奋发有为，服劳报国，但知发牢骚之音，感唱之文。作者将以促其寿年，读者将亦短其志气，此吾所谓无病之呻吟也。国之多患，吾岂不知之。然病国危时，岂痛哭流涕所能收效乎。吾惟愿今之文学家作费舒特，作玛志尼，而不愿其为贾生、王粲、屈原、谢皋羽也。其不能为贾生、王某、屈原、谢皋羽，而徒为妇人醇酒丧气失意之诗文者，尤卑卑不足道矣！

五曰务去滥调套语

今之学者，胸中记得几个文学的套语，便称诗人。其所为诗文处处是陈言滥调，磋跎、身世、寥落、飘零、虫沙、寒窗、斜阳、芳草、春闺、愁魂、归梦、鹃啼、孤影、雁字、玉楼、锦字、残更，……之类，累累不绝，最可惜厌。其流弊所至，遂令国中生出许多似是而非，貌似而实非之诗文。今试举一例以证之。

荧荧夜灯如豆，映幢幢孤影，凌乱无据。翡翠衾寒，鸳鸯瓦冷，禁得秋宵几度。幺弦漫语，早丁字帘前，繁霜飞舞。袅袅余音，片时犹绕柱。

此词骤观之，觉字字句句皆词也。其实仅一大堆陈套语耳。“翡翠衾”“鸳鸯瓦”，用之白香山《长恨歌》则可，以其所言乃帝王之衾之瓦也。“丁字帘”“幺弦”，皆套语也。此词在美国所作，其夜灯决不“荧荧如豆”，其居室尤无“柱”可绕也。至于“繁霜飞舞”，则更不成话矣。谁曾见繁霜之“飞舞”耶？

吾所谓务去滥调套语者，别无他法，惟在人人以其耳目所亲见、亲闻、所亲身阅历之事物，一自己铸词以形容描写之。但求其不失真，但求能达其状物写意之目的，即是工夫。其用滥调套语者，皆懒惰不肯自己铸词状物者也。

六曰不用典

吾所主张八事之中，惟此一条最受友朋攻击，盖以此条最易误会也。吾友江亢虎君来书曰：“所谓典者，亦有广狭二义。饾饤獭祭，古人早悬为厉禁。若并成语故事而屏之，则非惟文字之品格全失，即文字之作用亦亡。……文字最妙之意味，在用字简而涵意多。此断非用典不为功。不用典不特不可作诗，并不可写信，且不可演说。来函满纸‘旧雨’‘虚怀’‘治头治脚’‘舍本逐末’‘洪水猛兽’‘发聋振聩’‘负弩先驱’‘心悦诚服’‘词坛’‘退避三舍’‘无病呻吟’‘滔天’‘利器’‘铁证’……皆典也。试尽抉而去之，代以俚语俚字，将成何说话。其用字之繁简，犹其细焉。恐一易他词，虽加倍蓰而涵义仍终不能如是恰到好处，奈何……”

此论极中肯要。今依江君之言，分典为广狭二义，分论之如下：(一)广义之典非吾所谓典也。广义之典约有五种。

(甲)古人所设譬喻，其取譬之事物，含有普通意义，不以时代而失其效用者，今人亦可用之。如古人言“以子之矛攻子之盾”。今人虽不读书者，亦知用“自相矛盾”之喻。然不可谓为用典也，上文所举例中之“治头治脚”“洪水猛兽”“发聋振聩”，……皆此类也。盖设譬取喻，贵能切当，若能切当，固无古今之别也。若“负导先驱”“退避三舍”之类，在今日已非通行之事物，在文人相与之间，或可用之，然终以不用为上。如言“退避”，千里亦可，百里亦可，不必定用“三舍”之典也。

(乙)成语 成语者，合字成辞，别为意义。其习见之句，通行已久，不妨用之。然今日若能另铸“成语”，亦无不可也。“利器”“虚怀”“舍本逐末”，……皆属此类。非此“典”也，乃日用之字耳。

(丙)引史事 引史事与今所论议之事相比较，不可谓为用典也。如老杜诗云，“未闻殷周衰，中自诛褒妲”，此非用典也。近人诗云，“所以曹孟德，犹以汉相终”，此亦非用典也。

(丁)引古人作比 此亦非用典也。杜诗云，“清新庾开府，俊逸鲍参军”，此乃以古人比今人，非用典也。又云，“伯仲之间见伊吕，指挥若定失萧曹”，此亦非用典也。

(戊)引古人之语 此亦非用典也。吾尝有句云，“我闻古人言，艰难惟一死”。又云，“‘尝试成功自古无，放翁此语未必是’”。此乃引语，非用典也。

以上五种为广义之典，其实非吾所谓典也。若此者可用可不用。

(二)狭义之典，吾所主张不用者也。吾所谓“用典”者，谓文人词客不能自己铸词造句，以写眼前之景，胸中之意，故借用或不全切，或全不切之故事陈言以代之，以图含混过去。是谓“用典”。上所述广义之典，除戊条外，皆为取譬比方之辞。但以彼喻此，而非以彼代此也。狭义之用典，则全为以典代言，自己不能直言之，故用典以言之耳。此吾所谓用典与非用典之别也。狭义之典亦有工拙之别，其工者偶一用之，未为不可，其拙者则当痛绝之已。

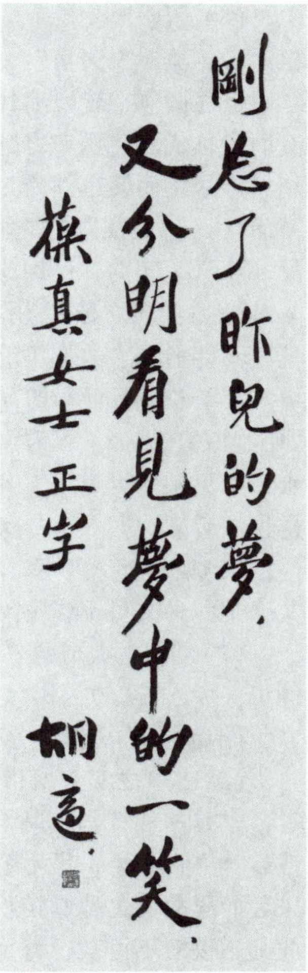

(子)用典之工者 此江君所谓用字简而涵义多者也。客中无书不能多举其例，但杂举一二，以实吾言。

(1)东坡所藏仇池石，王晋卿以诗借观，意在于夺。东坡不敢不借，先以诗寄之，有句云，“欲留嗟赵弱，宁许负秦曲。传观慎勿许，间道归应速”，此用蔺相如返壁之典，何其工切也。

(2)东坡又有：“章质夫送酒六壶，书至而酒不达。”诗云，“岂意青州六从事，化为乌有一先生”。此虽工已近于纤巧矣。

(3)吾十年前尝有读《十字军英雄记》一诗云，“岂有酖人羊叔子，焉知微服赵主父，十字军真儿戏耳，独此两人可千古”。以两典包尽全书，当时颇沾沾自喜，其实此种诗，尽可不作也。

(4)江亢虎代华侨诔陈英士文有“本悬太白，先坏长城。世无鉏霓，乃戕赵卿”四句，余极喜之。所用赵宣子一典，甚工切也。

(5)王国维咏史诗，有“虎狼在堂室，徒戎复何补。神州遂陆沉，百年委榛莽。寄语桓元子，莫罪王夷甫”，此亦可谓使事之工者矣。

上述诸例，皆以典代言，其妙处，终在不失设譬比方之原意。惟为文体所限，故譬喻变而为称代耳。用典之弊，在于使人失其所欲譬喻之原意。若反客为主，使读者迷于使事用典之繁，而转忘其所为设譬之事物，则为拙矣。古人虽作百韵长诗，其所用典不出一二事而已。(“北征”与白香山“悟真寺诗”皆不用一典。)今人作长律则非典不能下笔矣。尝见一诗八十四韵，而用典至百余事，宜其不能工也。

(丑)用典之拙者 用典之拙者，大抵皆衰情之人，不知造词，故以此为躲懒藏拙之计。惟其不能造词，故亦不能用典也。总计拙典亦有数类：

(1)比例泛而不切，可作几种解释，无确定之根据。今取王渔洋“秋柳”一章证之。“娟娟凉露欲为霜，万缕千条拂玉塘，浦里青行中妇镜，江于黄竹女儿箱。空怜板话隋堤水，不见琅琊大道王。若过洛阳风景地，含情重问永丰坊。”此诗中所用诸典无不可作几样说法者。

(2)僻典使人不解。夫文学所以达意抒情也。若必求人人能读五车书，然后能通其文，则此种文可不作矣。

(3)刻削古典成语，不合文法。“指兄弟以孔怀，称在位以曾是”(章太炎语)，是其例也。今人言“为人作嫁”亦不通。

(4)用典而失其原意。如某君写山高与天接之状，而曰“西接杞天倾”是也。

(5)古事之实有所指，不可移用者，今往乱用作普通事实。如古人灞桥折柳，以送行者，本是一种特别土风。阳关渭城亦皆实有所指。今之懒人不能状别离之情，于是虽身在滇越，亦言灞桥，虽不解阳关渭城为何物，亦皆“阳关三迭”“渭城离歌”。又如张翰因秋风起而思故乡之莼羹鲈脍，今则虽非吴人，不知莼鲈为何味者，亦皆自称有“莼鲈之思”。此则不仅懒不可救，直是自欺欺人耳！

凡此种种，皆文人之不下工夫，一受其毒，便不可救。此吾所以有“不用典”之说也。

七曰不讲对仗

排偶乃人类言语之一种特性，故虽古代文字，如老子孔子之文，亦间有骈句。如“道可道，非常道；名可名，非常名。无名天地之始，有名万物之母。故常无，欲以观其妙；常有，欲以观其微”，此三排句也。“食无求饱，居无求安”。“贫而无谄，富而无骄”。“尔爱其羊，我爱其礼”。此皆排句也。然此皆近于语言之自然，而无牵强刻削之迹；尤未有定其字之多寡，声之平仄，词之虚实者也。至于后世文学末流，言之无物，乃以文胜。文胜之极，而骈文律诗兴焉，而长律兴焉。骈文律诗之中非无佳作，然佳作终鲜。所以然者何。岂不以其束缚人之自由过甚之故耶。(长律之中，上下古今，无一首佳作可言也。)今日而言文学改良，当“先立乎其大者”，不当枉废有用之精力于微细纤巧之末。此吾所以有废骈废律之说也。即不能废此两者，亦但当视为文学末技而已，非讲求之急务也。

今人犹有鄙夷白话小说为文学小道者。不知施耐庵、曹雪芹、吴趼人皆文学正宗，而骈文律诗乃真小道耳。吾知必有闻此言而却走者矣。

八曰不避俗字俗语

吾惟以施耐庵、曹雪芹、吴趼人为文学正宗，故有“不避俗字俗语”之论也(参看上文第二条下)。盖吾国言文之背驰久矣。自佛书之输入，译者以文言不足以达意，故以浅近之文译之，其体已近白话。其后佛氏讲义语录尤多用白话为之者，是为语录体之原始。及宋人讲学以白话为语录，此体遂成讲学正体。(明人因之。)当是时，白话已久入韵文，观唐宋人白话之诗词可见也。及至元时，中国北部已在异族之下，三百余年矣(辽、金、元)。此三百年中，中国乃发生一种通俗行远之文学。文则有《水浒》《西游》《三国》之类，戏曲则尤不可胜计。(关汉卿诸人，人各著剧数十种之多。吾国文人著作之富，未有过于此时者也。)以今世眼光观之，则中国文学当以元代为最盛，可传世不朽之作，当以元代为最多。此可无疑也。当是时，中国之文学最近言文合一。白话几成文学的语言矣。使此趋势不受阻遏，则中国乃有“活文学出现”，而但丁、路得之伟业，欧洲中古时，各国皆有俚语，而以拉丁文为文言，凡著作书籍皆用之，如吾国之以文言著书也。其后意大利有但丁诸文豪，始以其国俚语著作。诸国踵兴，国语亦代起。路得创新教始以德文译旧约新约，遂开德文学之先。英法诸国亦复如是。今世通用之英文新旧约乃一六一一年译本，距今才三百年耳。

故今日欧洲诸国之文学，在当日皆为俚语。造诸文豪兴，始以“活文学”代拉丁之死文学。有活文学而后有言文合一之国语也。凡发生于神州。不意此趋势骤为明代所阻，政府既以八股取士，而当时文人如何李七子之徒，又争以复古为高，于是此千年难遇言文合一之机会，遂中道夭折矣。然以今世历史进化的眼光观之，则白话文学之为中国文学之正宗，又为将来文学必用之利器，可断言也。(此“断言”乃自作者言之，赞成此说者今日未必甚多也。)以此之故，吾主张今日作文作诗，宜采用俗语俗字。与其用三千年前之死字(如“于铄国会，遵晦时休”之类)，不如用二十世纪之活字。与其作不能行远不能普及之秦汉六朝文字，不如作家喻户晓之《水浒》《西游》文字也。

一、胡适与白话文运动

(1)“今日中国之雷音”——《文学改良刍议》

1915 年的中国，在看似平静的文坛开始暗涌着一股革命的洪流。在上海，陈独秀创办了对后世影响极大的《青年杂志》(1916 年改名为《新青年》)，它成为中国新文化运动的风向标。而此时，远在美国的胡适正与几位留学生(梅光迪、任叔永等)热烈讨论中国文学的传统问题。胡适当时所提出的有关中国文学的观点，特别是“要需作诗如作文”受到同学们的极力反对，他们的反对之声把很保守的胡适逼上梁山，促使胡适深刻反思，并系统提出了“文学革命”的问题。1916 年胡适把他“年来思虑观察所得”具体概括为“八项主张”，寄予他的著名同乡陈独秀，在陈独秀的“详其理由，指陈得失”的建议下，胡适最终将八事“衍为一文”，这就有了后来被陈独秀称为“今日中国之雷音”的《文学改良刍议》。

1917 年 1 月陈独秀将其发表在《新青年》第 2 卷 5 期上。《文学改良刍议》是倡导文学革命的第一篇文章，胡适是积极推动白话诗的先驱者。接着，陈独秀在下一期刊出了自己撰写的《文学革命论》进行声援。翌年，1918 年 5 月，鲁迅又在第 4 卷 5 期发表了著名的白话小说《狂人日记》。于是中国现代文学迈出了艰辛的第一步。

本来新文化运动的鼓动和开展并不如想象中的顺利，此时的《新青年》依然是在用文言文宣传、播撒新思想新观念，这就有点像是用旧瓶装新酒贩卖一样，无论怎么吆喝，它的受众始终受到限制。在这关键时刻，是胡适火眼金睛看到了阻碍新文化运动流向广大民众的“卡口”所在，倡导“白话文运动”无异于一场极其成功的“定向爆破”！将文言文的高门槛果断拆掉了，新文化、新思想的活水顺着大白话的路径流向广大民众，一场声势浩大、波澜壮阔的思想革命就真正展开了……

胡适作为“首举义旗之急先锋”，在《新青年》上发表《文学改良刍议》一文，提出著名的“八不主义”，是他首先释放了“文学革命发难的信号”。他对文学革命的贡献是不能、也不会被淹没在历史的洪流之中的。正如欧阳哲生所说“胡适的‘暴得大名’是建立在他早期新文化成就的基础之上的。”

胡适早期发表的三篇文章《文学改良刍议》《建设的文学革命论》《易卜生主义》，对当时新文化运动和以后的文学发展产生了极大的影响。他最先在《建设的文学革命论》中提出，“要在三五十年内替中国创造出一派新中国的活文学”来。在实践方面，他出版了中国新文学初期的第一部白话诗集《尝试集》；并最先用白话文翻译欧洲的短篇小说，其中包括高尔基、契诃夫、莫泊桑、都德、史特林堡等不同国籍的著名作家的作品；他也是提出戏剧改良的第一人，所作《终身大事》被人视为中国话剧的开山之作。

(2) 第一本白话诗集——《尝试集》

为了实践自己的文学革命理论，胡适开始创作白话新诗《尝试集》。这部创作于 1916 年 7 月，第一编写于留美期间，后两编写于归国后，出版于 1920 年的诗集，两年之内销售达一万部。1922 年推出增订四版，此版流传最广。

《尝试集》初版与增订四版正文均分为三编，另有附录《去国集》所收诗篇，是胡适在 1916 年前所作的文言诗词。他在《自序》中说："既已自誓将致力于其所谓'活文学'者，乃删定其六年以来所为文言之诗词，写而存之，遂成此集，名之曰《去国集》。"因而，附录《去国集》既算是胡适对自己过去的一个告别，也体现了胡适思想演进的一个背景。

阅读《尝试集》，人们会惊异于它的文学性的匮乏。确实，《尝试集》作为第一部现代白话诗集，就像所有开拓性的文本一样，是将鲜明的创新性和局限性融于一体的。《尝试集》仅从文学欣赏的角度来说，的确算不上一部成功的诗集。但是换一个角度，即从文学史的意义上看，它又是进入现代文学不可不谈的一部"经典"。如学者陈子展所说，《尝试集》的"真价值"主要在于"与人放胆创作的勇气"，以及从中体现的"'前空千古，下开百世'的先驱者的精神"。

胡适《尝试集》在语言、形式、诗体、风格等方面展开了自己的白话诗尝试。这是一场声势并不显赫、但却十分深刻且与前代"诗界革命"有着本质区别的诗歌革新。

正是以胡适这些"沟通新旧两个艺术时代桥梁"的前"五四"白话诗为标志，中国诗歌结束了其几千年来在古典形态里的发展变化，初步确立了中国诗歌新的艺术形态，转换了中国诗歌古典与现代的题型，开始了一个伟大的"新诗纪元"。经过几十年的演进，汉语诗歌的文本结构形态发生了整体蜕变，而这一切就始于胡适的《尝试集》。

胡适曾宣称新文化运动为"中国的文艺复兴"，并断言其有四重目的：研究问题；输入学理；整理国故；再造文明。所谓研究问题，胡适治学主要的两个领域：一是中国哲学史，二是中国文学史。尽管《中国哲学史大纲》只出版了上卷，《白话文学史》也没有下编，可这两部书都是建立规范并奠定学科基础的经典性著作，都是对 20 世纪学术发展影响甚深的"大胆假设"。所谓整理国故，就是用科学方法对三千年来破碎的古学进行一番系统的研究。他屡次撰文介绍清儒与西哲的"科学方法"，再三声称他的学术研究都是为了证明并推广其"科学方法"，源于其师美国著名哲学家约翰·杜威的"实验主义"，不管是研究科学，还是研究国学、研究治国之道，他主张"大胆地假设、小心地求证"——这些新思想、新观念、新方法，给民国时期开拓了崭新的视野，带来一股新鲜的空气，为学术研究、科学研究提供了神奇的动力。另外，他首创"新红学"，发现了《红楼梦》前 80 回与后 40 回的不同；重修禅宗史，以及用"历史演进法"来研究中国古代章回小说，都是开一代新风，功不可没。

◎ 附：胡适《尝试集》之《兰花草》篇

胡适是中国现代史上叱咤风云的大人物，但他的作品真正为大众所熟知的并不多，这首《兰花草》可能是流传最广的一个：

我从山中来，带着兰花草。
种在小园中，希望花开早。
一日看三回，看得花时过。
兰花却依然，苞也无一个。

眼见秋天到，移兰入暖房。
朝朝频顾惜，夜夜不能忘。
但愿花开早，能将宿愿偿。
满庭花簇簇，开得许多香。

胡适这首原题为《希望》的诗成于1921年。那年夏天他到西山去，友人熊秉三夫妇送给他一盆兰花草，他欢欢喜喜地带回家，读书写作之余精心照看，但直到秋天，也没有开出花来，于是有感而发。

它清新、质朴、深情，对生命的期待与珍惜跃然纸上，而且朗朗上口。每哼起这支歌，在那优美的旋律中，人们眼前浮现的不是兰花草，而是胡适匆促而执着的身影。当年胡适学成归来，千里迢迢不辞辛苦也带着一株“兰花草”——西方的实证主义精神，种到中国的土地上，小心地呵护，殷切地期待它开出花来——何止是“一日望三回”啊！

正因为这种急迫、渴望的心情，他触景生情，托物言志，萌发《希望》一诗。他表达了希望实证主义、自由主义思想之花早日开遍中国的强烈愿望。如今斯人已去，国家复兴在望，品味这首“兰花草”，竟有一丝抹不去的惆怅和感伤。

◎ 编者注：

胡适的“八不主义”和第一部白话诗集《尝试集》，为一场声势浩大的新文学革命掀开了序幕——伟大的白话文运动，就此展开！

千百年来，中国传统文学始终给人一副高高在上的印象，大雅之堂的文学雍容华贵，端庄典雅，以极高的文字魅力流芳百世，自有其不可估量的精神价值。然而这一类文学自它诞生之日始，便设定了很高的“门槛”（文言文），将底层民众、下里巴人挡在了文学殿堂之外，文学成为极少数人玩赏、研习的一种高雅的、奢侈的文字游戏。这是一种“戴着镣铐的舞蹈”，舞得精彩，自然绝美，所以才有楚辞汉赋、魏晋古风、两朝骈文、唐诗宋词元曲、明清小说……韵律、对仗、平仄；义理、考据、词章，文学的大雅之堂门槛很高很高，普通人轻易无法涉足，这是合乎封建社会统治阶级文化垄断、文化禁锢及一贯施行的“愚民政策”的需求的。

所谓的文学繁荣，始终只是在上流社会、极少的受众中展开，虽然自有其血脉延续的传统，且渐渐创新出一些日益开放、平等、自由的文体式样，但终究其变化是极缓慢的，并不适应同时代天下形势浩荡发展之急需。长久以来，因而形成了中国传统文学保守、封闭、狭隘、专制的一种没落形象，顾影自怜，故步自封，极大阻碍了文化思想的广泛传播。

而今新文化运动这场伟大的思想变革，将突破口对准了“文言文”这道有形的门槛(文言文难度较高，与民间的白话将社会区分开来)，而胡适的《文学改良刍议》和《尝试集》所掀起的白话文运动，就像一场及时雨一样洒在了最为关键、最是要害的文学领域，引爆了一场轰轰烈烈的新文学大革命！并藉由文学这把利剑的推动，新文化运动才真正铺天盖地汹涌而来……

任何一场伟大的时代变革，要真正取得现实的成效，必然要在某一领域获得哲学意义的突破，使普通大众切实地“收获现实的便利或实惠”，这场变革才有可能真正推开、走向深入(西方的“文艺复兴”“启蒙运动”均是如此)。白话文运动便是这一时期关键节点上著名的“导火索”，它使文学真正回到民间，回到普通大众的身边，它所代表的“话语权”革命，在民国时代虽然仅为少数可怜的知识分子所有，但它开启了文学真正走向自由、平等的未来发展趋势，因此才有了20世纪二三十年代中国现代文学各种流派、社团，如雨后春笋般的迅猛发展，作家作品的大爆发。它在文化思想领域里的意义，也不仅仅是推动新文化运动波澜壮阔地展开，而是破除了知识或文化垄断，还文化于民，使“读书识字”成每一个人的基本素养，为整个中华民族文化素质的提升破除了障碍，为启蒙一个古老民族注入了“文化爆炸”般的新鲜力量。

没有白话文运动，新文化运动就无从谈起。破除了“文言文”这道门槛，新文学才能畅通无阻地进入平民社会，才能唤醒广大的民众的社会热情和生命智慧，才能掀起一场声势浩大的时代变革。

同时更关键的是，这场“语言学的革命”，带来了“观念的革命”！彻底扭转了中国人惯常的思维或思考方式，白话文为中国人接受现代新思想、新文化和新观念，提供了基础保障。所以白话文运动的推广功在千秋，利在当代。有了全民的参与，才能真正开启中国社会的现代化历史进程。

二、人物简介

胡适(1891—1962年)，原名嗣穈，学名洪骍，字希疆，笔名胡适，字适之。著名思想家、文学家、哲学家。安徽绩溪人，以倡导“白话文运动”、领导新文化运动闻名于世。

幼年就读于家乡私塾，19岁考取庚子赔款官费生，留学美国，师从哲学家约翰·杜威，1917年夏回国，受聘为北京大学教授。1918年加入《新青年》编辑部，大力提倡白话文，宣扬个性解放、思想自由，与陈独秀同为新文化运动的领袖。他的文章从创作理论的角度阐述新旧文学的区别，提倡新文学创作，翻译法国都德、莫泊桑、挪威易卜生的部分

作品，又率先从事白话文学的创作。他于1917年发表的白话诗是现代文学史上的第一批新诗。

五四运动后，同李大钊、陈独秀等接受马克思主义的知识分子分道扬镳，由“问题与主义之争”开其端，倡导改良，从此改变了他“20年不谈政治，20年不干政治”的态度。他于20世纪20年代创办《努力周报》，30年代创办《独立评论》，40年代创办“独立时论社”，1938年出任中华民国驻美大使，1939年获得诺贝尔文学奖的提名，1946年任北京大学校长，1949年去美国，1952年返台，1957年始任台湾地区“中央研究院”院长，1962年病逝于台北。

胡适是五四时期中国社会转型期向旧文学发难、倡导文学改良的中国新文化运动的先驱之一，是“五四”新文化运动当之无愧的引领者。他还身体力行进行白话诗的创作，直接参与现代中国文化与文学的建设。正因为这些学术与文化方面的贡献，才使他的名字纠缠着现代中国史，纠缠着艰难的现代化进程。

他是较早运用西方科学方法进行学术研究的人，他提倡的“大胆地假设、小心地求证”的治学方法，在学术上影响甚大。他对《红楼梦》的考证、研究及发现，采用的便是杜威的实证主义方法，在后来的学术生涯中，他一直坚守实用主义研究方法不动摇，这种近于固执的坚持，其实包含了对科学精神不可动摇的信仰。他的《中国哲学史大纲》表现出“实实在在的哲人的智慧，用最明晰的句式，表述深切的思想，不取宠于庸众，不媚俗于贵族”，呈示出“我们文化中稀有的品格”。(《微笑的异端——影像中的胡适》孙郁)

胡适一生的学术活动主要在文学、哲学、红学、史学、考据学、教育学等几个方面，主要著作有《中国哲学史大纲》(上)、《尝试集》《白话文学史》(上)和《胡适文存》(四集)等。

有人将鲁迅精神比作“药”，把胡适思想看成“饭”。饥饿的民族最急需的是“饭”，但不要忘了，鲁迅这副“药”，永远是不可或缺的。(高远东)

“每一个人的存在方式都具有独特性，然而这种独特性正是存在的呈现方式。胡适的生存方式不但显示了中国现代知识分子的命运，而且提供了现代中国人存在的一个版本。”(《微笑的异端——影像中的胡适》孙郁)

近百年前，在西方科学精神的影响下，以胡适为代表的一群意气风发、胸怀大志，立志改革中国文学的青年，开眼看世界，在中国文学这片广袤而浩瀚的海洋上，扬起了他们远行的风帆。他们不畏航行的艰险，冲破重重惊涛骇浪，让那面“文学革命”的大旗在这片波涛汹涌的海洋上飘扬着……

他们曾自信过，沮丧过。时过境迁，百年后的我们再回首那段峥嵘历史时，仍然能够看到革命先锋们少了一些前人的“仰天长叹”，多了一些坚定前行。他们为中国现代文学的发展做出了不可磨灭的贡献。

胡适则是这一时期的功勋之臣，彪炳史册！

第三讲　鲁迅与《狂人日记》

一、名篇简介：《狂人日记》

《狂人日记》是鲁迅 1918 年 4 月创作的第一部中国白话文短篇小说，该文首发于 1918 年 5 月 15 日《新青年》上，后收入《呐喊》集，编入《鲁迅全集》第一卷。它以“表现的深切和格式的特别”（鲁迅语）在中国文学发展史上掀开了新的一页。这篇小说受到俄国小说家果戈理的同名小说的影响。

《狂人日记》着重记述了一个迫害狂症患者“狂人”的心理活动，把他生活感受和心理幻觉糅合成一体，用人物自叙的方式表达出来，意在“暴露家族制度和礼教的弊害。”

这是一篇白话日记体小说，包括小序和正文两个部分。小序主要用文言介绍写作的背景和缘起；正文则是“狂人”写就的 13 则白话日记。在第一则里，写了“我”的那种“趋向光明，逃离黑暗的情绪表现”的指向，作为小说主旨；第二、三则日记，写“我”害怕被人吃，所以怀疑不决，恐惧不安，揭示出狂人“吃人”的社会观的形成；第四则至第十则写“我”就决心要突破这个吃人的罗网，从实证到思辨，进而奋力抗争；日记的最后三则，是“我”的呼吁和呐喊，急切希望一扫封建、向往“没有吃过人”的“新的生命”——现代人的出现。十三则日记生动而深刻地表现了“我”（狂人）的厌死求生、反抗封建礼教，渴求精神解放的特殊人生经历。

从作品的叙述来看，小说的主人公、日记的作者“狂人”，确实是个疯子，他有种种疯子的征兆：狂人总是时时害怕着、提防着被人活生生地“吃掉”，作品具体写出了他的莫名其妙的“狂态”：

①变态的心理。他把平常人的交往如探视、抚摩都看作吃人行为的一部分。如“一路上的人，都是如此。其中最凶的一个人，张着嘴，对我笑了一笑，我便从头直冷到脚跟，晓得他们布置，都已妥当了”。将别人善意的“笑”理解为暗藏杀机的吃人者的表面文章，

完全背离了正常生活的心理轨道。

②混乱的逻辑。狂人在这种变态的心理下，正常的逻辑必然会被打破，这就造成了逻辑的混乱。“我不见他，已是三十多年；今天见了，精神分外爽快。才知道以前的三十多年全是发昏；然而须十分小心。不然，那赵家的狗，何以看我两眼呢?”三十多年不见月光，从生活逻辑来说是不可能的，因此是荒唐的。“他”与“赵家的狗”没有必然的联系，那狗看“我”两眼更是与“我”不相干，但狂人却将他和“那狗”与“我怕”与“月光的不见”都联系了起来，组成一个三段论。这种将部分前提省略的做法，造成了三段论的不成立。

③虚无的幻觉。“狂人即疯子”，是生活在幻觉世界中的人。“我想：我同赵贵翁有什么仇，同路上的人又有什么仇；只有二十年以前，把古久先生的陈年流水簿子，踹了一脚，古久先生很不高兴……”“我翻开历史一查，这历史没有年代，歪歪斜斜的每页上都写着‘仁义道德’几个字……”

但通过以上分析，我们可以发现“狂人”实际上是一个站在时代前列的反封建礼教、反传统文化伦理道德、反封建家族制度的叛逆者。他主要的思想和行动具有强烈的启蒙意义和价值：

①“凡事须得研究，才会明白”，表现了狂人怀疑传统，研究一切启蒙者的思想特点。

②“狮子似的凶心，兔子的怯弱，狐狸的狡猾”，是狂人对“吃人者”本质的认识。

③狂人在“歪歪斜斜的每页都写着”“仁义道德”几个字的历史的“字缝里”看出了“吃人”两个字，是他对封建礼教的实质所作的历史概括。作者文中所提及的活生生的吃人的事实，则是这一历史和结论的旁证。虽然狂人把“把脉”理解为“揣一揣肥瘠”是混乱的臆想，但既然古代能够“易子而食”，现实中狼子村能够吃人，为什么自己的大哥不可能吃自己呢？荒诞的逻辑中自有逻辑的合理性。

④狂人“踹了古久先生的陈年流水簿子”，是对于吃人社会的“经典”“戒律”的蔑视和斗争。通过“古久”和“陈年流水簿子”的形象暗示意义，将矛头直接指向了保守的传统文化。

⑤将来是“容不得吃人的人”，是狂人对未来社会的幻想和规划。

⑥“我也未必没有吃过妹子的肉”。这是对自我的估价和反思，也是对自己前途的绝望。充满了自我忏悔的精神。

⑦“救救孩子”的呼喊，是狂人为建立新的社会而进行的实践性探索。现实中的人，文化中的人，都是有罪的，只有孩子是纯洁的，没有受到吃人文化的污染，因此要想有一个美妙的未来，就只能把希望寄托在孩子的身上，就只能赶紧“救救孩子”。

总之，作品通过狂人的形象，尖锐地揭示了家族制度和封建礼教的“吃人”本质，表现了作者对以家族制度和封建礼教为主体内涵的中国封建文化的否定；也表现了作者深刻的忏悔意识。作者以清醒的、彻底的革命民主主义的立场，对中国的文化进行了深刻的反思，同时对中国的甚至是人类的前途表达了深广的忧愤。

“狂人”出生于封建士大夫家庭，身受封建制度和封建礼教的束缚和压迫，造成对社会的恐怖心理。他认定现在是个“吃人”的世界，封建制度是“吃人”的社会。他半夜察看历史，看见满本书都写着两个字“吃人”。他对吃人社会发出勇敢的挑战，相信将来的社会是“容不得吃人的人”，喊出了“救救孩子”的呼声。小说揭露了封建礼教在仁义道德掩盖下“吃人”的本质，被誉为“彻底反对封建制度的第一声春雷”。鲁迅以其长期对半封建半殖民地的旧中国的深刻观察，发出了振聋发聩的呐喊！

《狂人日记》是近代中国的文学历史上的一座里程碑，开创了中国新文学带有“魔幻性质的现实主义”文学先河。《狂人日记》一发表，就以其“格式的特别”而引起了许多关注，而它的特别，主要在于它采用的是中国传统小说从来没有过的“日记体”形式；此外，作者口中所带有的“淡淡的象征主义色彩”和“寓热于冷”的独特个性风格也引发了人们的高度重视。茅盾说当时“还没有第二个同样惹人注意的作家，更找不出同样成功的第二篇创作小说”。

二、名篇解读：《狂人日记》

1917 年 8 月，鲁迅应钱玄同(金心异)之邀为《新青年》写稿，并在 1918 年 4 月完成《狂人日记》。在创作之前，鲁迅曾经看过百余篇外国文学作品，眼界大开。《狂人日记》是鲁迅在经历了沉默与思索之后发出的第一声呐喊，作品中融入了他多年来的愤怒、怨恨、不满、焦虑，以及希望、祈求等各种复杂的情绪，也必然地体现了作者多年来对中国历史的深思和对现实社会的认识，是一篇彻底的反封建的“宣言”，也是作者此后全部创作的“总序言”。

《狂人日记》整篇作品几乎都是狂人内心世界的表白，“狂人”不是一般典型性格，而是一个患有迫害狂恐惧症的人。小说中，“狂人”异乎常人的思想行为特征，导致了他在生活环境中受到排挤、敌视，因而被视为“有病”。狂人认为周围的人都在吃人，自己也要被迫吃人或被人吃。狂人被关起来，拒绝家人送来的饭菜，拒绝被医治，一直劝说周围人不要再吃人。直到最后狂人发现，也许自己曾在无意中吃过自己妹妹的肉。绝望中的狂人发出“没有吃过人的孩子，或者还有？救救孩子……”的呼喊。

“狂人”在日记中所叙述的环境缺乏写实性，狂人的怪异言行却是彻底而纯粹的，一语道破几千年中国封建社会“吃人”的社会本质。小说通过被迫害者“狂人”的形象以及“狂人”自述式的描写，表现了作者对以封建礼教为主体内涵的中国封建文化的反抗；也表现了作者深刻的忏悔意识。作者以彻底的“反叛者”立场，对中国传统文化进行了深刻反思，同时对中国社会的前途命运表达了深广的忧愤，“救救孩子！”的呼喊尤其振聋发聩。作品中的“狂人”，是鲁迅精心塑造的一个典型的思想启蒙者形象，意在用“狂人”砸碎旧世界，“狂人”虽不完善却已然觉醒，且敢于呼号、控诉，是整个“五四”时代先驱者“激进反叛形象”的艺术象征。

◎ 编者注：

为了彻底撕掉中国传统文化温情脉脉的虚伪面纱，提示其腐朽、没落、“吃人”的本来面目，鲁迅采取了一个特别激进的姿态，以“全盘西化”的极端面目站在了世人的面前。这一个“亮相”还是很令人刮目相看、振聋发聩的。这一时期的鲁迅一针见血，锋芒毕露；性如烈火，声势浩大，显示了一个“传统破坏者”过人的力量和胆识，当然也是很容易遭人诟病和攻击的。

所以鲁迅又非常聪明地、别出心裁地设置了一个“狂人”(疯子)形象，这个形象有点类似西方那个宣告“上帝死了”的“哲学狂人”尼采(他最后真的精神失常，但鲁迅特别推崇这个“疯子”)。鲁迅深知中国几千年的传统文化，铸就了中国人的源远流长的文化血脉，要想实现与传统的彻底决裂，那并不是一件轻而易举之事，它遭到的阻力或反弹是可以想见的。所以正儿八经地“呐喊”，那是注定不会有效果的，反倒容易遭受各种攻击；不如假借一个“疯子”的口吻，快人快语，宣泄出来。反正谁也不会跟一个疯子一般见识，而“疯子”的那些“警世名言”却有可能在哄堂大笑中，被当作“笑话”记录下来，巧妙地达到自己的创作目的。这便是鲁迅塑造“狂人”形象的“别有用心”。

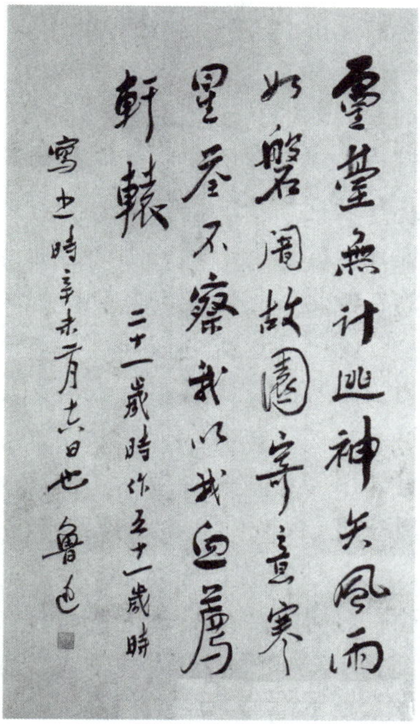

鲁迅在本篇小说中预设了很多著名的象征，“赵家人”“赵家的狗”“古久先生”“吃人啦!”“救救孩子”等，使得整篇小说像一部天外来客式的预言性作品，而缺乏必要的文学色彩，所以一直以来争议不断。但是如果将此文置于新文化运动的大气象之下考察，则不失为警醒世人的战斗号角。

中国的传统文化经过几千年的因袭传承，尤其是在封建体制的僵化格局下，缺乏源头活水，已经显现出太多糟粕和垃圾，一副末世的腐朽没落景象，确实需要大刀阔斧的革新和批判，才能脱胎换骨。所以鲁迅的行文背后提示中国传统文化“吃人”的本质并不过分。按照他的“斗争逻辑”，如此激烈的反传统其实不过是“为了求得中庸后的相对进步而已”——一个有策略的思想者。

“狂人”这一独特的人物形象设计背后，隐约可见四大精神源头：

(1)据说鲁迅的老师章太炎先生早年有过癫痫，所以大家称章太炎为“章疯子”。章太炎自己说过：“世人都说我是疯子，我就是这个时代的疯子!”章太炎是一个无所畏惧的资产阶级革命家，鲁迅对他十分尊敬，《因太炎先生而想起的二三事》，赞赏他和传统社会决裂的勇气和精神。

(2)鲁迅原本学医，深谙医学上被迫害狂症的心理特点，一下子就能描绘出狂人与环境之间的象征性病象。借此揭示黑暗的社会环境的封闭、压抑、沉闷是造成“狂人”层出不穷的根本原因。

(3)鲁迅是喝中国传统文化的奶汁启蒙、成长的旧知识分子，后来又接受了西方现代文明的精神熏陶，这是格格不入的两种文化血液，协调得不好融合不当，本身就是非常容易造成难以克服的文化冲突和内在矛盾，最后变成“疯子”，这在那个年代知识分子身上并不少见。

(4)另一个便是德国哲学家尼采的巨大影响，鲁迅十分推崇他的“超人”哲学和“强力意识”，“尼采就自诩过他是太阳，光热无穷，只是给予，不想取得。然而尼采究竟不是太阳，他发了疯”。这个活生生的例子或许给了鲁迅塑造狂人形象留下了深刻的启示。

《狂人日记》既是现代主义的又是现实主义的。它具有强烈的现实批判性，直指中国封建主义文化的核心，同时对现实社会中的黑暗又进行了毫不犹豫的揭露。且运用大量的具有现代特征的诸如暗示、影射，尤其是精神分析的手法、甚至是中国文化的无意识来表现狂人的莫名心理，因此这是一部典型的现代主义的作品。小说在艺术方面最富有特色的，便是鲁迅所说的“格式的特别”。这表现在以下几个方面：

①借实行虚，以虚证实。小说选取“狂人”作为主角是个十分精心巧妙的安排。在黑暗势力陈陈相因地压在人们头上的那个社会里，一切都已经习惯了，一切都视为当然。鲁迅有意通过“迫害狂”患者的感受，通过他在精神错乱时写下的谵语，从某些“人吃人”的具体事实，进一步揭示了精神领域内更加普遍存在的“吃人”的本质，从而对封建社会的历史现象作出了惊心动魄的概括。

②独特的心理描写。变态的心理、混乱的逻辑和虚妄的幻觉等狂人心理的描写和刻画。狂人见到所有的人都是像要吃人，就是一种典型的迫害狂患者的心理状态；狂人由女人骂小孩推导出女人要吃人，由女人的要吃人推导出大哥、母亲和自己都吃了妹子的肉，这是典型的逻辑上的混乱。

③采用了一些诸如象征、暗示、变态心理描绘等现代主义手段。第一节：“我不见他，已是三十多年”——比喻黑暗的长久；第二节“古久先生的陈年流水簿子”——比喻、暗示中国几千年不变的传统文明。而第六节“黑漆漆的，不知是日是夜。赵家的狗又叫起来了”——象征整个封建社会的黑暗与凶险。这些关键性的词句所包含的象征、比喻、暗示的意义，通过联想可以体会到作品的实质内容。作者既把狂人写得完全像一个狂人，而作为体现作者意图的艺术手段，他使读者的理解完全超越于这个手段，不仅构思颇见新意，而且结合得又天衣无缝，显示了高超的艺术技巧。

除此之外，作品还采用了对照的手法。正文前面的小序是用文言写成的，它简洁、明了而又清醒；而正文部分是用白话写成的，它抒情，具有很深的心理内涵。这两者形成了鲜明的对照。充分显示了白话文学的表现能力，前面清晰的小序也反衬了狂人日记的思维的混乱和混沌。

《狂人日记》在中国现代文学史和中国现代文化史上具有跨时代的里程碑意义。作为现代第一篇白话小说，它奠定了中国现代小说(文学)创作的基础；它深切的思想是中国现代启蒙主义的高度概括，其在形式和思想方面都深刻影响了20世纪中国现代化的历史进程。

三、鲁迅的创作：从作家到启蒙思想家

鲁迅人生最初的梦想是渴望成为一名救死扶伤的医生。留学日本学习西医（如《藤野先生》），就是为了医治国民的病痛，保障国人的体质和健康。这是基于他幼年的家庭变故（父亲早逝）、人生最惨痛的经历而作出的选择。但在留日期间，在仙台学医之时，从日本学校课间播放的日俄战争的影像资料里，目睹了一大批强壮的中国人，愚昧麻木地被杀害或充当看客而深受刺激，深切感受到“凡是愚弱的国民，即使体格如何健全、茁壮，也只能做毫无意义的示众的材料和看客”（《呐喊》自序）。由此他得出结论：革命的“第一要著是在改变他们的精神”。于是果断开始了从医救人到文学救国、拯救国人的精神和灵魂的伟大转变！

这一心路历程在《呐喊》选集《序言》里，描述得非常清晰。因此成为作家，用文学唤醒沉睡的国民，是鲁迅改弦更张、投身创作的睿智选择。《狂人日记》便是这一时期优秀的代表作。

他这一行动刚好呼应了新文化运动“思想启蒙”的时代潮流，并在愈发坚定、深刻的自我反省、思想探索与激情澎湃的写作中，不期然地成为新文化运动的主将，开启了中国新文学最有生命力的一页。

所以“作家”这一身份，是鲁迅最自然的一副面孔，也是他最真实的面孔，可以说这张面孔贯穿他整个人生的始终。他的主要作品有《呐喊》全集、《彷徨》全集、《故事新编》、散文全集、杂文系列等。鲁迅人生的价值大部分体现在这些珍贵的作品里。

鲁迅最初创作的主旨思想是反封建、反传统、反礼教、反旧道德、反文化糟粕，希望除旧布新，脱胎换骨，打造一个全新的文化中国，这些形成了他创作的重点着力方向；也是他作为一个作家，以文学为武器，致力于思想启蒙的重要手段。这一过程中，他的创作体现出了一个思想者自觉、严谨、执着、深入的探索精神——具体表现为四个维度，脉络非常清晰：

第一，单刀直入：反封建反传统。

《狂人日记》翻遍尘封的历史、透过厚厚的“吃人”的历史纪录，强烈地表达了“狂人”反封建礼教、反旧道德、反传统的战斗精神；以及《孔乙己》（刻画了落魄的旧文人穷酸、迂腐、呆滞、没落的可悲形象）；《祝福》（记录了深受封建道德礼教摧残的乡村女性祥林嫂孤苦伶仃的人生）；《故乡》（比较了少年闰土和老年闰土的沧桑之变）等鲜明的主题意识，明确的创作动机，体现的是对封建社会、传统文化的全面批判，极尽嘲讽之能事，系

统地形成这一时期的启蒙思想。

在新文化运动风生水起之时，写这一类"问题小说"的创作者不在少数，鲁迅除了塑造了一系列"被污辱被损害"的经典人物形象之外，更是将目光投向社会的深远处，注视这些小人物的人生命运，发掘出他们身上"哀其不幸，怒其不争"的复杂人性，试图找到问题的根源和答案——在此过程中，鲁迅正不自觉地从一个创作者变身为一个思想者，将他的"使命写作"提高到一个新的高度。

第二，找出病因：提示国民的劣根性。

新文化运动时期，以鲁迅为代表的作家们不约而同地关注起"国民性"问题，寄希望于改造国民，根绝其"劣根性"，强健其精神，进而从根本上塑造一个民族的刚健人格。"唯有民魂是值得宝贵的，唯有它发扬起来，中国才有真进步。"每个人都有自己的精神脊梁，这才是一个民族实现自立自强的可行之路。像鲁迅的中篇小说《阿Q正传》便是这一时期的代表作。

从《阿Q正传》中就可以看出，"阿Q"不单纯只是一个弱者的形象，他的复杂在于：阿Q和赵老太爷或其他什么人，在某种程度上，其实都是一类货色，假如阿Q得势，将是另一个赵老太爷；假如赵老太爷失势，则又会是活脱脱的另一个阿Q。所以在阿Q身上有着关系其人生命运的特殊性和普遍性，这个特性就是那个时代国人特有的"国民性"。

所谓"国民性"，就是指中国国民都有的人性。鲁迅所强调的，非指一般的、泛泛的人性，特指国民"劣根性"，即某些国民的落后性。《阿Q正传》是鲁迅对旧中国病态国民性的一次集中展示和系统的大清算。鲁迅以文学家的敏感和专注、思想家的冷静和深邃，观察、思考、分析着所他所经历的一些时代变迁，人物命运的时代沉浮，逐步认识自己所经历的革命、所处的社会和所接触的人们的精神状态，以期有一个小小的总结。这便是《阿Q正传》基本的写作背景。鲁迅以"揭出病苦，引起疗救的注意"为目的，试图说明即便像阿Q这样愚昧麻木、自私自利、不觉悟的底层民众，身上始终潜藏着的反抗性和革命性，也可能真心向往革命。农民是中国革命的重要力量，启发底层民众的觉悟，是极其重要的问题，也是一个民族的希望所在。

第三，开出药方，治病救人。

找到社会的病根子，就要开出对应的药方，治病救人。辛亥革命曾经给苦苦寻觅出路的鲁迅以极大的振奋，可革命胜利后的结果又使他的希望灰飞烟灭，尤其是底层社会的悲惨景象更是让他不忍直视。短篇小说《药》便是一次痛苦思索的见证。

1907年光复会"鉴湖女侠"秋瑾被害于"古轩亭口"，鲁迅遂以秋瑾惨遭杀害的真实历史事件为背景，创作了这篇具有寓言意味的著名小说《药》。小说通过小茶馆主人"华老栓”夫妇为宝贝儿子小栓买“人血馒头”治病，反而命丧黄泉的故事，揭示了长期的封建统治造成的迷信和愚昧给底层人民带来的深重灾难，从侧面颂扬了革命者“夏瑜”视死如归、英勇不屈的斗争精神，反映了辛亥革命前后中国社会的基本面貌，揭露和斥责了封建统治的罪恶和黑暗，也批判了当时革命党人脱离群众、孤立斗争的致命缺失以及底层民众的愚昧无知、落后麻木的状态，指出了辛亥革命的局限性。“人血馒头”也因此成为后世一个著名的充满隐喻或象征意义的特有名词。

小说在结构安排上甚是巧妙，以华老栓夫妇四处求医寻药、给儿子治病为明线，以革命者夏瑜被杀害、窃为“人血馒头”为暗线，明暗交织，双线合绳，牵引出一个凄惨的悲剧性结局。《药》中被屠杀的革命者“夏瑜”，隐喻的就是“秋瑾”烈士。“夏”“秋”相对，“瑜”“瑾”互映；而小说中“华老栓”家与“夏四奶奶”家，又合成“华夏”一家。以“药”作为小说情节发展的纽带及点睛之笔，有着深刻的象征含义，预示着革命者需要继续寻求真正能拯救中华的“良药”。

鲁迅自己对《药》是这样解释的：“《药》描写了群众的愚昧和革命者的悲哀；或者说，因群众的愚昧而来的革命者的悲哀；更直接地说，革命者为了愚昧的群众奋斗而牺牲了，愚昧的群众并不知道这牺牲为的是谁，却还要因了愚昧的见解，以为这牺牲可以享用，增加群众中的某一私人的福利。”（《谈〈药〉》）

这便是鲁迅思考的着眼点，不可谓不深刻。从学医到成为“中国人灵魂的医者”，他独特的个人经历和心路历程，给他的创作带来了特殊的个性和灵感，有着一般作家无法抵达的深刻和神奇能力，他创作的目的性十分明确，那就是要探求拯救国民精神灵魂的“良药”，为久病孱弱的中国开一剂药到病除的“良方”。他在作家朝向思想家的路上，跨出常人难以逾越的一步。

第四，杀回马枪：关注被启蒙者受启蒙后的再度迷失。

五四知识分子群体作为新文化运动的主力军，在运动开始之初可谓同声相契、意气相投，但中国知识分子本质上始终是一支精神上飘忽不定、居无常所的“游牧贵族”，具有随波逐流的软弱根性。“他们不乏稍纵即逝的热情，却没有一以贯之的勇气；偶尔想采取行动，却又惧怕承担后果。一旦人生境遇陡转，外部压力趋近精神所能承荷的极限，那他们势必迅速调整各自的步调和姿态，通过立场的转变来求得从严酷现实中解脱。”（贺奕《中国知识分子的世纪病》）

知识分子虽然不乏对于独立人格的推崇，但其行为方式往往又呈现出群体上的趋同和相近。换句话说，中国知识分子即便强调个人抉择，这种个人抉择也是在潜在的群体模式下展开的。一旦社会变革引发的动荡愈激烈，这一特征就表现得愈明显。正是这种个人向着群体，群体向着群体的群体无休止的精神逃亡过程，折现出中国知识分子人格上的先天缺陷。

作为新文化运动主体的一批文人学者，由于意识到运动的性质已发生由文化而政治的意外偏斜，对纷纭变幻的时局无力执断，因而纷纷揖别了早年的激进主张，心态日趋消沉落寞，“他们被迫置于一个全然陌生的历史境遇当中，种种翻覆变异令他们有种无所适从的迷茫感，一切旧有的思想观念都被倾倒进意识形态的熔炉，成为烧制新文化胚模的燃料”(贺奕《中国知识分子的世纪病》)，最后变成了玩世不恭或时代的落伍者。

“五四”先锋尚且如此，更不用说普通的底层民众。尤其是在新文化运动行将退潮之际，鲁迅特别忧虑曾经同一个战壕里的战友或自己的学生，可能也会迷失，甚至同流合污，这对于他们一手缔造的启蒙运动而言无疑是莫大的损失，更为关键的是，知识分子的消沉和急流勇退，对于一个时代和社会的反作用力特别大。

这一点鲁迅看得分明，他的《彷徨》集里系列小说(《伤逝》《在酒楼上》《孤独者》《高老夫子》《离婚》)及杂文《娜拉出走之后》等篇章，正中了这个群体的要害，给了这群“迷失者”特别的爱和关注，顽强延续着“五四”新文化运动的薪火，坚守着启蒙思想的阵地，显示了鲁迅作为一个思想家最透彻、深刻和独到之处。

“五四”新文化运动中贬抑和訾责传统文化最激进的那批人，后来几乎悉数倒戈，不约而同地表现出对于传统文化的复归和认同。“领军人物陈独秀，政坛失意后一度借小学遣怀；极言全盘西化的胡适，开始倡导‘整理国政’，倾全力治中国思想史，埋头作《水浒传》《红楼梦》乃至《水经注》等书的考据；钱玄同转向历史学和音韵学研究；刘半农则转向语言学研究和民歌民谣的搜集整理；周作人初出时的躁厉文风，也渐渐演为后来小品文的迂徐冲淡，品茗谈酒，隐道逃禅。”(贺奕《中国知识分子的世纪病》)鲁迅虽也有一时的迷惘彷徨，但他终究挺直了身体，独扛一杆大旗，坚守着“思想启蒙”的阵地，在那个风雨如晦的时代成为一个民族坚定的魂魄！

四、鲁迅的生平、创作及影响

1. 作家简介

鲁迅(1881 年 9 月 25 日—1936 年 10 月 19 日)，浙江绍兴人，原名周树人，字豫山、豫亭，后改名为豫才。曾用名周樟寿，曾留学日本仙台医科专门学校(肄业)。“鲁迅”是他 1918 年发表《狂人日记》时所用的笔名，也是他影响最为广泛的笔名。五四新文化运动的重要参与者，中国现代文学的奠基人。毛泽东曾评价他是伟大的无产阶级文学家、思想家、革命家，是中国文化革命的主将。“鲁迅的方向，就是中华民族新文化的方向。”因而死后被称誉为“民族魂”。

鲁迅出生于一个封建官僚的家庭。13 岁那年，祖父因科举舞弊案锒铛入狱，此后父亲又长期患病，终致病亡，家境败落对少年鲁迅产生了深刻的影响。1898 年，17 岁的鲁迅离开家乡，进了南京水师学堂，后又改入南京路矿学堂。这两所学校都是洋务派为了富国强兵而兴办的，传授自然科学知识。期间，鲁迅阅读了大量外国文学和社会科学方面的著作，开拓了视野。特别是严复翻译的英国人赫胥黎的《天演论》，给予鲁迅以深刻的影响。

1902 年他东渡日本，开始在东京弘文学院补习日语，后来进入仙台医学专门学校(现日本东北大学医学部)。他之选择学医，意在救治像他父亲那样被庸医所害的病人，改善被讥为“东亚病夫”的中国人的健康状况。

1918 年 9 月，鲁迅在《新青年》杂志上首次以“鲁迅”笔名发表了现代文学史上第一篇白话小说《狂人日记》，开始了他的创作生涯，此后一发不可收拾。鲁迅的加入是中国文学史上里程碑式大事件，极大地推进了现代文学的发展。

鲁迅曾在中华民国教育部任职 14 年，1926 年 8 月，因支持北京学生爱国运动，抗议“三・一八”惨案，南下厦门大学任文科教授；数月后离开厦门抵达广州，“移入中山大学”任文学系主任兼教务主任。

1927 年 10 月，鲁迅辞去中山大学职务到达上海，住在上海公共租界 10 年之久。1930 年起，先后加入中国自由运动大同盟、左翼作家联盟和中国民权保障同盟。1936 年 10 月 19 日清晨在上海因肺结核病去世，终年 55 岁。

2. 有关鲁迅的创作评价及影响

对于评价问题，一直以来众说纷纭，下面两段评论具有一定的代表性：

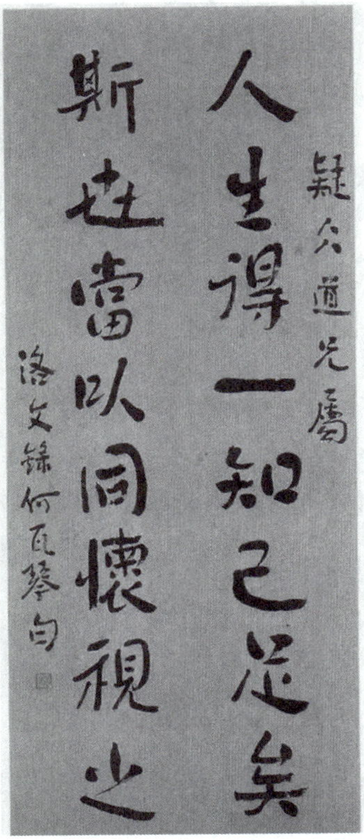

> “鲁迅是中国文化革命的主将，他不但是伟大的文学家，而且是伟大的思想家和伟大的革命家。
>
> 鲁迅的骨头是最硬的，他没有丝毫的奴颜和媚骨，这是殖民地半殖民地人民最可宝贵的性格。
>
> 鲁迅是在文化战线上，代表全民族的大多数，向著敌人冲锋陷阵的最正确、最勇敢、最坚决、最忠实、最热忱的空前的民族英雄。鲁迅的方向，就是中华民族新文化的方向。”(毛泽东《新民主主义论》)

这段话对鲁迅的评点十分精辟，这种高屋建瓴式的宏大论断，也显示出评论者极高的理论素养和气魄，非毛泽东难有人能达到如此水准，毛泽东对鲁迅的推崇也可见一斑。

对于鲁迅是怎样一个人，鲁迅的思想是如何形成和发展的，瞿秋白也有一段十分精准的论述：

> “鲁迅从进化论到阶级论，从绅士阶级的逆子贰臣进到无产阶级和劳动群众的真正的友人，以至于战士，他是经历了辛亥革命以前直到现在四分之一世纪的战斗，从痛苦的经验和深刻的观察中，带着宝贵的革命传统，到新的阵营里来的。”

他终于宣言："原先是憎恶这熟识的本阶级，毫无可惜他的溃灭，后来由于事实的教训，以为唯有新兴的资产阶级才有将来。"（瞿秋白《〈鲁迅杂感选集〉序言》）

作为鲁迅最为真诚、亲密的朋友，共产党领袖瞿秋白与鲁迅有着很深的交往。瞿秋白曾到鲁迅家中避难，鲁迅把他视为忘年交，曾写过"人生得一知己足矣，斯世当以同怀视之"一联赠予。

瞿秋白这段文字说得甚是透彻，将鲁迅一生的思想轨迹做了最为简洁的概括，入情入理，真实贴切，且有相当的说服力，历来被认为是最有学术价值的鲁迅评价。

第四讲　《阿 Q 正传》与“国民性”

一、《阿 Q 正传》与“国民性”探究

1. 小说概要

《阿 Q 正传》以辛亥革命前后闭塞的农村小镇未庄为背景，塑造了阿 Q 这个身心受到严重戕害的落后农民的典型。他无家无地无固定职业，以出卖劳力为生，备受残酷的压迫与剥削。但他不能正视自己的悲惨地位，却以“精神胜利法”自我陶醉、自我麻痹。阿 Q 从盲目的自尊自大到可悲的自轻自贱，是典型的“哀其不幸，怒其不争”的代表，是半封建半殖民地社会环境里的典型性格。阿 Q 的阶级地位决定他欢迎革命，但他不了解革命，认识糊涂，精神麻木，结果被篡夺了革命果实的权贵阶级枪毙示众。

《阿 Q 正传》继承我国小说的民族传统，用“传”的形式构成全篇。小说紧紧围绕阿 Q 而“传”，自始至终以阿 Q 的活动作为唯一线索，展开故事情节，写出阿 Q 短暂而可悲的一生。小说共九章，每三章可构成一个部分。前三章写阿 Q 的阶级地位、经济地位，概括勾勒阿 Q 以“精神胜利法”为中心的性格特征；中间三章写阿 Q 遭遇的压迫和剥削，进一步刻画阿 Q 的性格，表现阿 Q 的处境，揭示了时代矛盾；后三章写阿 Q 在革命到来之后的性格变化和悲惨命运。

第一章，是小说的序言，排列起来交代四个问题：小说的名目、阿 Q 无姓、无名、无籍贯，写阿 Q 的政治地位和他生活的社会环境。交代名目的来源时，从孔子的“名不正则言不顺”说起，批判了“正名论”，顺便给主张保存“国粹”的遗老遗少们以讽刺。考察阿 Q 的姓时，通过赵太爷不准他姓赵这一可笑又可悲的情节，突出了阿 Q 连姓都被剥夺了的屈辱的政治地位，凶残横暴的统治者也粉墨登场了。考察阿 Q 的名，由“洋字”而涉及“国粹”，又一次幽默地讽刺那些遗老遗少们。考察阿 Q 的籍贯时，讽刺了胡适的考据癖。序言告诉读者，他并不为名人作传，而要给一个不为世人所闻，连姓、名、籍贯都十分模

糊的流浪雇农阿Q作传，表明他对穷人的态度；而顺笔讽刺当时的一些文人，则是近现代之交新旧文化交锋的常见现象。

第二章，追述往事，刻画阿Q的性格特征：精神胜利法。描述阿Q的部分生活片段，突出了他的妄自尊大、自欺欺人。交代阿Q的经济地位，到处打短工的流浪雇农，是社会中被压迫、被污辱的最底层的人。接着连续写他的四个生活片段。他穷得娶不上老婆，却自吹“我的儿子会阔得多啦”；在精神上独不崇奉赵、钱两家，进过几回城，又讥笑未庄人的“不见世面”，这些都突出了阿Q妄自尊大的特点；“癞疮疤”的故事，写他被欺辱时由打人到怒目而视到自轻自贱；“押牌宝”事件，写他被欺辱后为取得精神上的胜利而进行自我摧残。以上便是阿Q精神胜利法的构成部分之一。

第三章，接第一章的情节，继续写阿Q的精神胜利法。阿Q被赵太爷打了之后，反而因此“得意了许多年”，原因就在于中国人从来如此，他们景仰强暴，视人压迫人为当然。作者入木三分地表现了当时人们的这种十分可悲的变态的奴性。这一章写了三个生活片段。竟然败在王胡手下，遭到“平生第一件的屈辱”；挨了假洋鬼子的“哭丧棒”，遭到“平生第二件的屈辱”；调戏小尼姑，为自己的屈辱报仇。三个片段，刻画了阿Q畏强凌弱的性格；阿Q与王胡比丑，说明他无聊到了极点；憎恶假洋鬼子，则表现他排斥异端；“赶紧抽紧筋骨”等待挨打，显出十足的奴性；调戏尼姑，更表现阿Q对女性态度上的肮脏。

第四章，写阿Q拙劣的求爱经过和遭到的可悲结果，继续表现阿Q的地位和处境。作者在叙述中把阿Q的永远得意归咎于“中国精神文明冠于全球”，指明了他的思想是受了封建文化、思想的影响而产生的，这是阿Q严格遵循“男女之大防”和排斥异端的思想根源。而强调阿Q的“样样合于圣经贤传”，以及他要找女人是唯恐“不孝有三无后为大”，都说明阿Q全身浸润了封建思想的毒素，满脑子都是封建思想道德。而他去拧女人大腿，说“诛心话”“掷一块小石头”，留心想“引诱野男人的女人”，又说明他前面的思想是虚伪而可憎的。年近三十的阿Q要求恋爱是正当的，但他的要求却触犯了封建礼教，因而遭到赵太爷父子的凶残迫害，他不仅挨打，而且连可怜的一点点家当也被榨取干净，断绝了活路。这一章，写了阿Q的可憎，更写了他的可怜，也写了统治者迫害人民的残暴。到此，情节发展又深入了一步。

第五章，写阿Q走投无路，揭示麻木的国民“吃人”的本相，再写阿Q的畏强凌弱。“恋爱”既成“悲剧”，阿Q接下来遇到了“生计问题”。这一章写了三个生活片段。阿Q感到“世上有些古怪”，做工被老主顾拒之门外而意识到生路被断绝。然而他并没有意识到断他生路的是赵太爷之流，而误以为是比他更弱小的小D“谋了他的饭碗去”，便发生了“龙虎斗”。这既表现了阿Q的畏强凌弱的性格，又说明阿Q的不觉悟已经到了不可思议的地步。无路可走的阿Q去静修庵偷萝卜，是情节的必然发展。他视小尼姑如草芥，对老尼姑耍无赖，亦是他畏强凌弱、无赖霸道的表现。自己的不争气、不觉悟，统治阶级的迫害，必然使他走上行窃之路。

第六章，写阿Q由走投无路到短暂的“中兴”，再被赵太爷逼到无路可走的经过。阿Q从城里回到未庄后，受到人们的“敬畏”，不过因为他在城里给白举人家里帮过忙，手里有现钱，有些便宜货，还知道城里一些见闻。因此，掌柜、酒客、路人都对阿 Q“刮目相待”，王胡等人对阿 Q 也“肃然”，妇女对有劣迹的阿 Q 也不再躲避，而是主动赶着要买他的东西。这一切深刻揭示了国民趋炎附势的本性。然而，当阿 Q 的底细被披露出来后，人们又由对他的“敬而远之”到“斯亦不足畏也矣”，更说明了世态的炎凉，人们的愚昧无知。不由得使人发问，这样的国民不改造行吗？阿 Q 的又一次走投无路成为必然。

第七章，写辛亥革命到来时各阶层对革命的态度，突出了阿 Q 的革命要求。在阿 Q 再一次被逼上末路时，辛亥革命的暴风雨来了。城里的“举人老爷”视革命如洪水猛兽，他要逃难了。未庄的“一群鸟男女”惊恐万状，误传革命军是为崇祯报仇的军队。阿 Q 则最具有代表性，由于他的思想深处的保守心理，使他对一切新生事物都持怀疑和否定的态度，所以起先对革命“深恶而痛绝之”；但他又从自己的处境和感受出发，感到“革命也好罢”，产生了“便是我，也要投降革命党”的要求，因此他高喊“造反了，造反了”，表达了他革命的愿望。但他所理解的革命实质是什么呢？“要什么就是什么，欢喜谁就是谁”。这样的革命怎么能够成功？小说以形象的描写，从一个侧面反映辛亥革命失败的根源。再看阿 Q 的对立面，赵太爷父子在革命到来时吓得六神无主，低声下气地把一向不放在眼里的阿 Q 叫成“老 Q”，这时候的赵太爷和阿 Q 俨然换了一个位置。还是年轻一辈诡计多，赵秀才竟和假洋鬼子相约革命，革掉了静修庵里的一块龙牌，还顺手抄走了一个宣德炉。这就是当时非常普遍的混迹于革命中的假革命现象。

第八章，写辛亥革命引起的未庄的变化，进一步刻画阿 Q 的性格。革命像一阵风一扫而过，并没有到达未庄，人心日见安定。政权落到投机钻营者手中。变化最大的不过是掀起了盘辫的风潮。赵秀才、假洋鬼子成了戴“银桃子”的革命党，未庄的政权仍在这些从前的压迫者手中。阿 Q 要投革命党，结果误投假洋鬼子门下不成，被“哭丧棒”赶出门。他被剥夺了革命的权利。同时写赵家遭抢，这就预示着阿 Q 的悲剧命运就要到来。

第九章，写阿 Q 被当作替死鬼被捕、被审和被处决。赵家遭抢使未庄人和阿 Q 都很“快意”，这体现了人们对统治者的不满情绪。阿 Q 就是作为抢劫嫌疑犯而被捕的。谁告了他的状呢？就是戴“银桃子”的自称革命党的赵秀才。压迫阿 Q 的是赵秀才之流，不准阿 Q 革命的是赵秀才，最后捕他、审他、处决他的还是这个戴着“银桃子”的“革命党”人。阿 Q 要求革命而不可得，革命后反而被枪毙，他成了革命的牺牲品。可悲的是，他到死也不知道自己为什么被枪毙，而且还在死前表演了他最后的精神胜利法：“过了二十年又是一个……”这一章里，还提到城里依然如故，掌权的还是原班人马，举人还在追究陈年老租，依然有游街示众，依然看客如云，只是审问的跪改为站，处决的砍头改为枪毙。小说显示，辛亥革命后的中国社会，仍然是一团漆黑；辛亥革命后的中国人，依然是那样麻木……

2. *名篇解读*

《阿 Q 正传》最早是在北京《晨报副刊》上分九次连载，在 1921 年 12 月到 1922 年 2 月间每周或隔周刊登一次，署名巴人，明显是取“下里巴人”之意。

《阿 Q 正传》是鲁迅唯一一部篇幅相对较长的作品，以辛亥革命前后的江南农村“未庄”为背景，塑造了阿Q这样一个受旧社会沉重压迫而精神被扭曲变形的人物形象。阿Q性格中的狭隘、保守、排斥异端、欺善怕恶、男女之大防等，刚好体现了被封建传统文化压榨下的灵魂的“丑陋”——阿Q的可笑、可悲和可怜，都在小说中展示得十分鲜明，其中有特别让厌恶、憎恨的一面；但同时他最后稀里糊涂又落得一个杀头的悲惨下场，又让人莫名地怜悯、同情。正是这种复杂的人物形象，令阿Q成为底层民众一个经典代表。

《阿Q正传》是以一部通俗的滑稽小说或文学漫画的方式亮相的，在体裁和写作手法上，更接近白话章回体小说，既没有作为现代文学作品标记的变形和张力，也没有现实主义小说情节上的蓄意性和紧张感。《阿Q正传》貌似一出滑稽的独角戏，没有叙事设计和观念性，有的只是一个又一个简短的、没头没脑的逸闻趣事和生活琐碎的拼贴。事件的编排是纯线性的，一件接一件，像相声演员一个接着一个地“抖包袱”，几乎没有结构可言；通篇好像只是一系列“奇闻逸事”的罗列，一切“意义”或“结果”都好像是预先设定好的，所以说《阿Q正传》在情节上没有任何令人意外之处，甚至根本没有情节，而它的喜剧性正来自于这种可预见性。

《阿Q正传》的主题思想之一，就是“精神胜利法”批判。

鲁迅所谓的“精神胜利法”，就是在失败面前闭上眼睛，用瞒和骗制造胜利的幻觉麻醉自己，把奴隶的屈辱和失败的痛苦变成精神上的自满自足，从而使自己麻木不仁、安安心心地做奴隶。“中国人不敢正视各方面，用瞒和骗，造出奇妙的逃路，而自以为正路。在这路上，就证明着国民性的怯弱，懒惰，而又巧滑。一天一天地满足着，即一天一天地堕落着，但却又觉得日见其光荣。”将“精神胜利法”归结为国民的“劣根性”，是鲁迅的一大创造或发明，代表了鲁迅文学创作的一个新高度：中国现代小说也开始从“问题小说”向人性分析的深度转变。

精神胜利法的主要功能，就是维系奴隶的心理平衡，用自欺、瞒自己、骗自己的方式使自己麻木。“精神胜利法”正是造成底层民众不觉悟并被套上精神枷锁的麻醉剂。这种麻醉剂只能使劳动人民忘却压迫和屈辱，无反抗，无斗志，永远处在被压迫、被剥削、受毒害的状态中，成为封建统治者的奴才和顺民。

封建礼教、封建迷信和愚民政策三管齐下，从精神上麻醉和毒害民众，千百年来几乎使底层民众都丧失了思考能力。这种麻醉和毒害造成了阿Q的愚昧落后和麻木不仁：阿Q几乎没有记忆，既没有基于经验观察的总结能力，也没有基于内心活动的反思能力，因此阿Q没有改变现实的可能，只能一而再、再而三地重蹈覆辙，他的命运是早就注定了的。一切都是可笑的，滑稽的，但对于笑不起来的读者来说，一切都变成了寓言。阿Q已成了“精神胜利法”的代名词，后人称之为“阿Q精神”。

在阿 Q 们的灵魂里，有着五千多年积淀下来的沉重的奴隶意识，这也是鲁迅对旧中国国人灵魂的一个重大发现。他们“默默地生长，萎黄，枯死了，像压在大石板底下的草一样，已经有四千年”，他们世世代代做奴隶，受的封建文化奴役最深，奴隶意识也最沉重。小说揭示了半封建半殖民地社会的阶级矛盾和“精神胜利法”产生的历史根源，有力地批判了辛亥革命的脱离群众和不彻底性。

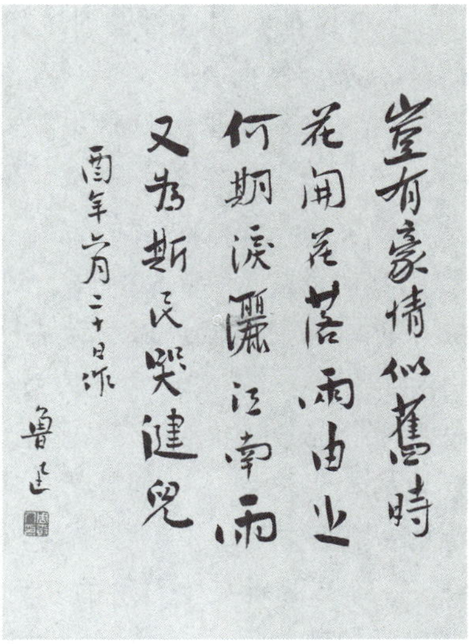

鲁迅用近乎漫画的夸张手法，将精神胜利的荒谬性揭露得淋漓尽致。不仅从经济剥削、政治压迫、文化控制等方面，对封建制度整个反动思想体系加以揭露和批判，而且为了砸烂这重精神枷锁，使民众觉悟起来，他特别深入地探究到“改造国民性”这个根本性的问题上。

《阿 Q 正传》不失为鲁迅前期创作的集大成者和寓言写作的典范。这种典范性不是局限在常规的内容层面，因为在一般所谓思想性上，《阿 Q 正传》并没有特别超出五四启蒙主义否定传统和国民性批判的范畴。但《阿 Q 正传》的文学性强度和特殊的寓言构造，却在形式或“审美判断”上，打开了一个更为丰富、广阔的思想空间。《阿 Q 正传》表面上那种轻松调侃的语调、松散的结构、写意式的白描，以及举例和图解式的叙事方法，像是微型的传统章回体小说和欧洲近代流浪汉小说漫不经心地结合，但细读就会发现，它又是鲁迅所有作品中完整性和技巧性把握得最好的一个。

◎ 阅读与思考：

(1)凡是读过《阿 Q 正传》或《药》的人，对鲁迅文中各阶层民众的麻木与愚昧，是有深刻印象的；鲁迅对国民性的深刻剖析或批判所表现出的“哀其不幸，怒其不争”的立场，很多人深以为然。编者对鲁迅的崇拜，在相当长的时间内也多源于此。因为此前很少有文学作品像鲁迅这样拿着“手术刀”解剖普通人的灵魂的，并且认为从这个角度去揭示旧中国的衰败与落后，算是找到病根了，即所谓的国民的“劣根性”。只有根除掉这些腐朽没落、自私阴暗、卑劣龌龊的观念、意识、臭毛病，每个人都阳光健康起来，国家才有救，这才是古老民族的真正振兴之路。“唯有民魂是值得宝贵的，唯有它发扬起来，中国才有真进步。”

但鲁迅此后写了十多年的小说，批判了几十年的国民性(包括他那些如匕首似投枪的杂文)，却没有收到理想的效果……20 世纪 30 年代的中国内忧外患、山河破碎；国家疲弱、民不聊生。以文学唤醒民众、拯救苦难中国的梦想，根本无从实现。“狂人”“斗士”一般的鲁迅，处在一个更加荒谬、茫然无措的世界里，疲惫不堪，猝然而逝……

然而在他逝后的十多年里，一个崭新的中国、一群扬眉吐气的人，带着日新月异的光芒形象，屹立于世界的东方，一个古老民族的伟大复兴就此开始了！何哉？前后不过十几年的光景，同样的土地上，同样的一群人，却有着如此天翻地覆的差别？

(2)这里我们也得谈到这场伟大变革的缔造者——毛泽东。作为一个以诗词名扬于世的政治家，他也有一本十分著名的、非文学的经典著作《中国社会各阶级的分析》。

在这篇作品里，他对中国社会的各阶层也做了深刻而细致的分析，甚至有过历时两年、深入一线的实地考察、调研(如《湖南农民运动考察报告》)，他对民众的认知和了解，没有停留在农民们固有的自私、愚昧、封建、落后、狭隘这些“劣根性”的层面(他认为这是中国社会的“三座大山”之一，封建制度对人民的残害)，也没有以知识分子的冷静视角去分析或解剖他们，以帮助戒除掉那些“劣根性”，而是像菩萨一样张开宏大的慈悲怀抱，用“世界的主人”共产党人的宏大梦想去感召他们，将那些受苦受难的人紧紧团结起来，投身于一场改变自我，同时也改造社会的伟大的历史革命中去，并在这场轰轰烈烈、改天换地的大洪流中，自然而然地实现了自身的脱胎换骨，出落成鲁迅等启蒙思想家们真正期待的一代民族新人——这真是化腐朽为神奇啊！

(3)五四新文化运动的伟大使命，就是渴望找到一条民族自新之路。知识分子、启蒙思想家们都在谋求从科学、知识和思想的层面，施以文化的洗礼，从根子上从骨子里救中国。为什么总是事与愿违呢？

这确实是一个沉重的话题。通过上面的对照，或许看到一个模糊的误区：局限于人性的分析、思考，在国民“劣根性”上做过多的纠缠，或许很难真正走出人性的泥淖——人性就是一道深渊，轻易是找不到出路的！这也意味着人性的批判不是国民性改造的万能良药；灵魂的自我触动，不在外在环境的有效影响之下，是很难产生真正的效果的……

鲁迅不是没有过这类忧虑和担心，他的《娜拉出走之后》《伤逝》等名篇中都揭示了社会大环境的险恶，单个个人是很难逃出这种社会性的罗网；而要等待每一个人都觉醒过来形成一个整体的良好社会氛围，又似乎是一个遥不可及的梦境——这就像掉进一个死胡同里，别无出路。

而毛泽东破解了这一切，使我们在文学之外，清晰地看到了政治力量的伟大和神奇。鲁迅晚年似乎意识到了这一点，纯文学的创作差不多停止了，他所进行的艰苦“论战”，其实就是一场革命式的文化战争；他与共产党人的亲密，他的学生、战友纷纷加入革命的行列中，他满腔热忱地送去宝贵的支持或声援……一代思想家似乎看到了破解某个谜底的那片神奇的钥匙！

二、鲁迅创作的四个阶段

鲁迅的创作大致可以分为四个阶段：《呐喊》—《彷徨》—《故事新编》—杂文系列。

(1)《呐喊》阶段——致力于思想启蒙、文化图强，改变国民灵魂和素质。

《呐喊》是鲁迅 1918 年至 1922 年所作的短篇小说的结集。1923 年 8 月由北京新潮出版社出版，集中有《狂人日记》《药》《明天》《阿 Q 正传》《孔乙己》《一件小事》《头发的故事》《风波》《故乡》《端午节》《白光》《兔和猫》《鸭的喜剧》《社戏》这 14 篇小说。

此刻的鲁迅姿态比较高、嗓门比较大，理直气壮，先声夺人；以为取得了西方的真经，不自觉地扮演着一个救世主的角色；有一点真理在手、长剑在握、“众人皆醉我独醒”的布道者的神圣感。所以这一时期的作品如《狂人日记》《药》《明天》《阿 Q 正传》《孔乙己》等都立意奇绝，境界独到，居高临下，环视苍生，显示出强烈的文化优越感——“然而几个人既然起来，你不能说决没有毁坏这铁屋的希望”(《呐喊》自序)。

五四新文化运动自始就有着鲜明的社会指向，这使它以不可遏止的势头，迅速向文化领域以外扩张。他们鼓吹西方学说，倡导“民主”和“科学”，断不会满足于文字上的泛泛而谈，而实是想以此作为“起中国社会于沉疴积痛中的速效良方”。他们真正的用心不宣而喻，正是希望通过文化颠覆(或曰“思想启蒙”)来促成社会的全面革新。这一时期的鲁迅，目标明确，信心十足，看准了中国社会的问题所在，呐喊着冲锋，像一个斗士一样勇往直前。

“呐喊”时期的鲁迅，基本上还保持着《文化偏至论》《摩罗诗力说》时对西方文化的推崇心理，踌躇满志，信心百倍，以为取到了西方的灵丹妙药，就必将能大补于古老的中国。他充满理想，笃信“世道必进，后胜于今”，也目睹了日本“明治维新”在“全盘西化”的路上所取得的脱胎换骨的巨变……所以在扮演了尼采式的“狂人”之后，撕掉了中国传统文化、道德礼教含情脉脉的面纱，暴露出赤裸裸的“吃人”的真面目之后，他继续发力，连续出拳，系统地阐发了自己一套崭新的人文主义思想，“在《药》的瑜儿的坟上平空添上一个花环，在《明天》里也不叙单四嫂子竟没有做到看见儿子的梦”，“聊以慰藉那在寂寞里奔驰的猛士，使他不惮于前驱”(《呐喊》自序)。鲁迅这一时期的作品，相对比较高调，也合乎“呐喊”的特征。

但鲁迅毕竟是鲁迅，即便是在这样一个人生的高光时刻，他也比别人先天多了一丝特别的东西——自我怀疑！比如在《故乡》的结尾处，他突然冷不丁地来了这样一段似是而非、模棱两可的哲人之语：“希望本是无所谓有，无所谓无的。这正如地上的路，其实地上本没有路，走的人多了，也便成了路。”吐出这段话的时候，正是鲁迅自信受挫、呐喊声开始变调的时候——这真是令人刮目相看。鲁迅不愧为学医出身，任何时候都保持着常人不可理喻的冷峻和理性。难道他预先就意识到了这一通“呐喊”是长久不了的？会有声嘶力竭、沙哑失声的时候？随着“呐喊”声竭，其调子也慢慢低了下来，如《一件小事》《头发的故事》《风波》《故乡》《端午节》《白光》《兔和猫》《鸭的喜剧》《社戏》等，开始向人间回归，向自我生活回归……西方的先进思想、文化观念对鲁迅而言，毕竟是外来的东西，他是“拿来主义”，并没有考虑到可能水土不服的问题，尤其是对于布道者而言，这外来的文化刺激或灵感终究是缺乏持久性的，他总有气绝途穷的一天！

(2)《彷徨》阶段——孤独无依，进退失据，谓之“彷徨”。

这一时期鲁迅失去了先前的激情和自信，变得犹豫、失落、徘徊、踌躇不前，“感觉自己像一只失群的飞鸿，在浩渺的天空飘飘荡荡，无所归依；孤独寂寞的内心体验，遂外化和升华……”因而他创作了包括《祝福》《在酒楼上》《幸福的家庭》《肥皂》《长明灯》《示众》《高老夫子》《孤独者》《伤逝》《弟兄》《离婚》等11篇小说。

自己身上全然流淌着中华文化千年的血脉，却要弃旧图新，割发换血，这不亚于一场自我维新的革命，真正要做到这一点，谈何容易？简直就是像抱着自己跳离地球一样。所以一声嘹亮的《呐喊》、一通激情澎湃的爆发宣泄之后，突然发现自己变得空空荡荡，已经少了文化的底气，一会儿就声嘶力竭了，再也喊不出声来了；而冲在前面的仅有少数几个人，其他人都在观望不前。他不得不回首打量自己一番，为什么？

既怀疑世界，更怀疑自己。此前由于过分痴迷西方文明而产生的种种空想令人特别失落，同时又深切体味到传统文化的深厚强劲难以动摇，而不得不作出改弦更张的痛苦抉择。“他们努力消弭西方学说的世界观内涵，而将之降为一种单纯的方法论。他们重新奏起用‘中体西用’旧词谱写的新曲，最终回到对博大精深的传统思想文化阐幽发微上来。”（贺奕《中国知识分子的世纪病》）虽然他们期望以此作为在困惑中自守的最后精神据点，但造成的结果却是对于现实的全面逃避——革面洗心，主张光大东方固有文明以塑造世界。流风所被，“五四”以降的文人学者均受影响，不少人很快也沉潜到传统文化的静水深流中去了。

鲁迅也不例外，“然而我虽然自有无端的悲哀，却也并不愤懑，因为这经验使我反省，看见自己了：就是我决不是一个振臂一呼应者云集的英雄”。“我于是用了种种法，来麻醉自己的灵魂，使我沉入于国民中，使我回到古代去，后来也亲历或旁观过几样更寂寞更悲哀的事，都为我所不愿追怀，甘心使他们和我的脑一同消灭在泥土里的，但我的麻醉法却也似乎已经奏了功，再没有青年时候的慷慨激昂的意思了。”

彷徨期的鲁迅，像一只高飞的倦鸟终于回到了地面上。他终究要回到现实的生活层面，所以这时的创作风头转向了普通人、身边人的日常生活，写他们的人生际遇、悲欢离合，充满了悲天悯人的情怀，有了现实的烟火气息，他开始了人生的降落过程……

但鲁迅的沉潜出人意料，“我便寓在这屋里钞古碑。客中少有人来，古碑中也遇不到什么问题和主义，而我的生命却居然暗暗的消去了，这也就是我惟一的愿望”。

用“钞古碑”的方式切入历史，重温历史，温故而知新，这样的自省方式世所罕见。在一次痛快淋漓的宣泄之后，一旦激情遇阻或受挫，人是很容易心灰意冷的，英雄们大多回到亲情友情爱情的怀抱，慢慢地舔伤疗养；或者回归故乡再汲力量之源，以待东山再起。鲁迅却是一个猛子扎进中国传统文化、历史的最深处，用钞古碑的方式，重新梳理自己的文化血脉与思想传承，与历史对话，与古人对话，与逝者对话，在深远幽暗的时间之河里，捕捉属于自己心仪的文化之光影谱系，翻寻、检视自己过去曾藐视的一切腐朽没落之物……他在这条五千年的中华文化的长河里泅渡了很久，待他上岸的时候，他仿佛变了一个人，他梳通了自己的文化经脉，找到了力量之源，他变得火眼金睛、理直气壮，日后的光景大不同！

中国旧知识分子都是吸中国传统文化的奶水长大的，这是不可更改的文化血缘，与此决裂几乎是不可能的。唯有沉潜到中国文化源流的深处，才有可能汲取源源不断的营养以供自己生命所需……

(3)《故事新编》阶段——整理国故，潜心学习。

这是鲁迅人生的沉潜期，也是一次力量的再积累，边学习边反思边探索。主要创作成果是《故事新编》，收入《补天》(1922 年 11 月)、《铸剑》(1926 年 10 月)、《奔月》(1926 年 12 月)、《非攻》《理水》《出关》《采薇》《起死》(1935 年 12 月)八篇小说。

这部历史小说集取材于中国古代神话、传说和历史史实，但它没有拘泥于原有的故事，而是加进了鲁迅自己的理解和想象。鲁迅实际上用这样的创作手法重构了中国的文化史，揭示了中华民族存在、发展及生生不息的历史根源，也重塑、校正了那些被中国封建文人圣化了的历史人物形象。

《补天》里的女娲故事，可以被视为是一部中华民族的“创世纪”。在鲁迅的观念中，真正体现中华民族原初精神的不是那些古圣先贤和帝王将相，而是创造了中华民族的那些原初英雄，她们才是民族生命力的源泉和象征；《奔月》写的是古代英雄的悲剧，羿射九日，拯救了人类，却被自己的学生暗算，被他的妻子所抛弃，那些自私狭隘的世人并不想继承、发扬他的英雄精神，只想利用他实现自己自私狭隘的目的；《铸剑》表现的是被压迫者向压迫者复仇的主题；《理水》《非攻》歌颂了中国古代那些身体力行的政治家和思想家，大禹和墨翟都是中华民族脊梁式的人物；孔子、老子、庄子、伯夷、叔齐这些历史人物，在鲁迅的笔下有了栩栩如生的新形象……

这一时期的创作虽然只有八部作品，但对鲁迅而言，是极其喜悦的，他重新获得了一种力量或曰“新生”。五千年的文明史在他的眼里不再全是垃圾、糟粕和“吃人”的历史，而是蕴藏着取之不尽用之不竭的思想宝库，他可以“去粗取精”，青出于蓝；古为今用，推陈出新。他在中国传统文化的源流里，“找到”(或曰“遇见”)了自己久违的精神语码，他可以按照自己的文化谱系来编排它们，让它们熠熠闪光，焕发出生机和活力——这时的鲁迅与《呐喊》时期的鲁迅精神状态截然不同。他终于意识到新文化革命的方向不能是单纯的“拿来主义”，而必须基于中国文化血缘的深厚传统再融合创新才有可能。这几乎是中国文化传统的必然趋势，它不可能被取代、被中止、被消亡，但它最有可能融合那个时代最先进的新思想、新观念，再造一种新的文明形态，进一步推动中国社会向前发展。

《故事新编》以荒诞的手法表现严肃的主题，创立了一种完全新型的历史小说的写法。鲁迅站在现代思想观念立场上，创造性地运用多种现代小说的表现形式，对中国古代神话、传说和历史人物进行再叙述，再评价，并在这种再叙述、再评价之中巧妙地渗入自己对当下现实生活和思想文化的思考与批判。

《故事新编》有点类似于西方后代思想家德里达的“解构主义”哲学主张，赋予了中国传统文化崭新的内涵。这恰恰是一个中国作家取之不尽、用之不竭的文化之源。《故事新编》意味着鲁迅的沉潜，真正取得了意想不到的收获。很多人这么一沉入，可能从后就永远潜下去了，再也没有起来。而鲁迅却在厚重而深沉的历史文化长河里开始了又一次升腾。

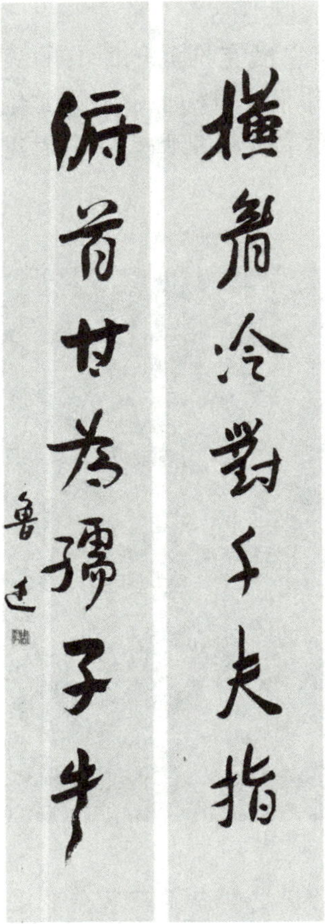

(4)杂文创作阶段——混乱而匆忙的人生时期。

最能体现鲁迅创造精神和创造力的，还应该首推他的杂文。“杂文”古已有之，在外国散文中也能找到类似的作品。但只有到了中国现代文学史上，到了鲁迅的手中，杂文才“是匕首、是投枪”，这种文体才表现出它独特的艺术魅力和巨大的思想光芒。鲁迅的杂文堪称是中国现代文化史最精彩的战斗“檄文”。

鲁迅一生写了《坟》《热风》《华盖集》《华盖集续编》《三闲集》《二心集》《南腔北调集》《伪自由书》《准风月谈》《花边文学》《且介亭杂文》《且介亭杂文二集》《且介亭杂文末编》等15部杂文集。

从“五四”时期起，鲁迅就开始用杂文的形式，与反对新文化运动的各种不同的论调、逆流进行斗争，但那时他还是不自觉的。到了后来，有些人开始嘲笑他是一个“杂文家”，他才更明确地意识到“杂文”的力量，并且开始自觉地从事杂文的创作。鲁迅说，杂文是“感应的神经”，它能够“对于有害的事物，立刻给以反响或抗争”，从而在旧文化、旧思想的荆棘丛莽中，为新文化、新思想的发展开辟出一条蜿蜒曲折的道路。

这一时期，新文化运动开始退潮，中国社会陷入了罕见的大分裂、大动荡周期，阶级对立十分尖锐，各种落后的、敌对的甚至反动的社会思潮层出不穷，各种逆流沉渣泛起……新文化运动阵营土崩瓦解，唯有鲁迅像一面猎猎招展的大旗，逆风飘扬，代表着进步、光明、希望之所在，始终站在中国先进文化的最前线，回击各方面的挑战、各个阵营的攻击，勇敢得像一名斗士。

这也是鲁迅从作家文学家、思想家的身份中慢慢超脱出来，走向“文化斗士”、革命家，日后被神化的开始，是鲁迅真正“封神”的时刻。这一时期文化战线上一群随风倒的知识分子、文人不由分说地投入了国民党政权的怀抱，趋炎附势，助纣为虐。文化战线上也是黑云压城、血雨腥风，各种攻击、论战居心叵测，天昏地暗，鲁迅表现出了一个革命者冷峻、执着、不屈不挠的斗争精神。他左冲右突，针锋相对，反击各种封建余孽和各种腐朽没落思想的泛滥；言辞犀利，鞭辟入里，“痛打落水狗”，“一个也不宽恕”，真正是“横眉冷对千夫指，俯首甘为孺子牛”，因而被毛泽东誉为“伟大的革命家”。

当然这也是鲁迅最痛苦、最坚决的一副面孔。从一个温和的启蒙思想家，发展为一个绝地反击的斗士，这可能是他本人都没想到的，这甚至违背了他的初衷——“辱骂与恫吓决不是战斗”。他曾表示，像“许褚赤膊上阵”式的战斗，绝不是拯救一个民族的“良药”(这在他的小说《药》里已经表达得很清楚了)。但又不能放任这股逆流倒行逆施，招摇撞骗，于是于血雨腥风和白色恐怖之中，他挺身而出，“决不妥协”，几乎是“一个人在战斗”，展现了一名新文化运动巨人的风骨和气节，成为一个民族魂魄的象征。

◎ 编者注：

(1)鲁迅对阿 Q 的人性分析，对“国民劣根性”的批判，不是一个简单的人性批判。鲁迅深刻描画、揭示了小农经济下中国国民愚昧落后的普遍性、劣根性，真正贬斥、批判的是千百年来中国根深蒂固的封建制度、道德礼教对人性的残害或恶果，就是要让人们意识到整个国家民族落后、挨打的根源——这是非常有眼见的。

如果看不到这一层，人们是没办法从根本上意识到腐朽、没落的体制对个人、对国家、对历史进步的阻碍——鲁迅刺出的这一刀，十分见血！这是新文化运动由表及里、走向深入的一个鲜明标志。这也是那个时代，文学对新文化运动最有价值的贡献之一。

旧的不去新的不来！只有将千百年来中国小农经济意识里的种种陈腐愚昧的观念清除干净，将封建残余思想彻底埋葬，才能为新思想、新文化的诞生提供沃土和温床；鲁迅是一个深刻冷静的思想家，他意识到只有对旧体制旧道德旧观念的彻底“腾空”或“清场”，才能为新文化开拓出一条大道来——鲁迅在跟二千多年的封建制做一个了断！

(2)不光是鲁迅，轰轰烈烈的新文化运动，就是秉承了这样的宗旨或思想：陈独秀树起“民主”和“科学”两面大旗，李大钊对“青春中国”“庶民的胜利”热情礼赞，胡适“白话文”运动，以及后来者郭沫若《女神》对“自由”精神的呼唤，冰心聚焦“母爱、童心、大自然”的“爱的教育”，巴金在《家》《春》《秋》中表达的人权“平等”的理想……这些构成了上个世纪初年最为壮观的文学(文化)景观，成为一股浩瀚的新世纪源头活水，对古老民族的文化传统激浊扬清、推陈出新；新文化运动是为中华民族的千年转折做思想准备，这是中国现代史上具有里程碑意义的大事件，也是中华民族融入世界文明史、走向现代化、开启百年复兴历史进程的标志性事件。

历史掀开了新的一页！

中国文学史上继春秋战国、唐宋之后，又一个文学大繁荣时期来临了……

第一章　现当代文学之诗歌

诗歌发展的五个阶段(简略)

一、五四新诗：新文化运动的第一声礼炮(1915—1927年)

代表诗人：胡适、刘半农、郭沫若、冰心

代表作：《尝试集》《叫我如何不想她》《女神》《繁星》《春水》

第五讲　郭沫若 从《女神》到《雷电颂》

第六讲　冰心与“爱的哲学”

二、怅惘与迷茫：失落的诗神(1927—1937年)

第七讲　《雨巷》与“现代诗派”

第八讲　徐志摩与“新月派”

三、纯诗与意象：诗歌的正常发展

李金发与初期象征诗派

胡风及“七月诗派”“九叶派”诗人

四、激情与革命：诗歌的理想年代

诗歌的蓬勃发展　革命现实主义与革命浪漫主义

艾青　郭小川

五、“朦胧诗”崛起与现代诗的发展(1979年至今)

北岛、舒婷、顾城

陈东东、欧阳江河、西川

“五四”早期诗歌的发展

自胡适的《尝试集》开始，早期新诗在内容和形式上已经和古典诗歌有了本质的区别，在韵律、内容和语言方式上完成了对中国古典诗歌的革新和超越。“五四”新诗，堪称新文化运动的第一声礼炮，首先是促成了文学的大爆炸和千百年少有的繁荣，同时对中国诗歌自身的贡献主要体现在：一是以白话文作诗，将中国诗歌从文言语体中解放出来；二是创立了自由体、无韵体和散文诗体，将中国诗歌从旧的形式体例中解脱出来。形式上的变革赋予了新诗崭新的生命力。不足的是这时期的诗歌处于草创之时，过于平实，情感浓度不够，想象力不足，缺少诗歌的意味，只注重新诗语言和旧体诗的区别，忽视了诗歌语言和其他文体的区别，散文化倾向突出，诗歌的语言失去了韵律感和节奏感。

刘半农(1891—1934年)，名复，字半农，江苏江阴人。是中国现代史上著名的文学家。

早年在《新青年》上看到胡适《文学改良刍议》，大受震动，决定与旧文学决裂，投向新文学。1918起开始向《新青年》杂志投稿，署名时斟酌再三，觉得自己以前用那种香艳媚俗的笔名“半侬”十分可耻，毅然去掉了偏旁，改为“半农”，以示与过去决裂。后旅欧留学，获法国国家文学博士学位。1925年回国，任北京大学教授，是“五四”新文化运动的先驱、新诗人、杂文家和著名的语言学家。

他的《汉语字声实验录》荣获“康士坦丁语言学专奖”，是我国第一个获此国际大奖的语言学家。在新文化运动中，他写了大量的诗歌，内容多是反封建的，形式上着力模仿民歌。出版的诗集有《瓦釜集》(1926)、《扬鞭集》(1926)。其他著作有《半农杂文》《中国文法通论》《四声实验录》等，编有《初期白话诗稿》，另有译著《法国短篇小说集》《茶花女》等。

代表作《教我如何不想她》这首诗用了歌词的形式，融进了民歌风尚，同时又是不折不扣的现代白话诗，可谓三种风格、三种审美因素的完美统一。而刘半农是最早(1918年初)呼吁对中国丰富的民歌资源进行搜集、整理和保存的人，并且身体力行，进行了长期的调查和整理工作，贡献极大。

◎ 附：刘半农《教我如何不想她》(1920年)

天上飘着些微云，
地上吹着些微风。
啊！微风吹动了我的头发，

教我如何不想她？

月光恋爱着海洋，
海洋恋爱着月光。
啊！这般蜜也似的银夜，
教我如何不想她？

水面落花慢慢流，
水底鱼儿慢慢游。
啊！燕子你说些什么话？
教我如何不想她？

枯树在冷风里摇，
野火在暮色中烧。
啊！西天还有些儿残霞，
教我如何不想她？

◎ 编者注：

这首诗是白话新诗开始流行时的一篇精品之作。刘半农创作于 1920 英国伦敦大学留学期间，诗名开始叫《情歌》，后改名《教我如何不想她》。那时诗人远离祖国故土，时时心生对故园的思念，伴着和风美景，抑制不住内心纯真的爱和热切的依恋之情，写下这首名诗。

刘半农在这首诗中首创了“她”字的使用，受到广泛的赞誉。也因此这首思乡之作，竟被误为情诗广为流传，至今日已然变成一首脍炙人口的情诗，大行其道。

该诗音韵和谐、语言流畅，用了歌词的形式，融进了民歌的节奏，同时又完美地体现了现代白话诗的韵味，可谓三种风格三种审美因素的完美统一。1926 年被著名的语言学家赵元任谱成曲，广为传唱。

第五讲　郭沫若 从《女神》到《雷电颂》

一、名篇欣赏：《天上的街市》

天上的街市

（1921 年）

远远的/街灯/明了，
好像是/闪着/无数的/明星。
天上的/明星/现了，
好像是/点着/无数的/街灯。

我想那/缥缈的/空中，
定然有/美丽的/街市。
街市上/陈列的/一些物品，
定然是/世上/没有的/珍奇。

你看，那浅浅的/天河，
定然是/不甚/宽广。
那隔着河的/牛郎织女，
定能够/骑着牛儿/来往。

我想/他们此刻，
定然在/天街/闲游。
不信，请看/那朵流星，
是他们/提着灯笼/在/走。

1921—1922 年，中国仍处于北洋军阀混战时期，面对半殖民地半封建社会的黑暗现实，作者感到极大的愤慨，从地上的街灯联想到天上的明星——描写天上的街市，使人展开了想象的翅膀，体会到牛郎织女美好的团聚生活。这里的牛郎和织女已经得到了解放，他们生活得很美满；而人间世界，却是一片惨淡愁云，判若云泥。通过这样一种对比，突现一种反差。“明星”和“街灯”回还往复的互喻，创造了一个充满幻想、诗情画意的天堂意境，表达了作者对美好世界和幸福生活的向往。

郭沫若这首《天上的街市》，风格非常恬淡，用自然清新的语言、整齐的短句、和谐优美的旋律，表达了诗人纯真的思想。那意境是平常的，那节奏也是缓慢的，如细流、如涟漪，但是就是这平淡的意境，带给了我们丰富的想象，让我们的心灵随着诗歌在遥远的天空中漫游，尽情驰骋美好的梦想……

通常的诗歌评价都类似于这样，似乎很中肯，但其实这样的评价用在哪一首诗上，似乎都是合适的，因而这样的评价也是空泛的、不那么妥帖。真正的读者应该有不同的个人感受：

其一，读这首诗令人感到一股“仙气”扑面而来。这是一种气概与才华。在一种淡定与喜悦中，作者拥有一种与天上人间浑然一体的从容感，仿佛他可以在天地两界之间自由来往，不存在世人对于天界的一种景仰与敬畏。他拥有与“天”等高的气势。这是一种很难得的浪漫情怀，有一股“乘风化羽”的超脱感。有点类似于苏东坡的“我欲乘风归去”那种“不是人”的感觉，所以说诗中有一股“仙气”。

其二，这诗能够用人力将天地两界“打通”，并且将调子压得那么低，不张扬款款细语，背后有作者自命不凡的气质在。做到这一点不容易，人一般得意之后，把握不好，就容易“爆裂”了。而此诗作者处理得很好，用一种近乎童稚的口吻，将此诗的气韵贮存、密封起来，含而不露，却在读者的心中荡漾开来，所以含蓄而隽永。这是很高超的一种创作技巧，值得学习。

其三，还需要说明的是，不是任何年代的人都有这种“出神入化”的高蹈感。只有开天辟地的大时代才有这种心气儿。这样的豪情和气概，往上追溯甚至可能要到大唐盛世《春江花月夜》的年代，差不多千百年来，中国文化不断低走，到了清朝末年已经是“万马齐喑究可哀”了。所以此诗代表了一个伟大时代人类的某种自信、在天地间“神游”的从容与自得，体现的是一个时代的精神风貌，而这正是“五四”新文化精神的闪光！他开启的也许不只是一百年的中华文明的复兴，而是更长久的未来。

◎ 延伸阅读（历史剧《屈原》中的诗歌独白）

《雷电颂》（作品节选）

风！你咆哮吧！咆哮吧！尽力地咆哮吧！在这暗无天日的时候，一切都睡着了，都沉在梦里，都死了的时候，正是应该你咆哮的时候，应该你尽力咆哮的时候！

尽管你是怎样的咆哮，你也不能把他们从梦中叫醒，不能把死了的吹活转来，不能吹掉这比铁还沉重的眼前的黑暗，但你至少可以吹走一些灰尘，吹走一些沙石，至少可以吹动一些花草树木。你可以使那洞庭湖，使那长江，使那东海，为你翻波涌浪，和你一同地大声咆哮啊！

啊，我思念那洞庭湖，我思念那长江，我思念那东海，那浩浩荡荡的无边无际的波澜呀！那浩浩荡荡的无边无际的伟大的力呀！那是自由，是跳舞，是音乐，是诗！

啊，这宇宙中的伟大的诗！你们风，你们雷，你们电，你们在这黑暗中咆哮着的，闪耀着的一切的一切，你们都是诗，都是音乐，都是跳舞。你们宇宙中伟大的艺人们呀，尽量发挥你们的力量吧。发泄出无边无际的怒火，把这黑暗的宇宙，阴惨的宇宙，爆炸了吧！爆炸了吧！

……

二、郭沫若创作的三个时期

1.“五四”时期：启蒙诗人，一代诗神

《女神》是郭沫若的第一部诗集，具有开一代诗风的意义。《女神》除序诗外共收诗五十六首。集中最早的诗写在1918年初夏，除一小部分为1921年归国后所作外，其余均写于诗人留学日本期间，主要是郭沫若诗、剧、曲合集。初版于1921年8月上海泰东书局，为创造社丛书的第一种。

作为浪漫主义的天才诗人，郭沫若成为这一时期新文学的杰出代表，以诗集《女神》喊出了时代的最强音，那火山般的激情，华丽、复杂的语言，急促的旋律，大胆的夸张，烘托渲染了诗歌的浪漫激情。尤其是那奇异的想象，使诗人火山爆发式的情感，以一种浪漫的方式得以释放。他的创作惊醒了一代青年，释放了被压抑的社会心绪，呼应了时代的精神需求，成为启蒙诗人的典范，一时风头无两。

这是郭沫若的黄金时期，他的成就主要体现在诗歌上。几部重要的诗集，集中地展现了他过人的创作才华，他激情似火、浪漫狂热的诗歌个性得到充分的展现，自我实现的程度很高。这当然跟“五四”时期特定氛围有关，那种宽松、自由、充满朝气的环境也有利于滋养、形成郭沫若浪漫的人格与创作风格。这是中国文学史上浪漫主义诗歌一个特别的繁荣期，继承了屈原、李白以来，元曲之后几乎绝迹的浪漫风尚，宣告了一个狂飙突进的大时代的到来。

“郭沫若是中国新诗第一个伟大的综合者，对新诗的开拓和发展作出了划时代的贡献：把中国新诗从‘摹仿自然’阶段推向‘表现自我’阶段，并借助泛神论加强了新诗‘表现自我’和反封建力度；使‘二十世纪的动的和反抗的精神’成为新诗艺术的精魂和生命线及郭沫若超出同代诗人成就的所在；郭沫若的活跃丰富、大胆奇特的想象，提高了新诗的素质，其浪漫主义的主色调和象征的精义，扩大了诗歌的精神内涵，进而创造了‘女神体’的新诗体式。”（龙泉明《论郭沫若五四时期新诗创作的成就》）

闻一多在《女神之时代精神》一文里写道：“若讲新诗，郭沫若君的诗才配称新呢，不独艺术上他的作品与旧诗词相去最远，最要紧的是他的精神完全是时代的精神——二十世纪底时代的精神。有人讲文艺作品是时代底产儿。《女神》真不愧为时代底一个肖子。”他还认为《女神》“不独喊出人人心中底热情来，而且喊出人人心中最神圣的一种热情”（《闻一多全集》第3册丁集）。不仅表现了对自然的歌颂，一种爱国主义精神，也表现了反帝反封建的时代精神，一种革命的倾向。是“五四”时代精神与诗人创作个性的高度融合和统一。艺术上属于浪漫主义，表现的是毁坏一切，创造一切的五四狂飙突进精神。

《女神》的自我抒情主人公“开辟洪荒的大我”是“五四”时期觉醒的中华民族的形象，《凤凰涅槃》是一首庄严的时代颂歌。《女神》一问世，便以其个性的大解放、情感的大解放、诗体的大解放，宣告诗坛上胡适时代的结束和真正的现代人自由新诗的到来，这是一场真正的革命！

◎ 编者注：

郭沫若《女神》以澎湃的激情和神奇的心灵力量，几乎点燃了疲弱的中国人丧失了几个世纪的浪漫主义精神梦想，开始焕发出一个古老民族的勃勃生机。《女神》最伟大的贡献表现为：

（1）将大写的“自由”精神，轰轰烈烈地注入中国现代文学的诗篇中，弥补了此前中国文化传统中相对欠缺、薄弱的人性部分；

（2）几乎是一夜之间，将中国人的精神状态（自由），一下子提升到了现代文明的高度，真正开启了中国现代化国家的文明进程，没有自由精神和自由的灵魂，怎么可能有现代思想意识；

(3)唤醒了一个时代，彻底逆转了中国文化传统的精神气质，这种精神状态几乎要向上追溯到遥远的唐宋时代。唐宋以来的浪漫主义、理想主义的精气神，经历千百年的消磨，伴随中国传统文化从高峰回落，已经只剩下一点可怜的模糊的影子。

2. 20世纪三四十年代：民主战士，社会活动家

这是一个光明与黑暗、进步与倒退、生死对决的革命时代。他创作出包括《屈原》《虎符》《棠棣之花》《南冠草》《孔雀胆》《高渐离》六出历史悲剧，其中以《屈原》(后面戏剧文学有详细介绍)最受欢迎。他这一时期的作品，“开创了一条大众形式与精英创作结合、现代性与传统民族文化共存的文学与文化道路”。1946年后，他站在民主运动前列，成为国民党统治区文化界的革命旗帜。

郭沫若由诗人急变为一名社会活动家。由“文学革命”“两个口号”的论争到抗日战争、解放战争，郭沫若常因其文名被簇拥到政坛，以相当多的精力投入社会活动中，成为文化战线上一名代表光明、进步、希望的革命者……他浪漫主义的激情和想象力消退了(或者说转移至历史剧创作中去了)，启蒙主义的情怀消失了，从文人普遍感时忧国的时代风尚看，郭沫若这种转变是必然的，甚至也是必要的。他这一时期的社会贡献，远远超出一个著名作家、学问家的可能价值。

然而这种转变并不太适合郭沫若那种天才型、文艺型的性格。郭作为浪漫诗人的心理、性格不能不被现实政治需要所改变、或束缚。这是他的损失，也是整个“五四”一代人精神失落的标志。通过这样一个实例，我们清晰地看到这样一条轨迹：在某一个人身上，发生的转变可能是时代的必然，甚至是一种进步，是一种几乎看不到明显痕迹的小转身。然而它却意味着一种启蒙精神的消散，郭沫若身上正好体现了这一点。

从启蒙诗人上升为民族救亡的社会活动家，也是“启蒙与救亡的双重使命”两难选择在郭沫若身上的典型体现。我们损失的不只是一位诗人，而是“五四”以来有形的启蒙精神的消逝，直到今天，我们仍在为这种看似无形的损失深感遗憾。

3. 新中国成立后，无产阶级文学家

郭沫若在中华人民共和国成立后依然坚持创作，在历史剧方面成就最大。一生主要文学著作有：诗集《女神》《星空》《瓶》《前茅》《恢复》《蜩螗集》《战声集》等；散文《我的幼年》《反正前后》《创造十年》《北伐途次》《沸羹集》等；戏剧《三个叛逆的女性》《屈原》《棠棣之花》《高渐离》《蔡文姬》《武则天》等；另有《沫若诗词选》及翻译歌德的《浮士德》等。

郭沫若在中国现代文学史、历史学、考古学等领域享有崇高的地位。他是继鲁迅之后，中国文化战线上又一面光辉的旗帜。著作结集为《沫若文集》17卷本(1957—1963年)，新编《郭沫若全集》分文学(20卷)、历史、考古三编，许多作品已被译成日、俄、英、德、意、法等多种文字。

其实郭沫若不愧为一个真理的追求者。他于白色恐怖、血雨腥风中背叛旧的营垒，投身无产阶级革命阵营，没有一丝投机取巧的成分……他最终是一个实现了自己信仰的人！当他从一个局外人变身为局内人，这种身份的转变对考察他后来的诸多行为有非常重要的

参考价值。

他的学识、才情、文章，他在文学艺术、考古、历史研究、马克思主义在中国早期的实际应用等方面的造诣、建树，他在当时文艺界、演艺界、政界的特殊地位和崇高威望，他对当时青年、特别是文学青年的影响，他特殊的从军、从政经历，他为民族解放、中华人民共和国诞生的统一战线和民主运动中所作出的贡献，他在中华人民共和国成立之初所担负的多种特殊角色……在群星闪耀的中国现代史舞台上，能挑出几个来与之相提并论？

三、作家简介

郭沫若(1892—1978年)，1892年11月16日生于四川省乐山市观娥乡沙湾镇。乳名文豹，原名郭开贞，字鼎堂，号尚武，笔名沫若。中国现代著名诗人、学者、文学家、历史学家、古文字学家、社会活动家、剧作家、革命家。

郭沫若在中国现代文学史、中国历史学、考古学等领域享有崇高的地位。他是继鲁迅之后，中国文化战线上又一面光辉的旗帜。

郭沫若早年赴日本留学，后接受斯宾诺莎、惠特曼等人思想，决心弃医从文。1921年6月上旬，郭沫若与留学日本的成仿吾、郁达夫、张资平、田汉、郑伯奇等人在日本东京成立“创造社”，积极从事新文学运动。这一时期的代表作诗集《女神》摆脱了中国传统诗歌的束缚，充分反映了“五四”时代精神，在中国文学史上开拓了新一代诗风，是当代最优秀的革命浪漫主义诗作。

1923年5月13日，创造社的《创造周报》创刊，发刊词是郭沫若的一首诗《创世工程之第七日》。诗中表示“我们是不甘于这样缺陷充满的人生，我们是重新创造我们的自我”，“我们自我创造的工程，便从你贪懒好闲的第七天做起”。

1923年后系统学习马克思主义理论，提倡无产阶级文学。1926年参加北伐，任国民革命军政治部副主任。1927年蒋介石清党后，参加了中国共产党领导的南昌起义。1928年2月因被国民党政府通缉，流亡日本，自此埋头研究中国古代社会、研究甲骨文，摇身一变成为学问家，且卓有成就，著有《中国古代社会研究》《甲骨文字研究》等彪炳史册的重要学术著作。

1937年抗日战争全面爆发后回国，任国民政府军事委员会政治部第三厅厅长，后改任文化工作委员会主任，争取、团结广大进步文化人士，掀起了声势浩大的抗日救亡运动，功勋卓著。他本人也创作了大量话剧剧本，鼓舞民心士气，包括《屈原》《虎符》《棠棣之花》《南冠草》《孔雀胆》《高渐离》六出历史悲剧作品，其中以《屈原》最受欢迎。1946年后，站在民主运动前列，成为国民党统治区文化界的一面旗帜。

中华人民共和国成立后，当选为中国文联主席、政务院副总理、中国科学院院长、中国科技大学首任校长、全国人大常委会副委员长等，当选中国共产党第九、十、十一届中央委员。主编《中国史稿》和《甲骨文合集》，重要著作还有《两周金文辞图录考释》《金文丛考》《卜辞通纂》等，曾在学术界引起轰动；一生主要文学著作有诗集《女神》《星空》《瓶》《前茅》《恢复》《蜩螗集》《战声集》等；散文《我的幼年》《反正前后》《创造十年》《北伐途次》《沸羹集》等；戏剧《三个叛逆的女性》《屈原》《虎符》《棠棣之花》《高渐离》《蔡文姬》《武则天》《南冠草》等；另有《沫若诗词选》及翻译歌德的《浮士德》等，全部作品编成《郭沫若全集》38 卷，至今仍是中国现代文化史上一个高峰存在。

1978 年 6 月 12 日，郭沫若在北京逝世，终年 86 岁。

◎ 附："五四"时期文学流派之创造社

创造社，是"五四"新文化运动初期成立的文学团体。1921 年 6 月 8 日，由在日本留学的郭沫若、成仿吾、郁达夫、张资平、田汉、郑伯奇等人，在郁达夫的寓所(即日本东京帝国大学第二改盛馆)正式宣告成立。

同年秋在上海出版发行了《创造社丛书》，最初收录郭沫若的诗作《女神》、郁达夫的小说集《沉沦》以及郭沫若所译德国歌德的《少年维特之烦恼》等，是该社最有影响的作品。随后于 1922 年 5 月起在上海出版《创造》季刊(至 1924 年 2 月止，共出 2 卷 6 期)，1923 年起出版《创造周报》(至 1924 年 5 月止，共出 52 期)。同年 7 月在《中华新报》编辑文学副刊《创造日》(至 1923 年 11 月止，共出 101 号)。这些著译和刊物以文艺思想和创作倾向的独特吸引了大量读者。

创造社反对封建文化、复古思想，崇尚天才、注重自我，主张自我表现和个性解放，强调文学应该忠实于自己"内心的要求"，为艺术而艺术的，创作侧重主观内心世界的刻画，具有浓重的抒情色彩。他们的文学主张、创作以及所介绍的外国作品形成了浪漫主义和唯美主义的倾向。

创造社前期主办的刊物有《创造》季刊、《创造周报》《创造日》(《中华新报》副刊)、《洪水》半月刊；后期的刊物主要有《创造月刊》《文化批判》《流沙》半月刊、《思想》月刊、《新思潮》月刊等。除文学外，后期创造社刊物更注意马克思主义理论和社会科学问题的研究和宣传。创造社成立后即编辑和出版创造社丛书，出版的主要是该社成员的诗歌、小说、戏剧、散文、理论及译作，在近十年的时间里，共出版 60 余种。

创造社以其独特的文学主张和锋芒毕露的文学活动，成为五四以后新文学一支生力军，特别在文学青年中激起强烈共鸣。创造社后期，从日本回国的李初梨、冯乃超、彭康、朱镜我等思想激进的年轻一代，与太阳社一起大力倡导无产阶级革命文学。1929 年 2

月为国民党政府查封。

创造社的艺术追求，在打破封建文学“文以载道”的旧传统方面，有着积极的意义，如郭沫若的诗作、郁达夫的小说，以及创造社其他成员的创作，思想内容上大多具有强烈的反帝反封建色彩，所介绍和翻译的欧洲 18 世纪启蒙主义、19 世纪浪漫主义文学作品中表达的人道主义精神和个性解放思想，也在一定程度上与民主革命的要求相一致。创造社的浪漫主义倾向，对“五四”以来新文学的发展起了巨大的促进作用。

第六讲　冰心与“爱的哲学”

一、冰心的创作历程

我从不肯妄弃一张纸，总是留着——
留着叠成一只只很小的船儿，从舟上抛下在海里。
有的被天风吹卷到舟中的窗里，有的被海浪打湿，沾在船头上。
我仍是不灰心的每天叠着，总希望有一只能流到我要它到的地方去。
母亲，倘若你梦中看见一只很小的白船儿，不要惊讶它无端入梦。
这是你至爱的女儿含着泪叠的，万水千山，求它载着她的爱和悲哀归去。

——冰心《纸船》(副标题为“寄母亲”)

《纸船》是冰心于 1923 年去国留学途中写于海船上的一首小诗。此时她已是名扬中国诗坛的一位诗歌新秀。冰心是典型的“五四”作家，她自己说“是五四运动的一声惊雷，将她‘震’上了写作的道路”。1919 年 8 月，18 岁的冰心在《晨报》上，发表第一篇散文《二十一日听审的感想》和第一篇小说《两个家庭》，后者第一次使用了“冰心”笔名。由于作品直接涉及重大的社会问题，很快引发反响。

之后所写的《斯人独憔悴》《去国》《秋风秋雨愁煞人》等“问题小说”，突出反映了封建家庭传统道德、礼教对人性的摧残，面对新时代两代人的激烈冲突以及军阀混战给人民带来的痛苦，都具有思想启蒙的性质。冰心这一时期的写作，除了早慧、年轻、女性，还谈不上更多的个人特征，只能说是“参与”，成为“问题小说”这个时尚写作队伍里的一员。女作家在重大社会问题题材的把握上，难有如巴金《家》《春》《秋》这样的影响力。冰心这一时期的写作仍在尝试和自我探索阶段。

1921年冰心加入“文学研究会”，1923年出版了诗集《繁星》和《春水》。《繁星》共164首，《春水》182首，主要发表于1922年的《晨报副刊》上，小诗均无单独标题，只按序号编排。1923年两组诗歌先后结集，分别由商务印书馆和新潮社出版。在当时引起了强烈的反响。

天才少女出手不凡，这些带有深刻“冰心烙印”的作品，真正地震撼了文坛。她的这些小诗被誉为“繁星体”“春水格”，诗集《繁星·春水》是在印度诗人泰戈尔《飞鸟集》的影响下写成的，用冰心自己的话说就是将一些“零碎的思想”收集在一个集子里。

这是“五四”新诗延续“白话文运动”一次真正的有实践意义的尝试，这些清新婉约、透明唯美的诗句，这种断片或思想火花式的写作，自由随意，无拘无束，真正开启了读者对于“五四”新诗的崭新认识，也极大地降低了文学或诗歌创作的门槛，使诗歌或文学走向社会、走向真正的普罗大众成为可能。因而《繁星·春水》被誉为冰心的代表作。

正是这些“小而散”的作品，散发着美好、精致、温婉、动人的格调，为白话文创作的精美化提供了有力的佐证，白话文一样可以创作出与唐诗宋词比美的精彩篇章。阻碍白话文全面普及的最后一道阻力或担忧，也彻底地化解了。小女子冰心也因此崭露头角，声名大噪。

不仅如此，也正是从这些短小精美的诗篇开始，冰心的创作从自我探索真正进入自我证明的阶段。正是在这些诗篇中冰心不自觉地集中表达了对“母爱、童心和自然”的关注，冰心赞颂母爱，歌颂人类之爱，赞美童心，同时也赞美大自然，尤其是赞颂她在童年时代就很熟悉的大海。歌颂大自然，赞美童心，礼赞母爱，成为冰心终生创作的永恒主题。如小说《超人》和《烦闷》，《寄小读者》等，这些不同类型的作品多围绕着“三大主题”展开，它们逐渐构筑了冰心创作思想内核——“爱的哲学”。

千百年来，中国传统文化多趋于道德伦理和政治仪轨的教化，如“仁”“义”“礼”“智”“信”“温”“良”“恭”“俭”“让”及被奉为“国之四维”的“礼”“义”“廉”“耻”等，在这一层面几乎达到了世界文明史上前所未有的高度，唯独缺乏“爱”的教育！“克己复礼”、有“德”而无“爱”，是中国传统文化最大的缺失和局限。虽然儒家有过大而化之的“仁爱”，墨家也有“兼爱”的倡导，但真正落实到普遍而现实层面的“爱的教育”，中华文化几乎是一片空白。尤其和西方启蒙主义时代全面而细腻的“爱的启蒙”教育（如卢梭《爱弥尔》等）比较起来，更是相差太远。我们似乎倾向于用道德化了的、名目繁多的“孝”“义”（如《二十四孝》）取代更为直接、更为广泛的“爱”，“爱”几乎成了一个特别令人羞怯甚至回避的敏感话题，以至于造成了自古至今以来的“爱的教育”的严重缺失……

新文化运动启蒙的大旗“民主”和“科学”当然足够“高大上”，但对于普通民众而言，没有什么比“爱的教育”，来得更温暖和及时的了。把民众从千百年来的封建礼教中唤醒，确实需要新的思想和情感。冰心“爱的哲学”，竖起了一面崭新的大旗，成为“五四”启蒙运动以来最具有现实主义价值的倡导。

她的作品发自内心地充满了对大自然的热爱、对母爱的歌颂与赞美，以及对生命和童真的赞颂。“母爱、童真和自然”慢慢成为其创作的主旋律，并且一以贯之，独自开启了属于她的文学篇章。冰心“爱的教育”，对于塑造一个刚刚苏醒的民族的灵魂成长、道德审美、心灵情感，有着难以取代的价值，从这个层面上讲，冰心堪称中国现代史上无可比拟的伟大作家。

二、作家简介

冰心(1900—1999 年)，原名谢婉莹，中国现代著名作家、诗人。1900 年 10 月 5 日，出生于福建省福州三坊七巷谢家大宅(今福州鼓楼区杨桥东路 17 号)，该宅院是冰心祖父从林徽因家祖上购得(黄花岗七十二烈士之一林觉民故居)。1903 年父亲谢葆璋受命海军训练营营长，负责筹办海军学校，随父迁至烟台，在此她度过了幸福而多彩的童年时光。

1918 年入读协和女子大学理科，开始向往成为医生。后受“五四”新文化运动的影响，转文学系学习，曾投身学生运动，参加北京女学界联合会的工作。

1921 年参加茅盾、郑振铎等人发起的“文学研究会”，努力实践“为人生的艺术宗旨”，出版了小说集《超人》、诗集《繁星》等，声名大噪。之后所写的《斯人独憔悴》《去国》《秋风秋雨愁煞人》等“问题小说”，突出反映了封建家庭对人性的摧残、面对新世界两代人的激烈冲突以及军阀混战给人民带来的苦痛。

燕京大学毕业后，1923 年考入美国著名的威尔斯利学院攻读英国文学，专事文学研究。出国留学前后，曾把旅途和异邦的见闻写成散文寄回国内，开始陆续发表总名为《寄小读者》的通讯散文，成为中国儿童文学的奠基之作。

1926 年冰心获得文学硕士学位后回国，执教于燕京大学和清华大学。1929 年至 1933 年写有《分》《南归》《冬儿姑娘》等，表现了更为深厚的社会内涵；其间还翻译了叙利亚作家凯罗 · 纪伯伦的《先知》。

抗战期间在昆明、重庆等地从事创作和文化救亡活动。抗战胜利后，1949 年至 1951 年间曾在东京大学新中国文学系执教，讲授中国新文学史，曾在当地的报刊上发表一些短文。

1951年回国，先后任《人民文学》编委、中国作家协会理事、中国文联副主席等职。“文化大革命”时期被抄家，并进了“牛棚”，1970年初被下放到湖北咸宁的五七干校接受劳动改造，直到1971年美国总统尼克松访华前，冰心与丈夫吴文藻才回到北京。这时她与吴文藻、费孝通等合作翻译《世界史纲》《世界史》等著作。

1979年后，冰心迎来了生平第二次创作高潮。1980年短篇小说《空巢》，获全国优秀短篇小说奖。1999年2月28日病逝于北京医院，享年99岁，被誉为“世纪老人”。

三、“爱的哲学”：小创作大主题

一朵白蔷薇

怎么独自站在河边上？这朦胧的天色，是黎明还是黄昏？

何处寻问，只觉得眼前竟是花的世界。中间杂着几朵白蔷薇。

她来了，她从山上下来了。靓妆着，仿佛是一身缟白，手里抱着一大束花。

我说，“你来，给你一朵白蔷薇，好簪在襟上。”

她微笑说了一句话，只是听不见。然而似乎我竟没有摘，她也没有戴，依旧抱着花儿，向前走了。抬头望她去路，只见得两旁开满了花，垂满了花，落满了花。

我想白花终比红花好；然而为何我竟没有摘，她也竟没有戴？前路是什么地方，为何不随她走去？都过去了，花也隐了，梦也醒了，前路如何？便摘也何曾戴？

一九二一年八月二十日追记

冰心的作品较少鸿篇巨制，多是像这样清新隽永的小品、精品或珍品。她的许多作品看起来情节单纯，却寓意深远，留给人无穷的回味。她撷取现实生活中的一个点滴、一个片段、人生旅途中的一段机缘，展示出错综复杂的社会生活的一个侧面。没有离奇曲折的故事，没有金戈铁马的壮举，却具有一种哲理的追求。她常常用机敏的目光，去观察社会，审视人生；从人际关系撞击中，爆发出火花，捕捉生活中蕴藏的哲理，寄托自己的情思，富有清新的哲理和诗意。它大致包括三个方面：一是对母爱与童真的歌颂，二是对大自然的崇拜和赞颂，三是对人生的思考与感悟。

母爱与童真　她的前期作品如《寄小读者》。《寄小读者》共二十九篇，是冰心于1923年至1926年间写给小读者的通讯，其中有二十一篇是作者赴美留学期间写的，当时曾陆续刊登在北京的《晨报》副刊上。通讯内容大多是报道自己赴美途中，和身居异乡时的一些生活感受，表达她出国期间对祖国的关注和深切怀念。

像《寄小读者·通讯七》是表现这方面内容非常典型的一篇作品，通过作者对太平洋和慰冰湖美丽景色的描写，抒发了对自然的热爱，对母亲的依恋，对童年时代的追怀，蕴含着她思念祖国的深情厚意。在写母子之爱，同学之爱、师生之爱时，逐渐上升为对社会、祖国的爱。“有了爱就有了一切！”

“叙述亲子之爱，师生之情，朋友之谊，乡国之感，社会之同情，都已近于理想的世界，虽是幻影，使人读了觉得理想世界的情味，以为世间要如此才好，于是不觉就感激就流泪。”

对大自然的崇拜和赞颂　讴歌自然，赞美自然，爱慕贤良，探索真理。正是冰心“真的人格、美的灵性、善的箴言”的结合体，是其自我真善美人格的写照，同时也寄托了她最高的真善美理想。像《寄小读者·通讯七》这篇作品前一部分写的是海，是1923年8月在日本神户写的，介绍海上生活，在乘船远行途中对海景的观感和联想，唤起对童年的回忆，勾起思乡怀母之情。后一部分写的是湖。记述了作者到达美国后，游览慰冰湖的感触，着重写了太平洋彼岸的湖光艳影及周围的美景。作者对大自然的美妙，做了尽情的描绘，并由此想到爱着远方祖国的亲人。在“海”与“湖”的对比中，抒发了对故乡的一往情深的思念，并讴歌了神圣无边的爱。信中所谈似乎是一些生活断片和零碎观感，但始终浮动着作者的缕缕情思，充分体现了作者所追求的“满蕴着温柔，微带着忧愁”的艺术境界。

对人生的思考与感悟　“爱”是青少年成长过程中不可或缺的重要组成部分。用真诚的心和平等的概念来对待身边的每一个人，是冰心创作的主旨思想。像《山中杂记》、诗集《繁星》《春水》等，写出了人间的多种真爱，也用许多小故事告诉了读者一些道理。正如许多小标题一样，告诉读者不要有虚荣心和嫉妒心，要怀有感恩之心，做任何事情都要有勇气、有胆量、有毅力。致力于歌颂人与人之间团结友爱的高尚情怀；它鼓励人们消除阶级观念，在日常生活的交往中，努力实现各阶级人民相互尊重和相互平等。

> “爱在右，同情在左。走在生命路的两旁，随时撒种，随时开花，将这一径长途，点缀得香花弥漫，使穿枝拂叶的行人，踏着荆棘，不觉得痛苦，有泪可落，也不是悲凉。”

赞美自然，讴歌母爱，爱慕贤良，探索真理。她的前期作品如《寄小读者》《山中杂记》等，着重表现了她的三大主题。这三个主题又都共同地围绕“真”“美”“善”三个层面演绎展开：真的人格、美的灵性、善的箴言！这既是她自我真善美人格的真实写照，同时也寄托了她真善美的创作理想，因而形成了一个完整的创作体系。

“在这里，我们觉得冰心女士所谓‘人世间只有同情和爱怜，人世间只有互助和匡扶’——这样的‘理想的人世间’，就指的文艺元素之一的‘微笑’；所谓的‘人生的虚无’就指‘苦难的现实’，就意味着所谓的‘泪珠’。而且她明白的说：我要讴歌‘理想的’，我不愿描画‘现实’赚取人们的‘泪珠’。”（茅盾）

“青年的读者，有不受鲁迅影响的；可是不受冰心文字影响的，那是很少的。”的确，冰心的创作影响了“五四”以来整整一代人，她的“爱的哲学”大旗感召了自封建专制下刚刚苏醒的一代中国人，让人嗅到了一丝久违的甜蜜的人性的气息；给他们的心灵哺育、爱的生长，提供了足够宝贵的养料；给中国民众走向现代文明的历史进程中补上了极其珍贵的一课。

“有你在，灯亮着。一代代的青年读到冰心的书，懂得了爱：爱星星、爱大海、爱祖国，爱一切美好的事物。我希望年轻人都读一点冰心的书，都有一颗真诚的爱心。”（巴金）

中国现代文学史一直在各种争议和纠结中反反复复、经受着是与非、血与火的洗礼，冰心却像一股清澈的溪流不受污染、不间断地流淌下来，实在是一个奇迹——这也是冰心的价值所在。尤其值得称道的是，“五四”一代启蒙知识分子后来落花凋零，星云四散，只有她一个人硕果仅存地坚持下来，依然故我地肩负着启蒙的使命，历经风雨，不改初衷。这种执着的理想情怀，成为沧桑百年现代史上罕见的一抹亮色。

◎ 编者注：

（1）良好的出身、优越的家境、幸福的童年、中西合璧的教育、早慧的才情、童话般的爱情、美满的婚姻、理想的家庭……这是冰心真实的人生。整整一个世纪，尤其在一个多灾多难的世纪，估计没有谁是比冰心更幸运的人了！上天似乎在特别地准备了一个要写“爱的哲学”创作主题的人，她是唯一合适的人选！她是最有可能写出“赞美母爱、童真与自然”文字的人。她真实的如花似玉的人生，使得她所有的创作都表现为真实可信、自然流露，而不会被视为矫揉造作，强颜欢笑，装腔作势，她的一生就是活生生的一本“真善美”的教科书。

（2）“爱与自然”是人类永恒的主题，是离女性最近的（也可能是最远的），这类写作不容易成功。冰心开创了一种最适合女性的写作——爱心与自然，几乎是女性的天赋。但她同时避免了这种写作的轻浮浅就与阶段性（这种清澈见底的写作，一眼就望到底了，最容易给人一种不深刻的感觉，有点小儿科，难成大器。这样的写作一般只属于人生的某个阶段，过了这个时段就该转向了），而冰心一辈子持之以恒，这就不仅仅是写作，而是一种信仰了。

（3）冰心以至诚至真的“爱”的理想与信念，完成了整整一个世纪的中国知识分子心灵史的建构。她的创作绕开了当时纷繁复杂的阶级纷争，也避免了不必要的阵营之争与内耗，这是十分难得的，她是一个唯一。这也许是一种自然天性，也许是一种生存智慧。冰心的创作昭示了另一种存在价值。

（4）晚年冰心常说自己“无官可免，无权可夺，无薪可降”。她以这样一种豁达自由的独立精神和崇高的爱的理想，自始至终坚守着一个“五四”知识分子的道德底线，为“爱的哲学”奉献了一生，在中国现代文明史书写了最为人性化的、光彩夺目的一页！

第七讲 《雨巷》与“现代诗派”

一、名篇欣赏

《雨 巷》

戴望舒(1927)

撑着油纸伞，独自
彷徨在悠长、悠长
又寂寥的雨巷，
我希望逢着
一个丁香一样的
结着愁怨的姑娘。

她是有
丁香一样的颜色，
丁香一样的芬芳，
丁香一样的忧愁，
在雨中哀怨，
哀怨又彷徨。
她彷徨在这寂寥的雨巷，

撑着油纸伞
像我一样，
像我一样地
默默彳亍(chì chù)着，
冷漠，凄清，又惆怅。
她静默地走近
走近，又投出

太息一般的眼光，
她飘过
像梦一般的，
像梦一般的凄婉迷茫。
像梦中飘过
一枝丁香的，
我身旁飘过这女郎；
她静默地远了，远了，
到了颓圮(pǐ)的篱墙，
走尽这雨巷。

在雨的哀曲里，
消了她的颜色，
散了她的芬芳
消散了，甚至她的
太息般的眼光，
丁香般的惆怅。

撑着油纸伞，独自
彷徨在悠长，悠长
又寂寥的雨巷，
我希望飘过
一个丁香一样的
结着愁怨的姑娘。

二、作品简介

《雨巷》这首诗写的是梅雨季节的江南小巷中的一个场景。细雨蒙蒙中，“我”怀着一种落寞、惆怅的情绪和一丝微茫的希望，撑着油纸伞在悠长寂寞的小巷中踽踽独行……

《雨巷》用短小唯美的抒情、吟唱，再现了这部分青年心灵深处典型的声音，这是低沉的倾诉，失望的呢喃，从这倾诉和自白里，可以分明感受到一部分青年人在理想的幻灭后的心灵痛苦和朦胧追求。

1927 年 3 月，戴望舒因为宣传进步思想而被反动当局逮捕、拘留过。后来他隐居江苏松江，在孤寂中嚼味着“在这个时代做中国人的苦恼”(《望舒草·序》)。所以这时的《雨巷》，自然充满了彷徨失望和感伤痛苦的情绪。这种落寞伤感的心情，是现实的黑暗和理想的幻灭在诗人心中的投影，不纯粹是个人的哀叹。

《雨巷》产生于 1927 年夏天，写成后差不多一年，戴望舒将它投寄到《小说月报》。当时《小说月报》的代理编辑叶圣陶一看到这首诗就非常喜欢，称它“替新诗的音节开了一个新的纪元”，并送给作者“雨巷诗人”的称号。戴望舒在二十多年坎坷曲折的创作道路上，只留下 90 多首抒情短诗，《雨巷》便是他早期的一首成名作。

1927 年，是中国现代历史上一个重要的转折点。此前辛亥革命推翻了清朝，中国进入了共和时代；新文化运动、五四运动又掀起了一轮轮反帝反封建的革命声浪，天下大变；国共两党合作的“北伐”军事行动势如破竹，“打倒列强除军阀”，大革命浪潮摧枯拉朽……一个前所未有的崭新时代隐隐出现在眼前！然而就在国人引颈长盼的美好时刻，“四・一二”反革命政变让这一切戛然而止。国民党反动派对革命者的血腥屠杀，造成了笼罩全国的白色恐怖，中国突然掉入了最黑暗的时代。原来热烈响应革命的青年，一下子从豪情满怀堕入了黑暗的深渊。他们中的大部分人找不到出路，在痛苦中陷入了迷惘，他们在失望中渴求着新的希望。《雨巷》就是一部分进步青年这种心境的生动真实反映。

《雨巷》的诗歌特色：

(1)戴望舒的创作明显地受到了**法国象征主义诗歌的影响。**

《雨巷》是一首用象征主义手法写成的抒情诗。象征主义是 19 世纪末法国诗歌中崛起的一个艺术流派，他们用世纪末的唯美颓废反抗资本主义的现有秩序。在表现方法上，强调用暗示、隐喻等手段表现内心瞬间的感情。这种艺术流派于五四运动退潮时期传入中国，影响甚大。

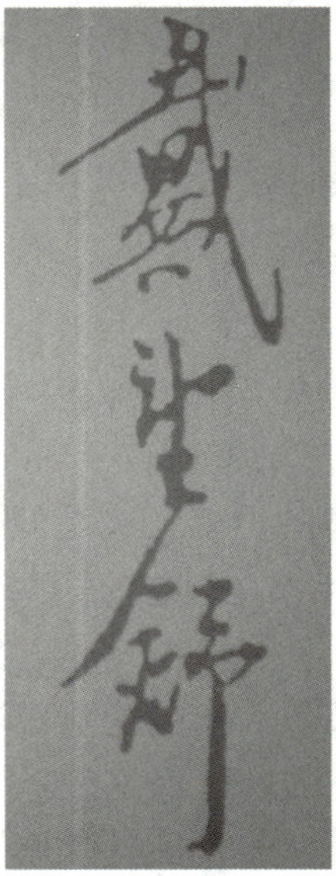

整个“雨巷”就是一个典型的象征。诗里“撑着油纸伞”的诗人，“寂寥悠长的雨巷”，“像梦一般地飘过”有着“丁香一般忧愁地姑娘”，并非真实生活的具体写照，而是充满象征意味的抒情形象。此诗写于 1927 年大革命失败之后。诗人对个人前途和国家命运充满了失望与迷惘，这样的意境刚好契合了“五四”一代知识分子梦想破灭、革命大潮退去之后复杂的心情意绪。

此诗的突出特点是用象征手法创造了完美的意象。一种“感伤的美”，“沉醉的美”乃至“颓废的美”！

诗中那狭窄阴沉的“雨巷”，在雨巷中徘徊的“我”“油纸伞”“丁香花”以及“结着愁怨的姑娘”，都是精心塑造出来的。这些意象含蓄地表达了迷惘又充满希望的复杂情怀，给人一种朦胧而又幽深的美感。

《雨巷》在艺术上特别注意挖掘诗歌暗示、隐喻的能力，在象征性的形象和意境中实现抒情。读者不一定能够具体说出这些形象所指的全部内容，但可以体味这些意象所抒发但朦胧的诗意。那个社会现实

的气氛，那片寂寞徘徊的心境，那种追求而不可得的希望，在《雨巷》塑造的意象里，是既明白又朦胧的，既确定又飘忽地展示在读者眼前。想象创造了象征，象征扩大了想象。这样以象征方法抒情的结果，使诗人的感情心境表现得更加含蓄蕴藉，也给读者留下了驰骋想象的广阔天地，感到诗的余香和回味，令人沉醉。

与象征主义诗歌一味地唯美、颓废不同，《雨巷》朦胧而不晦涩，低沉而不颓唐，深情而不轻佻，中西合璧，确实把握了诗歌艺术的幽微精妙之处。

(2)**富于音乐性**是《雨巷》的另一特色。

戴望舒的诗深得中国古典诗词中“婉约诗风”的遗韵，诗中运用了复沓、叠句、重唱等手法，造成了回环往复的旋律和宛转悦耳的乐感。

全诗首尾两节几乎完全一致，便于首尾响应，构成了一个完整严密的整体；诗中每节押韵两至三次，从头到尾同一韵脚，由此造成了一种回旋、复沓的旋律和流畅的节奏，尤其是三组精短的排比句，在同一韵脚下形成了“一韵三叹”的经典抒情模式，加强了全诗的音乐感、音韵美及意境美。叶圣陶称赞：“此诗开创了中国新诗音乐性的新纪元。”

这一时期诗歌普遍崇尚音乐性，强调韵律的美感，戴望舒的《雨巷》就是其中的经典。他们将诗歌中“歌”的特征鲜明体现出来，朗朗上口，便于传颂。这与“五四”以来倡导白话文运动有很大关系，延续着那一脉启蒙传统。

(3)在思想内容方面，表达了**一种微妙的复杂性。**

人生之路从波澜壮阔、无限宽广，骤然萎缩为一条小小的巷道，并且还烟雨朦胧，看不清目标和方向，这种失落和痛苦是毫无疑问的；在孤寂中咀嚼着革命退潮后的幻灭与煎熬，心中充满了迷惘是肯定的。他们不得不接受时代选择、被迫改变自己，他们大多数人仿佛是站在齐腰深的河水中，迷茫地看着两边岸上的人，惊讶地发现自己既不在此岸，也不在彼岸，只能可怜地站在水中……

这不是诗情画意，而是凄惨。尤其是1927年之后，原来一批具有启蒙思想、风情万种甚至有些风花雪月的诗人们最是失落。原本热热闹闹的大舞台，突然间人去楼空，灯火阑珊，很多人都不知哪里去了，只是感到自己被剩下了，不知如何是好。所以这一时期诗歌里传出的尽是那些彷徨失落、进退无踞的迷途羔羊们的呢喃呼号，痛苦嘶鸣，成为那个年代中国诗歌的另类风景。如果在这种背景下理解戴望舒的诗与人生就容易多了、准确多了。

当然他们其实心有不甘。所以作者并不绝望：大的人生失败了，小的情感、爱，对自己还是可以有所弥补——他可以退回内心寻求爱与安慰。所以此刻的心情只是怅惘，他还怀有期待和朦胧的希望，还有一丝不确定的对爱的美好向往。

《雨巷》正是这种心情的真实表现，其中交织着失望和希望、幻灭与追求的双重情调。这种情怀在当时是有一定的普遍性的，与很多人的心灵一拍即合。这首诗写得既实又虚，朦胧恍惚。“我”似乎有着满腹的心事、无限的烦忧，但又不愿明说，或者是说不出来。“我”似乎在期待什么、追求什么，而期待和追求的目标又似乎显得那样遥远而渺茫。“她”出现了，这或许是幻觉，或者是真实的，但“她”的出现是那样地快，逝去也那样地快，一刹那间擦肩而过，消失在前方，“像梦一般的凄婉迷茫”。“我”只有自怨自艾，自悲自叹。诗中的“姑娘”若有似无若隐若现，可以是实指，是诗人心中期待已久的美丽安慰，也可以是诗人心中朦胧的理想和追求，代表了诗人陷入人生苦闷时，对未来渺茫的憧憬。

《雨巷》之诗以忧郁情思为基点，又充满了浪漫靡情的古典意味，尤其在表现情感的隐秘性以及表现情感时多运用女性意象方面，明显地受到中国古代诗歌的影响，从某种意义上甚至可以说是对唐朝温、李诗歌相思主题的现代阐释。同时爱情成为诗人人生体验的主要内容之一，这也体现了戴望舒诗歌的现代性张力。

“戴望舒氏也取法象征派，他译过这一派的诗。他也注重整齐的音节，但不是铿锵而是轻清的；也照一点朦胧的气氛，但让人可以看得懂。”“他是要把捉那幽微的精妙的去处。”（朱自清《中国新文学大系· 诗集·导言》）

三、诗人简介

戴望舒（1905 年 3 月 5 日—1950 年 2 月 28 日）现代著名诗人。浙江杭县人，祖籍南京，出身于职员家庭。原名戴梦鸥。笔名艾昂甫、江思等，被称为“雨巷诗人”，叶圣陶评价他“替新诗的音节开了一个新纪元”。

他的笔名“望舒”出自屈原的《离骚》：“前望舒使先驱兮，后飞廉使奔属。”意思是说屈原上天入地漫游求索，坐着龙马拉来的车子，前面由月神望舒开路，后面由风神飞廉作跟班。望舒就是神话传说中替月亮驾车的天神，美丽温柔，纯洁幽雅。

在杭州宗文中学求学时即喜爱文学，与杜衡、施蛰存一起切磋诗歌艺术、办文艺刊物等。1923 年入上海大学文学系。1925 年入上海震旦大学，学习法文，并于翌年就读于该校法科。此时戴望舒在文学爱好上接近法国象征主义诗歌，如魏尔伦等人的作品，这对于以后他的诗歌创作产生了重大影响。

1926 年春，开始在与施蛰存合编的《璎珞》旬刊上发表诗歌。第一次国内革命战争时期加入中国共产主义青年团，曾因参与革命宣传工作被上海法租界当局拘捕。“四·一二”反革命政变后，避离上海，至江苏松江。后到北京，结识冯雪峰、李霁野等人，并在《莽原》上发表诗作。1928 年回上海，全力从事文学创作和编译工作，开创了他诗歌创作的重要里程。诗集《我底(的)记忆》(包括《旧锦囊》《雨巷》《我的记忆》三辑)于1929年出版。无产阶级革命文学运动兴起时，曾翻译、介绍苏联的作品和论著。其中《唯物史观的文学论》一书，为鲁迅、冯雪峰合编的《科学的艺术论丛书》之一。

1930年3月“左联”成立时即为成员。但后来对某些文艺问题的看法与左翼作家有分歧。1932年《现代》月刊创刊，他在上面发表许多诗作译作。同年11月赴法国留学，并从事著译活动。此时编定诗集《望舒草》(收《我底(的)记忆》集内部分诗作及此后所发表的新作，并附《诗论零札》一文)，于1933年8月出版。

1935年从法国回国。1937年1月，诗创作合集《望舒诗稿》出版。抗日战争全面爆发后，先在上海“孤岛”继续译著，后于1938年5月赴香港避难。与许地山等人组织中华全国文艺界抗敌协会香港分会。1941年日本占领香港后曾被捕入狱，受伤致残并创作了《我用残损的手掌》等。抗战胜利后，在上海师范专科学校任教，并进行著、译、研究等工作。1948年，因参加民主运动受国民党政府通缉，再次去香港。

1949年辗转到达北平，参加中国文联第一次全国代表大会。中华人民共和国成立后在新闻总署国际新闻局任法文科科长，他通法语、西班牙语和俄语，从事编译工作。

1950年2月28日因气喘病逝世。安葬于北京西山脚下的北京香山万安公墓，墓碑上有茅盾亲笔书写的“诗人戴望舒之墓”。《人民日报》称赞他是“一个决心为人民服务的有才能的抒情诗人”(胡乔木《悼望舒》)。

◎ 附：戴望舒的翻译作品系列

《少女之誓》法国 沙多勃易盎著，1928年，开明书店
《鹅妈妈的故事》法国 沙·贝洛尔著，1928年，开明书店
《意大利的恋爱故事》与赵景深、黎锦明合译，1928年，亚细亚
《天女玉丽》法国 保尔·穆杭著，1929年，尚志
《爱经》古罗马 古沃维提乌思著，1929年，水沫书店
《屋卡珊和尼各莱特》(法国古弹调)1929年，光华
《唯物史观的文学论》法国 伊可维支著，1930年，水沫书店
《一周间》苏联 里别进斯基著，与苏汉合译，1930年，水沫书店
《麦克倍斯》(话剧)英国 莎士比亚著，1930年，金马
《青色鸟》法国 陀尔诺夫人著，1933年，开明书店
《法兰西现代短篇集》(选译)1934年，天马
《高龙芭》(中篇小说)法国 梅里美著，1925年，中华书局
《意大利短篇小说集选译》1935年，商务印书馆
《比利时短篇小说集选译》1935年，商务印书馆
《西班牙短篇小说集选译》1936年，商务印书馆
《比较文学论》法国 提格亨著，1937年，商务印书馆
《密友》意大利 皮蓝德娄等著，与人合译，1941年，三通

《恶之花掇英》(诗集)法国 波德莱尔著，1947 年，怀正
《洛尔伽诗钞》西班牙 洛尔伽著，1956 年，作家出版社

四、五四文学流派之“现代诗派”

“现代诗派”是在自由主义文学思潮激荡下，自觉追求“纯诗”艺术美的一个诗歌流派，得名于 1932 年 5 月施蛰存创办的《现代》杂志。施蛰存代表刊物撰写了《创刊宣言》，提出：“《现代》中的诗是诗，而且纯然是现代的诗。它们是现代人在现代生活中所感受到的现代的情绪用现代的辞藻排列的现代的诗形。”

代表诗人戴望舒、卞之琳、施蛰存、何其芳、废名等。这一诗派深受法国象征主义“纯粹诗歌”观念的影响。现代诗派的诗学建构是对初期象征诗派美学的继承与超越，其诗意核心是象征主义。他们善于借助感性对应物，用暗示象征的方式，在主客融会、双向同化的过程中超越客体的表象世界，传达内心各种幽微难明的个人化情意。

从内容上看，现代派诗人追随西方现代主义文学向内转的创作风格，力图充分展现诗人的内在情感而不是表现现实世界，诗歌的主题来自于西方现代主义文学的基本精神：彷徨和失落。这个主题在戴望舒诗歌得到了充分的表现。在诗歌技巧上，现代派继承了初期象征派对“纯诗”的强调，对“契合”与“暗示”的强调，但排除了对西方象征主义诗歌意象的盲目照搬，将西方的象征主义和中国古典诗歌的意象融合在一起，不仅是诗歌意象具有鲜明的中国特色，更将具有相对独立性的意象单元和主体的人生感悟有机地融纳整合，形成诗歌的整体意象之美。

他们继承和发展了象征派的诗歌主张，提倡写作“纯然的现代的诗”，作品大多不讲究诗形的整齐和韵脚，而以口语和自由的形式表现情绪的节奏，追求诗歌的散文美，以意象繁复、内涵丰富、组合奇特著称，形成朦胧而晦涩的诗风。诗作多表现诗人瞬间的情绪和遐想，被称为“意象抒情诗”。

戴望舒被称为现代诗派的“诗坛的首领”，他 1927 年所写的《雨巷》、1929 年创作的《我底(的)记忆》，是现代诗派的起点。

1932 年，施蛰存主持的《现代》杂志创刊(1935 年 5 月终刊)，成了刊载现代派诗歌并使之独立和成熟的重要园地，“现代诗派”也因其而得名。1934 年，卞之琳在北平编辑《水星》，随后戴望舒等主编的《现代诗风》和《新诗》月刊先后出版，把这股现代派的诗潮推向了高峰。伴随而来的是 1936 年到 1937 年大量新诗杂志的问世，以至于作为现代派诗人一员的路易士认为“这两年是中国新诗自五四以来一个不再的黄金时代”，达到了其创作的

极盛期。

抗战爆发后，现代派诗人群急剧分化，现代派诗潮也就越过了黄金时代而走向了衰退，其艺术风格和表现手法被20世纪40年代的“九叶诗人”所继承和发展。

《现代》主编施蛰存发表的《又关于本刊中的诗》，几乎可以看作现代派诗歌的一个宣言：“《现代》中的诗是诗，而且是纯然的现代诗。它们是现代人在现代生活中所感受的现代的情绪，用现代的辞藻排列成的现代的诗形。”这里连用七个“现代”，来概括现代诗派的内容和艺术特色，归结起来，现代诗派的基本特征可以表现在以下几个方面：

1. 追求“纯诗”的艺术观

即施蛰存说的“《现代》中的诗是诗，而且是纯然的现代诗”。这是一种典型的诗的“贵族化”立场，和早期的象征诗派一脉相承。如果早期白话诗追求的是诗的散文化和明白易懂，实现诗的平民化，那么现代诗派重视的是“现代诗是诗”，仍然追求诗的朦胧美，走的还是“诗的贵族化”那一路。至于诗和时代、人民、生活等外在的、非诗本身所拥有的东西，就更不在他们的考虑和主张之内了。其理论以戴望舒的《论诗零札》为代表。

2. 病态的心灵，浊世的哀音

即现代人所感受的现代情绪。所谓现代人，实际上指的就是远离现代斗争的漩涡，而又对生活怀有迷茫幻灭感的小资产阶级知识分子。所谓现代情绪，就是这群人所特有的精神状态，最典型的就是都市怀乡病。

这些30年代的中国现代派诗人，大多是游离在政党和政治派别之外的边缘人，同时，他们之中有很大一部分人来自农村在都市中感受到了传统和现代双重文明的挤压，成了都市中的漂泊者和流浪汉，生存在传统和现代、都市和乡村之间。他们感受到了从农业文明向工业文明转型的痛苦，也体验到了西方唯美派、象征派诗人笔下对都市的沉沦的深刻绝望，以及颓废的世纪末情绪，五四的退潮和大革命的失败更是摧毁了他们的纯真信念，所以理想和现实的矛盾使他们转向了微茫的乡愁(对自己出生的田园、传统文化、精神家园的皈依)，“辽远的国土”就成为了他们诗中出现率很高的意象，象征着现代派诗人灵魂的归宿地和梦中的理想世界，这是一群寻梦者，但是他们梦幻中的乌托邦在地球上并不存在，所以，诗人们的潜在的危机，是不可避免地经受乐园梦的破灭，从而形成了一种感伤的情调和诗绪。

最典型地表现了这种心态的，就是戴望舒的《乐园鸟》，这是现代派诗歌中最好的收获之一。此外，他的《寻梦者》《单恋者》《夜行者》，也都写出了中国现代诗人身处理想失落的现代社会，努力挣扎的无奈和哀伤，这诗情是现代的，也是中国的。现代派的诗在内容上存在着一种悲观虚无的思想，现代派的诗人，有的是一颗青春的病态的心，所以，在这些诗人的笔下，中心往往是一个“孤零零的我”，远离时代和斗争，咀嚼自己小小的悲欢，所以大多内容苍白、基调消沉。

3. 诗艺的突破和创新

即拥有现代的辞藻和现代的诗形。现代派诗人在艺术上主要受到了法国象征派诗歌、美国意象派诗歌运动，以及以艾略特为代表的现代主义诗潮的影响，拥有现代的辞藻和诗形。

现代的辞藻：在30年代的现代派诗创作中，“文言语词入诗”是一个相当引人注目的语言现象，对于这些字，他们没有“古”的或“文言”的概念，只要适宜于表达一个意义、一种情绪，哪怕只是完成一个音节，他们就采用了这些字，所以说是现代的辞藻。如“乃自慰于一壁灯光之温柔”(李广田《灯下》)这影响是相当深远的。

现代的诗形：现代诗派在30年代又重新举起了“诗的散文化的旗帜”，强调打破诗的格律，他们认为，诗的韵律不在字的抑扬顿挫上，而在诗的情绪的抑扬顿挫上，而整齐的格律会妨碍诗情，就像削自己的脚去穿别人的鞋一样。这似乎是对早期“作诗如作文”的白话诗的响应，实际却有不同的意义，因为他们仍然重视诗的思维和情绪，并在此基础上建立诗的韵律，追求诗的朦胧美，走的还是诗的贵族化的路子。正像废名所评价的那样，他说：现代新诗的内容是诗的，形式则是散文的。

但是，现代诗的现代诗形更体现在表层的形式上，而在审美趣味和文化心理取向上则显示出鲜明的古典主义特征。使现代诗歌趋于成熟境界的重要因素之一就是诗人们对中国古典诗歌传统的自觉继承，他们找到了传统诗歌中和西方诗歌相亲和的部分，如亲切和含蓄，从而找到了把传统纳入现代的合法性依据，从而获得了源远流长的古典文化和诗学背景的支撑。但是他们的继承还是有选择的，主要继承和发展的还是晚唐五代时期李商隐和温庭筠一路“纯粹的诗”的传统，因为温庭筠、李商隐诗中的那种幻象的美感和朦胧的意境，和他们的美学倾向正相吻合，表现出了一种回味深长的品格。

◎ 附1：西方象征主义文学

象征主义文学，起源于19世纪中叶的法国，并于20世纪初期扩及欧美各国的一个文学流派，是象征主义思潮在文学上的体现，也是现代主义文学的一个重要分支。作为一种创作美学，象征主义与浪漫主义、现实主义是文学史上具有原型意义的三种基本创作美学。主要涵盖艺术、诗歌和戏剧三大领域，其影响力一直持续到今天。

象征主义者们主张发掘隐匿在自然界背后的理念世界，凭个人的敏感和想象力来创造超自然的艺术。尼采、弗洛伊德和柏格森的思想可以看作象征主义的哲学基础。象征主义的哲学基础是神秘主义，信仰那种理想的彼岸世界。对象征主义来说，重要的是反映个人的主观感觉，使个人从现实中超脱出来，把他引向虚无缥缈的“理念”世界。所以在象征主义作品中所能感受到的只是形象的抽象性和不稳定性，是那种强烈的主观色彩和含义的朦胧晦涩。

自1885年起一种以“象征主义”为名，对理想主义倾向的逆反在文学和造型艺术领域同时发展起来，画家和作家不再致力于忠实地表现外部世界，而是要通过象征的、隐喻的和装饰性的画面来表现虚幻的梦想以启示于人。象征主义绘画是一种以感情为基础对新内容的探索，不是以理智或客观的观察为基础，而是超越外表的直觉的内在力量和想象。法国是19世纪绘画艺术的中心，代表画家主要是摩罗、夏凡纳和雷东。象征派画家们并未创造一种新的形式流派，他们关心的只是诗意的表达、玄理的揭示。

法国和英国的象征主义艺术成就最为突出，其他各国也涌现出一些著名的团体和杰出的画家，他们对象征主义绘画作出了重要的贡献。如比利时的二十大团，巴黎的玫瑰十字，德奥的分离派等。杰出的画家有比利时的费尔南·赫诺普夫、挪威的爱德华·蒙克、荷兰的扬·托岁普、德语国家的阿诺尔德·勃克林等。他们的作品大多流露出一种忧郁、颓废、苦闷、孤独、彷徨的情绪，这就是所谓的世纪末情调。

象征主义者在题材上侧重描写个人幻影和内心感受，极少涉及广阔的社会题材；在艺术方法上否定空泛的修辞和生硬的说教，强调用有质感的形象和暗示、烘托、对比、联想的方法来创作。此外，象征主义文学作品多重视音乐性和韵律感。

象征主义文学的诞生，是古典文学和现代文学的分水岭。作为一个国际性的文学思潮，象征主义在各个国家、地区的发展特征不尽相同，这涉及各个国家民族气质、文化传统以及作家个人气质等复杂因素。法国的象征主义比较精纯，而英美的象征主义则显得比较驳杂。象征主义文学在诗歌领域内的成就最高，诸多20世纪最伟大的诗人都可被归于象征主义诗人之列。此外象征主义在戏剧领域也取得了一定的成就。

◎ 附2：法国象征主义诗歌

法国诗人夏尔·波德莱尔(1821—1867年)和美国诗人爱伦·坡被誉为象征主义的先驱。尽管“象征主义”一词最早出现于1886年，但波德莱尔和爱伦·坡早在19世纪中叶的创作就最初涉及了一些象征主义的理念。爱伦·坡的理论和创作对法国象征主义的形成产生了重大影响。他在《诗歌创作原理》中倡导反自然、反说教的诗学主张，并强调形式美、暗示性和音乐性，可以看作象征主义的理论滥觞。

波德莱尔在19世纪中叶独步文坛，是标新立异的奇才，以惊世骇俗的诗集《恶之花》(1857)和数十篇见解独特的文艺批评，赢得了巨大声誉，被誉为唯美主义和象征主义的共同先驱。《恶之花》(1857)则可以看作第一部具有象征主义特质的诗作。在《恶之花》中，波德莱尔用肉感的笔调描写病态的性爱，歌颂“心灵与官能的热狂”，但也表达对光明和理想的追求。

在文学史上，《恶之花》可以看作浪漫主义和象征主义之间的过渡作品，仍然袭用传统的诗歌韵律，仍然依靠修辞的作用。但这却是第一部以城市和社会中的人性之丑恶作为审美对象的诗作，表达了现代人在社会丑恶中焦虑、烦躁的状态。他把丑与恶升华为艺术美，为后人表现社会的病态美开辟了道路；他把诗歌从大自然拉进大都市，以其独有的角度深入描写畸形变态的巴黎生活，为诗歌创作拓展了一个新领域；以其“通感”理论，为象征主义奠定了理论基础，《感应》一诗，把世界看成是象征的森林，认为主客观之间、人的各种感官之间，都存在着某种神秘的联系。

19 世纪 70 年代，象征主义在法国崛起，一批苦闷彷徨、愤世嫉俗、玩世不恭，而又情感纤细、才思敏捷的青年，组成了许多文学团体，出版了许多文学刊物，他们转向内在的世界寻求真实。1886 年莫雷亚斯发表了《象征主义宣言》，使这一新的流派得以定名。他们反浪漫主义、唯美主义、现实主义和自然主义，力图重新把握文学的特征，努力探求主客观之间的契合点，因而“通感”便成了象征主义的理论基石。他们认为，在可感的客观世界深处，隐藏着一个更为真实的、真正永恒的世界，人们只有凭本能的直觉才能领悟。而艺术地传达出这种秘密便是诗人的最高任务。真正的诗人，有不同于常人的感知力，能够深入把握光怪陆离的自然和人生，达到物我相通的境界，创造出神韵独特的艺术。

继波德莱尔之后，19 世纪 70、80 年代蜚声法国诗坛的保罗·魏尔伦(1844—1896 年)发扬了象征主义者强调诗歌音乐性的一面。魏尔伦在其《诗的艺术》(1884 年)中主张：诗歌应该首先具有音乐性，那是流动的、朦胧的、清灵的；选词上要求模糊和精确相结合；要色晕而不要色彩；不要格言警句、插科打诨类的东西。总之，诗歌要追求一种弥漫渗透的气氛。朦胧美和神秘色彩。多象征、暗示、隐喻，诗意飘忽，半明半暗，留下更多品味余地。另外，对音乐的追求，使诗歌富于乐感，内在韵律的丰富，更增添了诗歌梦幻般的诗意和多义的魅力。魏尔伦的诗作亲切自然，韵律之美妙在象征主义诗人中独树一帜。代表作品还包括《三年以后》《白色的月》《狱中》，等等。

70 年代初，曾一度和魏尔伦发生同性恋情的诗坛奇才阿尔蒂尔·兰波(1854—1891 年)，为法国象征主义文学带来了超现实主义的因素。象征主义者力求发现(或破译)隐藏在日常事物后面的真实，超现实主义者则进一步要求通过直觉和幻想创造事物之外的真实。从这个意义上讲，兰波是法国象征主义诗人中比较激进的一位。

兰波的诗作以其瑰丽的色彩而著称。1871 年 9 月少年兰波应魏尔伦之邀来到巴黎，很快便靠《醉舟》一诗声名大噪。在这部诗中，诗人自比一只无舵无锚的醉舟，在大海上随波逐流，无所羁束。诗风诡谲绚烂，是象征主义诗歌中的精品。在另外一首著名诗歌

《元音》中，兰波用五种不同的色彩象征法语的五个元音字母，然后通过具体的描绘把形状、颜色、气味、音像和运动等因素交织起来，以求实现“通感”的境界。此外散文诗《地狱一季》也是难得一见的天才之作。

虽然兰波和魏尔伦关系十分密切，但两人的风格却大不相同。魏尔伦以亲切自然、音韵和谐见长，兰波则以奇特意象和梦幻色彩著称。1912 年，兰波被刚刚崛起的超现实主义文学尊为鼻祖。

马拉美(1842—1898 年)被誉为“象征主义之象征”，是象征主义发展历程中的关键人物。他是第一个将象征主义理论系统化的诗人。马拉美提出“纯诗”理论，认为诗是从无到有、超越经验的独立存在；诗是一种魔术，运用咒语来创造不同于现实世界的绝对理念世界。在创作方法上，马拉美十分强调暗示性的重要。他曾说：“叫出一个事物的名字就会破坏诗的大半乐趣……理想的方法是暗示事物。”

马拉美的理论具有神秘主义和唯美主义的色彩。他在理论上建树颇高，被同代象征主义诗人誉为领袖，而他本人的诗作却并不多。比较有代表性的包括收录在 1887 年出版的《诗集》中的《天鹅》，以及历时二十余年而未完成的《海洛狄亚德》。然而马拉美最著名的作品却是写于 1876 年的《牧神的午后》。这首诗后来经音乐家德彪西为之谱曲而广为传播。诗歌根据希腊神话中牧神追求水中仙女的故事写成。

1885 年以后，马拉美在巴黎的寓所举行一周一次的“星期二沙龙”，逐渐成为象征主义文学的中心。其时欧洲许多年轻诗人慕名拜访，象征主义文学正式超越了法国一国的范围，成为一场国际性文学运动。

19 世纪末 20 世纪初，象征主义从法国扩及英、美、德、意、俄等国家和地区，发展成国际性文学思潮，并在 20 世纪 20 年代达到高潮。象征主义理念和各国的文学传统和创作风格结合，显得复杂起来。

法国仍然是象征主义毋庸置疑的中心。法国后期象征主义诗人的主要代表是保尔·瓦雷里(1871—1945 年)。他继承了马拉美的纯诗传统，却在诗歌中融入了关于生与死、变化与永恒、行动与冥思等哲学上的思索。其成名作是《年轻的司命女神》(1917 年)，描写不同性质意识之间的矛盾冲突。1922 年，瓦雷里出版诗集《幻美集》，其中收录了诸多优秀的诗作，包括《脚步》《石榴》《风灵》等。

瓦雷里一生的巅峰之作是晚年的《海滨墓园》，诗的主旨是关于绝对静止与人生交易的对立统一关系。开篇“这片平静的房顶上有白鸽荡漾”成为脍炙人口的名句。这首诗代表在诗歌创作方面瓦雷里的成就高过了他的前人马拉美。

除瓦雷里外，雷米·德·果尔蒙(1858—1915 年)和弗兰西斯·耶麦(1868—1938 年)也是颇负诗名的法国象征主义诗人。前者风格柔婉清丽，注重对嗅觉的表达；后者则以淳朴的语言风格著称。

第八讲 徐志摩与“新月派”

一、名篇欣赏

《再别康桥》
（徐志摩 1929）

轻轻的我走了，
正如我轻轻的来；
我轻轻的招手，
作别西天的云彩。

那河畔的金柳，
是夕阳中的新娘；
波光里的艳影，
在我的心头荡漾。

软泥上的青荇，
油油的在水底招摇；
在康河的柔波里，
我甘心做一条水草！

那榆荫下的一潭，
不是清泉，是天上虹；
揉碎在浮藻间，
沉淀着彩虹似的梦。

寻梦？撑一支长篙，
向青草更青处漫溯；

满载一船星辉，
在星辉斑斓里放歌。

但我不能放歌，
悄悄是别离的笙箫；
夏虫也为我沉默，
沉默是今晚的康桥！

悄悄的我走了，
正如我悄悄的来；
我挥一挥衣袖，
不带走一片云彩。

《再别康桥》写于1928年，徐志摩第三次欧游的归国途中，他吟成了这首传世之作。这首诗最初刊登在1928年12月10日《新月》月刊第1卷10号上，后收入《猛虎集》。

康桥，即英国著名的剑桥大学所在地。1920年10月至1922年8月，徐志摩曾游学于此。康桥时期是徐志摩一生的转折点。诗人在《猛虎集·序文》中曾经自述道：在24岁以前，他对于诗的兴味远不如对于相对论或民约论的兴味。正是康河的水，开启了诗人的心灵，唤醒了久蛰在他心中的诗人的天命。因此他后来曾满怀深情地说："我的眼是康桥教我睁的，我的求知欲是康桥给我拨动的，我的自我意识是康桥给我胚胎的。"(《吸烟与文化》)可以说"康桥情节"贯穿在徐志摩一生的诗文中，而《再别康桥》无疑是其中最有名的一篇。

《再别康桥》是一首情景交融的抒情诗，其抒发的情感有三：留恋之情，惜别之情和理想幻灭后的感伤之情。全诗共七节，每节四行，每行两顿或三顿，不拘一格而又法度严谨，韵式上严守二、四押韵，抑扬顿挫，朗朗上口。这优美的节奏像涟漪般荡漾开来，既是虔诚的学子寻梦的跫音，又契合着诗人感情的潮起潮落，有一种独特的审美快感。七节诗错落有致地排列，韵律在其中徐行缓步地铺展，颇有些"长袍白面，郊寒岛瘦"的诗人气度。可以说，《再别康桥》真正体现了徐志摩的诗美主张。

"轻轻的我走了，正如我轻轻的来，我轻轻的招手，作别西天的云彩。"

开篇一上手便是三个"轻轻的"，一下子柔到骨子里，出手不凡，降服了不少读者。特别的淡定、舒缓，气定神闲，别开生面；低调的口吻，轻盈的动作，缠绵的情意，同时又怀着淡淡的哀愁。最后的"西天的云彩"，为后面的描写布下了一笔绚丽的色彩，整个景色都是在夕阳映照下的景物。所以这节诗为整首诗定下了一个基调。

“那河畔的金柳，是夕阳下的新娘，波光里的艳影，在我心头荡漾。”

紧接着人景呼应，虚实结合，一下子张得很开，转换极快。这节诗实写康河之美，他运用比拟(拟人、拟物)的手法，把牵挂表现得非常形象。同时柳树在古诗里“柳”——“留”，留别有惜别的含义，久久难忘，以至于“在我心头荡漾”。这节与第三节诗因此紧密相连。

“软泥上的青荇，油油的在水底招摇；在康桥的柔波里，我甘做一条水草。”

这节诗突出了康河的明静和自由自在的状况，自由、精美正是徐志摩所追求的。同时表现一种爱心，那水草好像在欢迎着诗人的到来。同时，它并没有完全脱离中国诗歌的意境，它和中国的古诗有相同的地方，刚好是天人合一、物我一体。第二节是化客为主，第三节是移主为客，做到两相交融，物我难忘。这两句诗正好表现出徐志摩和康桥的密切关系。这就是所谓的：确定了理想，步入了诗坛，美妙的风光中，抒发自己的情感。三者是紧密地联系在一起的，通过具体的形象，来表达自己的感情。

“那榆荫下的一潭，不是清泉，是天上虹，揉碎在浮躁间，沉淀着彩虹似的梦。”

第四节是转折点，这节诗运用了虚实结合的手法，“实”是景物的描写，“虚”是象征手法的运用。一潭水很清澈，霞光倒映下来，“不是清泉，是天上虹”，一片红光，是实写。但是，潭水上漂了很多的水藻，挡住了一部分霞光，零零碎碎的，有的红，有的绿，好像柔水一般，非常形象。这个“揉”用得很好，同时也是自己梦想的破灭。所以彩虹似的梦似美丽而短暂的。1927年徐志摩的“康桥梦想”刚好破灭了，很是消沉，此刻十分应景。

“寻梦？撑一支长篙，向青草更青处慢溯，满载一船星辉，在星辉斑斓里放歌。”

这节诗是徐志摩对往昔生活的回忆、留恋。他在康桥生活了两年。他那时有自己的理想，生活是充实的，对明天怀着希望。所以，他用“一船星辉”来比喻那时的生活，带有象征的意味。

“但我不能放歌，悄悄是离别的笙箫，夏虫也为我沉默，沉默是今晚的康桥。”

过去的已经成为历史，回到现实仍然是哀伤，所以第六节诗是情感的高潮，充分表现了徐志摩对康桥的情感，集中表现了离别的惆怅。这节诗就需要联系别的诗，包括古诗来理解。“悄悄是离别的笙箫”是暗喻的手法。用“箫”来比喻“悄悄”来说明诗人的心境，因此，“悄悄”的动作带有诗人的感情，接着“夏虫也为我沉默，沉默是今晚的康桥”。诗歌讲究精练，一再重复“沉默”“悄悄”“轻轻”，是强调重点，并不是浪费语言。

其实“沉默”是人的最深的感情。“沉默是今晚的康桥”，康桥尚且如此，诗人情何以堪？实际反衬了诗人对康桥的感情非常深厚，因此“悄悄”就带着诗人的主观感情了。

“悄悄的我走了，正如我悄悄的来，挥一挥衣袖，不带走一片云彩。”

结尾的“云彩”有象征意味，代表彩虹似的梦，它倒映在水中，但并不带走，因此再别康桥不是和他母校告别，而是和给他一生带来最大变化的康桥文化的告别，是再别康桥理想。

二、《再别康桥》的诗学追求

(1) 理想主义情怀

《再别康桥》流露的是一种无限留恋之情、惜别之情和理想幻灭后的感伤之情。这地方是诗人的“精神依恋之乡”。他在这里形成了他的世界观“康桥理想”——他在这里接受拜伦、雪莱式的浪漫主义文化的熏陶，接受了资产阶级民主政治的思想，他也期望在中国建立一个英国式的资产阶级政治制度的“理想国”。可见康桥对他的影响之大。胡适也说过“徐志摩一生追求爱、美、自由”。

徐志摩的求学经历其实是很曲折的，别看他家境优渥，风度翩翩，一副公子哥的模样，当年出国留学时，就怀着“善用其所学，以利导我国家”(1918 年 8 月 14 日徐志摩《启行赴美文》)的爱国热情，决计到国外留学，寻求改变现实中国的药方，实行他心中的“理想中的革命”。这可不是我们想象中的纨绔子弟的任性妄为，这一点可能出乎很多人的意料。这样的抱负与那个新文化运动时代一代青年的觉醒是合拍的。在国内辗转了几家大学之后，他的“折腾”没有停止，又从中国到美国，从美国到英国，他是一直怀着某种求知求索的强烈欲望不断尝试，从一个专业到另一个专业，从政治到金融，从经济到文学，最后才找到了他梦寐以求的“康桥”理想。

徐志摩在康桥接受了英国贵族式的教育，也接触了各种现代主义思潮流派，孕育了他的政治观念和社会理想，胚胎了他的自我意识——理想主义，他自己要成为一个“不可教训的个人主义者”。怀抱“康桥理想”，信心满满地回国，准备一试身手。然而在接触了中国现实之后，尤其是 1927 年后的中国现实大势江河日下，政治理想无情破灭，他满腔激情化作一盆冰水。这次故地重游，触景生情。康桥依然美好，可是物是人非，重温旧梦，不觉黯然神伤。“与康桥的告别”其实是与理想的告别，与“美好”告别，此后他也“不知道风朝哪个方向吹”。

因之，政治理想的破灭，是这首诗感情表达的基点。“轻轻”是小心珍惜的样子，是一种“恋恋不舍”，也是一种痛苦的割裂。诗人一再加以重迭复唱，一韵三叹，是因为不愿惊动干扰它的美好。轻轻挥手作别，反衬内心的沉重与抑郁。“别时容易见时难”，哀伤依恋之情蓄于“轻轻”之中。

“五四”时代的诗人们是一个极有抱负的群体，他们不只是看到诗歌或文学的本身，他们之于时代、社会、国家、民族有着宏大的梦想寄托，再美好的诗歌也只是“诗言志”的一种方式，他们都有改造社会、实现自我的强烈渴望。

至于这首诗的背后是否隐藏着一个天使般女子的美丽倩影，使得该诗特别地多了一种神韵，令人荡气回肠，我们难以笃定。但一首诗能将一个地方写得如此缠绵悱恻，梦牵魂绕，也确实不多见。

徐志摩也确实是在英国见到了他一生的挚爱……正是在这谜一般的绚丽情感底色上，添上了一个男人一笔浓抹重彩的壮志豪情，才有了这般天作之美。

《再别康桥》确实不是一首情诗，但今天人们普遍地将她“接受成一首情诗”，与其背后还点缀着一个绝美女子的芳香气息少不了干系，“英雄气短”与“儿女情长”，甚至还有某些未知的因素，多种况味糅合在一块，才使得此诗显得韵味悠长，一言难尽。几乎所有的经典诗作都有这样“阴错阳差”的解读，反而使这样的作品有了“锦上添花”的效果。这也常常成为名诗名句名作垂范后世一个奇妙的原因。

当一场疾风骤雨式的革命骤然退潮之后，几乎所有人的心，都收缩到严酷的现实上来。唯有徐志摩还以一颗单纯、温柔、浪漫之心，去追求更浪漫的爱情，这太不合时宜了！艳歌的时代早已成为过去，凛冽的现实摆在面前。一场“激情式的革命”在徐志摩的心中消退之后，他开始“转投”一场“革命式的激情”——追求自由浪漫的爱情。他不知道，这一点在那个年代也变得奢侈了。

(2)高超的艺术技巧

《再别康桥》是诗人徐志摩脍炙人口的名篇，是新月派诗歌的代表作品。全诗描述了一幅幅流动的画面，构成了一处处美妙的意境，细致入微地将诗人对康桥的爱恋，对往昔生活的憧憬，对眼前的无可奈何的离愁表现得真挚、隽永。

这首诗表现出诗人高度的艺术技巧：

①情景交融：诗人将具体景物与想象糅合在一起构成诗的鲜明生动的艺术形象，巧妙地把气氛、感情、景象融汇为意境美，达到景中有情，情中有景。

②结构精美：诗的结构形式严谨整齐，错落有致。全诗7节，每节4行，组成两个平行台阶；1、3行稍短，2、4行稍长，每行6至8字不等，诗人似乎有意把格律诗与自由诗二者的形式糅合起来，使之成为一种新的诗歌形式，富有民族化、现代化的建筑美。

③韵律婉转：诗的语言清新秀丽，节奏轻柔委婉，和谐自然，伴随着情感的起伏跳跃，犹如一曲悦耳徐缓的散板，轻盈婉转，拨动着读者的心弦，具有音乐美。

新月诗人闻一多曾提倡现代诗歌的“音乐的美”“绘画的美”“建筑的美”。《再别康桥》这首诗，可以说是“三美”兼备，堪称徐志摩诗作中的绝唱。

音乐美是徐志摩最强调的，其中第一句和最后一句是反复的，加强节奏感，且其中的词是重叠的，例如“悄悄”“轻轻”“沉默”，再者每句诗换韵，因为感情是变化的，所以不是一韵到底的。再是音尺，“轻轻的我走了”，三字尺，一字尺，二字尺，符合徐志摩活泼好动的性格，再是押韵，确保韵律朗朗上口。

绘画美即是词美，这首诗表现出诗人高度的艺术技巧，诗人将具体景物与想象糅合在一起构成诗的鲜明生动的艺术形象，巧妙地把气氛、感情、景象融汇为意境，达到景中有情，情中有景。如“金柳”、“柔波”、“星辉”、“软泥”、“青荇”这些形象具有色彩感，而且有动态感和柔美感。这三者结合起来，徐志摩追求“整体当中求变化，参差当中求异”，显示出新月似的特点和个性，具体概括为：柔美幽怨的意境，清新飘逸的风格。

所谓建筑美，一、三句诗排在前面，二、四句诗低格排列，空一格错落有致，建筑有变化；再者一三句短一点，二四句长一点，显出视觉美，音乐是听觉，绘画是视觉，视觉美与听觉美融通，读起来才会感觉好。诗的结构形式严谨整齐，错落有致。全诗 7 节，每节 4 行，组成两个平行台阶；1、3 行稍短，2、4 行稍长，每行 6 至 8 字不等，诗人似乎有意把格律诗与自由诗二者的形式糅合起来，使之成为一种新的诗歌形式，富有民族化，现代化的建筑美。诗的语言清新秀丽，节奏轻柔委婉，和谐自然，伴随着情感的起伏跳跃，犹如一曲悦耳徐缓的散板，轻盈婉转，拨动着读者的心弦。

三、诗人简介

徐志摩(1897 年 1 月—1931 年 11 月)，现代诗人、散文家、新月派代表诗人。浙江海宁硖石镇人。原名章垿，字槱森，“志摩”是在 1918 年去美国留学时，父亲给他另取的名字。说是小时候，家乡有一个名叫“志恢”的和尚，“摩过他过头”，并预言“此人将来必成大器”，其父望子成龙心切，即改此名。

徐志摩出身于显赫的富商家庭，是家族的长孙、独子，自小过着舒适优裕的公子生活。“民国七君子”沈钧儒是他的表叔，金庸是他的姑表弟，琼瑶是他的表外甥女。

1915 年夏，徐志摩毕业于浙江一中，接着考入上海浸信会学院暨神学院(沪江大学前身，现为上海理工大学)，同年 10 月，由家庭包办，与上海宝山县罗店巨富张润之之女、时年 15 岁的张幼仪结婚成家。曾先后就读于天津北洋大学和北京大学，但效果均不理想。

1918年赴美国学习银行学，因受英国哲学家罗素的吸引，来到英国，“在伦敦政治经济学院里混了半年”。正感到郁闷迷茫之时，他结识了民国政府驻欧公使林长民及其女儿林徽因，并由于林长民介绍，认识了英国著名作家高尔斯华绥、狄更斯。

由狄更斯介绍和推荐，徐志摩以特别生的资格进了康桥（剑桥）大学皇家学院，研究政治经济学。徐志摩在康桥接受了英国贵族式的教育，也接触了各种思潮流派，深受欧美浪漫主义和唯美派诗人的熏陶和影响。康桥孕育了他的政治观念和社会理想，胚胎了他的自我意识——理想主义，他自己要成为一个“不可教训的个人主义者”。

1922年与原配张幼仪离婚，追求林徽因。1923年回国与胡适、闻一多、沈从文、林徽因、梁实秋等成立新月社。1924年任北京大学教授，并由民国著名人物张君劢、张公权（前妻的两个哥哥）介绍，拜梁启超为老师，还举行了隆重的拜师大礼。梁启超对徐志摩的一生影响巨大。1926年与京城名媛陆小曼再婚。大婚时胡适是主婚人，梁启超是证婚人，被誉为世纪婚礼。

1926年任光华大学、大夏大学和南京中央大学（1949年更名为南京大学）教授。

1928年再回康桥，梦想失落，心情抑郁，心头茫然，便在归国的轮船上写下了著名诗作《再别康桥》。1930年辞去了上海和南京的职务，应胡适之邀，再度任北京大学教授，兼北京女子师范大学教授。

1931年11月19日因飞机失事罹难。代表作品有《再别康桥》《翡冷翠的一夜》等。

◎ 编者注：

“五四”后期成长起来的诗人，20世纪20年代末是最为失落的一个群体。这里所指不仅仅是戴望舒和徐志摩等人。一群从海外留学归来，自以为取到了西方文明的真经的年轻知识分子，刚刚在波澜壮阔的新文化运动的潮流中崭露头角，抒发了自己救国救民的宏愿——他们以既有的知识和见过的世面为优势，站在高处，“指点江山，激昂文字；书生意气，挥斥方遒”，一副启蒙思想者的风范。他们在当时也确实为那场伟大的运动推波助澜，贡献良多。然而放眼看去，“舞台之下”真正听得懂他们的说教或布道的人稀疏可见，那个时代广大的中国民众文化程度、素质水准低得可怜，他们只能用一脸的茫然来面对启蒙者们的声嘶力竭……所以诗人、启蒙思想家们从高处跌落下来，诗神跌回人间只是一个时间的问题，或早或晚而已。

他们必须变换一种声音、改变一种姿态，才能适应倾听者的渴望。这是一个极度痛苦、辛酸的过程，也正是因为有了这一次浴火重生，当诗歌再次从泥土中生长出来，从社会底层的民众心中吟唱出来（像艾青《大堰河——我的保姆》），这些诗人们便开始了脱胎换骨，诗歌便具有了神奇的力量——他们从大地胸膛的深处，实实在在地感受到了一种前所未有的改天换地的力量！这是他们原来万万没有想到的。

毛泽东《在延安文艺座谈会上的讲话》正是体现了这一精神轨迹。这样一场蜕变或精神洗礼，使得一大批诗人艺术家后来自觉地成为了“人民艺术家”或新时代的代言人。

◎ 附："五四"文学流派之新月派(社)

新月派是现代新诗史上一个重要的诗歌流派。1923年春，徐志摩在北京办起了俱乐部，编戏演戏，逢年过节举行年会灯会，有时也吟诗作画，徐志摩出于对印度诗人泰戈尔一本诗集《新月》的兴趣，提名借用"新月"二字为社名，新月社便因此而得名。

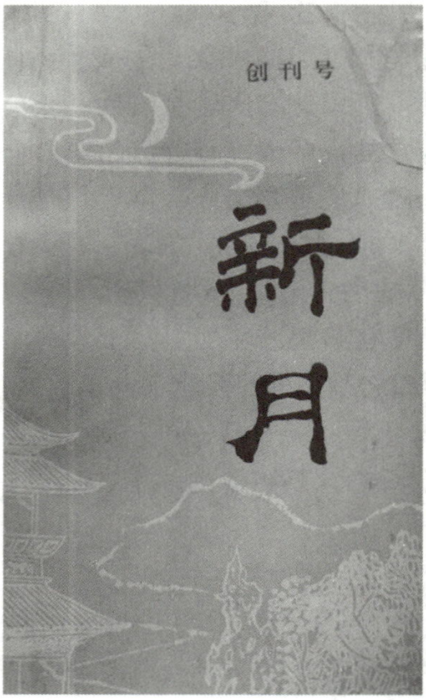

1925年以前，徐志摩自己除了作诗以外，还联络新月社成员从事戏剧活动。1925年10月，徐志摩接编《晨报副刊》，并于1926年4月创办了《晨报诗刊》，这时，闻一多已由美国回国并参加了《诗刊》的编撰工作。除第三、四两期由闻一多和第五期由饶孟侃负责编辑外，其全各期均由徐志摩主编。发表的《诗刊弁言》和《诗刊放假》也是徐志摩执笔。《诗刊》的撰稿人努力于中国新格律诗的创作和关于诗艺的探讨，所以，《晨报诗刊》的创办，标志着以"使诗的内容及形式双方表现出美的力量，成为一种完美的艺术"(于赓虞：《志摩的诗》)的诗歌流派——"新月诗派"的形成。

"新月诗派"大体上以1927年为界分为前后两个时期。前期自1926年春始，以北京的《晨报副刊 诗镌》为阵地，主要成员有闻一多、徐志摩、朱湘、饶孟侃、孙大雨、刘梦苇等。他们不满于"五四"以后"自由诗人"忽视诗艺的作风，提倡新格律诗，主张"理性节制情感"，反对滥情主义和诗的散文化倾向，从理论到实践上对新诗的格律化进行了认真的探索。闻一多在《诗的格律》中提出了著名的"三美"主张，即"音乐美、绘画美、建筑美"。因此新月派又被称为"新格律诗派"。新月派纠正了早期新诗创作过于散文化弱点，也使新诗进入了自觉创造的时期。

1927年春，胡适、徐志摩、闻一多、梁实秋等人创办新月书店，次年又创办《新月》月刊，"新月派"的主要活动转移到上海，这是后期新月派。它以《新月》月刊和1930年创刊的《诗刊》季刊为主要阵地，新加入成员有陈梦家、方玮德、卞之琳等。后期新月派提出了"健康""尊严"的原则，坚持的仍是超功利的、自我表现的、贵族化的"纯诗"的立场，讲求"本质的醇正、技巧的周密和格律的谨严"，但诗的艺术表现、抒情方式与现代派趋近。

从成立"新月社"到逐步形成一个文学流派——"新月派"，历时约十年，徐志摩始终在其中起着重要的作用。人们看待徐志摩及其创作总是把他与新月派连在一起的，认定他为新月派的代表作家，称他为新月派的"盟主"，这是因为新月派的形成直至消亡，都与他有着密切的关系，他参与了新月派的整个活动，他的创作体现了新月诗派鲜明特征。

1928年3月，徐志摩一边在光华大学、东吴大学、大夏大学等校担任教授工作，一边又创办了《新月》月刊。《新月》一共出刊四卷四十三期，至1933年6月终刊，不仅刊出新月派成员的著作，其中也有郁达夫、巴金、丁玲、胡也频等思想倾向进步的作家作品。不过，这已是新月派活动的后期，后期新月派，其成员虽各有差异，就其整个政治倾向而言，却是日趋退步。但是新月派从事诗歌创作、研讨新诗的这条主线似乎还没中断。

1931年1月20日，徐志摩与陈梦家、邵询美等又办了一个《诗刊》季刊，出了四期，陈梦家在1931年9月，从《晨报诗刊》《新月》月刊和《诗刊》上选了十八家诗人八十首新诗，编成一本《新月诗选》，从这些诗作中，多少可以见出新月诗派的基本面貌和特色。徐志摩去世后，新月派为梁实秋、胡适等人所左右，到了1933年6月1日，《新月》出至四卷七期而停刊，“新月派”也随之终结。

第二章　现当代文学之小说

现当代小说发展的五个阶段

一、睁眼：从沉沦到觉醒

代表作家：茅盾、巴金、郁达夫、丁玲

代表作：《子夜》《家》《沉沦》《莎菲女士的日记》

第九讲　茅盾“社会剖析小说”

新文学社团的蜂起 茅盾与文学研究会

第十讲　巴金与“家史小说”

二、启蒙与救亡的时代

代表作家：巴金、柔石、艾芜、沙汀、萧红及左翼作家们

代表作：《寒夜》《早春二月》《为奴隶的母亲》《生死场》

第十一讲　萧红的“生命叙事”

萧红《生死场》与“东北作家群”

三、都市与乡村的交织

代表作家：老舍、沈从文、张爱玲、张天翼

代表作：《骆驼祥子》《边城》《传奇》《流言》《金锁记》《包氏父子》

第十二讲　老舍与市民文学
第十三讲　张爱玲与现代都市小说
第十四讲　沈从文与“湘西”世界
第十五讲　张天翼与讽刺文学

四、改天换地英雄时代

代表作家：丁玲、周立波、柳青、浩然

代表作：《太阳照在桑干河上》《暴风骤雨》《创业史》《金光大道》

五、寻根、反省的新现实主义

张贤亮《绿化树》　张承志《北方的河》

韩少功《爸爸爸》　贾平凹《秦腔》

第十六讲　莫言与“红高粱家族”

现(当)代小说早中期发展概况

早期现代小说主要是指"五四"时期(1917—1927 年)，诞生的一种用白话文写作的新体小说。它取法欧洲近现代小说艺术方式，植根于中国现实生活的土壤，既不同于中国历来的文言小说，也迥异于传统的白话小说。

现代小说以日常生活中普通的农民、工人、知识分子和市民为重要描写对象，在艺术表现上，出现大量性格小说，心理刻画趋于细密，"全知"式叙述角度有所突破，现实主义创作方法得到遵循，这些都构成了"五四"时期小说的显著特点。中国小说从"五四"时期起，跨进了一个与世界现代小说接轨或曰拥有共同"语言"的新阶段。

现代小说早期非常关心现实与人生问题。鲁迅的《狂人日记》是现代小说的第一篇作品，提出了家族制度和封建礼教"吃人"这个重大问题。代表作品就是一系列"问题小说"，"五四"作家们从启蒙主义的思想立场出发，以男女平等、父子冲突、人格独立、婚姻自由等反封建题材为主，他们提出问题，提示矛盾，展示困惑，却没有答案。"只问病源，不开药方"是"问题小说"的主要特点之一。

从"觉醒"到"革命"，是"五四"后期小说的精彩表现，真正显示了"五四"到大革命时期小说创作的现实主义特色。新体小说从最初比较单纯地提出问题，到出现大批真实再现乡镇生活的乡土文学作品，标志着小说领域里现实主义创作的逐步成熟。

"五四"是一个开放的时代，种种主义和流派雨后春笋般地涌现出来。浪漫主义、象征主义、自然主义、唯美主义、新浪漫主义以及总称为现代主义的表现主义、未来主义、达达主义等文艺思潮连同弗洛伊德精神分析学说，也同时介绍到中国。由郁达夫、郭沫若组成的创造社，便兼有浪漫主义和现代主义的双重特征。他们之所以"异军突起"，主要因为创作上与倡导写实主义的《新青年》、文学研究会的作家显示了很大的不同。多元并存，百花齐放，现代小说真正开启了一个繁荣时代。

革命文学(1928—1937 年)在 1928 年被作为口号提出而且形成运动，是在日寇入侵民族危亡的特殊时期，作家们接受国内革命浪潮和国际左翼文艺思想影响的结果。一部分作家开始自觉地把文学作为无产阶级革命斗争的武器，使小说的题材、主题都发生重大的变化。革命斗争生活和革命工农形象开始进入小说创作。

1930 年，中国左翼作家联盟的成立促进了小说创作的发展。这个时期的作品，在反映现实的深度、广度与艺术本身的成熟程度上都有重大进展，中长篇小说尤其获得丰收，是城市阶级斗争与农村革命运动的描画。茅盾《子夜》的成功，开辟了用科学世界观剖析社会现实的新的创作道路，对创作的发展和一个新的小说流派——"社会剖析派"的形成起了重要的推动作用。

标志着现代小说发展成熟的，便是长篇小说创作异军突起。一个显著特点是追求概括生活的广度和深度，这在革命历史题材的创作中尤其得到了集中的体现。梁斌《红旗谱》、欧阳山《三家巷》、杨沫《青春之歌》、冯德英《苦菜花》、吴强《红日》、曲波《林海雪原》、罗广斌、杨益言《红岩》等，组成了一幅幅巨大的历史画卷，鲜明生动地展现了半个世纪以来中国人民在党领导下所进行的艰苦卓绝的斗争。

在国家建设时期，以现实生活为题材的作品，柳青的《创业史》和周立波的《山乡巨变》，周而复的长篇巨著《上海的早晨》，在表现生活的广阔性和纵深感方面，在对具有中国特色的城乡生活所作的艺术概括上，有着长足进展。

1976年之后，中国社会出现了新的转折，进入社会主义建设的新时期。新时期文学事业又呈现出生机勃勃的趋势，小说创作更是盛况空前。

一是恢复和发展了“五四”以来的现实主义文学传统，并不断走向深化；同时思想的大解放，使作家们敢于直面对现实人生，正视生活矛盾，提出自己积极的思考。从刘心武的《班主任》开始，出现了一批曾被称为“伤痕文学”的短篇小说。

二是描写普通人的命运，表现和歌颂普通人的人情美、人性美的作品大行其道，如谌容的中篇《人到中年》、古华的长篇《芙蓉镇》、路遥的《平凡的世界》等优秀作品堪称经典。这类作品的一个共同特点是将普通人的命运与时代命运紧紧交织，透过人的命运去窥视时代风云和社会人生。小说创作进入了一个崭新的时代。

第九讲　茅盾“社会剖析小说”

一、名篇赏析：《子夜》

1. 故事梗概

20世纪30年代的中国，民生凋敝、战乱频仍，但在上海这个东方大都市里却是另一番景象。五光十色的灯红酒绿，纸醉金迷的一掷千金，明争暗斗的舞榭歌台，趋炎附势的大小人物，十里洋场活脱脱一个光怪陆离的大世界。

小有实力的丝厂老板吴荪甫，带着乡下的父亲吴老太爷为躲避战乱来到上海。扑朔迷离的都市景观使这个足不出户的老朽——吴老太爷，竟然深受刺激而猝死。

吴府费力地大操大办老爷子的丧事，上海滩有头有脸的人们都来吊唁。他们聚集在客厅，装腔作势地打哈哈，寒暄战况、谈论生意、酒杯社交。善于投机钻营的买办资本家赵伯韬，找到吴荪甫和他的姐夫杜竹斋，拉拢他们联合资金结成公债大户“多头”，想要在股票交易中贱买贵卖，从中牟取暴利。杜竹斋心下犹疑，吴荪甫沉吟不语，赵伯韬遂向他透露了用金钱操纵战局的计划。吴、杜二人心里痒痒，经不起诱惑，决定跟着赵伯韬小试牛刀。这次合作小有波澜而最终告捷，这一票买卖，让初尝甜头的吴老板大开眼界。

因为金融公债上投机、混乱的情形妨碍了工业的发展，实业界同仁孙吉人、王和甫推举吴荪甫联合各方面有实力的人，办一个银行，做自己的金融流通机关，并且希望将来能用大部分的资本来经营交通、矿山等几项生意。这正合吴荪甫的心意，他的野心很大，又富于冒险精神。他喜欢和同他一样有远见的人共事，而对那些半死不活的资本家却毫无怜悯地施以手段，很快地益中信托公司就成立起来了。

这时，吴荪甫的家乡双桥镇发生变故，农民起来反抗，使他在乡下的一些产业蒙受损失。工厂里的工潮也此起彼伏，使他坐立不安。为对付工人罢工，摆脱困境，吴荪甫起用了一个有胆量、有心计的青年职员屠维岳。屠果然不负众望，他先是暗中收买领头的女工姚金凤，瓦解了工潮的组织；当事发之后，姚金凤被工人看作资本家的走狗，而工潮复起的时候，他使吴荪甫假令开除姚而提升那个把事情捅出去的女工。这样一来，姚的威信恢复，工人反而不肯接受对她的处置。接着作为让步，吴收回成命，不开除姚，并安抚女工给予放假一天。吴荪甫依计而行，果然平息了罢工。

交易所的多空之争也日渐激烈。原先吴荪甫与赵伯韬的联合转为对垒和厮拼的局面。益中信托公司，作为与赵相抗衡的力量，形成以赵伯韬为“多头”和益中公司为“空头”之间的角斗。赵伯韬盯上吴荪甫这块肥肉，想乘吴资金短缺之时吞掉他的产业。几个回合较量下来，益中栽了跟头，亏损八百多万元而不得不停业。此时吴荪甫的资金日益吃紧，他开始盘剥工人的劳动和克扣工钱。新一轮的罢工到来，受到牵制的屠维岳分化瓦解工人组织的伎俩被识破，吴荪甫陷入内外交困的绝境。

赵伯韬欲向吴荪甫的银行投资控股。吴决心搏一把，他甚至把自己的丝厂和公馆都抵押出去，做公债以背水一战。他终于领教了在中国官商勾结、权贵当道，发展民族工业是何等困难，气急败坏的他不顾个人利害，变本加厉地卷入到了“买空”“卖空”的投机市场上来，被卷入一个深不见底的漩涡……

公债的情势危急，赵伯韬操纵交易所的管理机构为难卖空方吴荪甫。几近绝望的吴荪甫把仅存的希望放在杜竹斋身上。千钧一发之际，杜竹斋倒戈转向赵伯韬一边。吴荪甫彻底破产了，他铩羽而归。那一刻，子夜的钟声刚好敲响……

2. 作品解读

《子夜》，原名《夕阳》，茅盾创作于1931年10月，1932年12月5日完稿，共十九章，约30万字，中国现代长篇小说。半个多世纪以来，《子夜》不仅在中国拥有广泛的读者，且被译成英、德、俄、日等十几种文字，产生了广泛的国际影响。

小说以1930年5、6月间半封建、半殖民地的大都市旧上海为背景，以民族资本家吴荪甫为中心，广泛地描写了当时中国社会的各种矛盾和斗争。有些章节分别在《小说月报》和《文学月报》上发表过。

关于《子夜》的命名，“这部小说以上海为背景，反映了中国人民在中国共产党领导下进行长期的反帝反封建斗争中的一个阶段，这个阶段的斗争是残酷的，情况是复杂的，然而从整个形势看来，这是黎明前的黑暗，所以小说题名为《子夜》。”（茅盾《子夜》朝文版序）

《子夜》的舞台，设置于20世纪30年代初期的上海。作家并没有截取某条小巷或某个街角，而是以居高临下、纵览全局的视角，多层次展示了这座现代都市的方方面面：资本家的豪奢客厅、夜总会的光怪陆离、工厂里错综复杂的斗争、证券市场上声嘶力竭的火拼，以及诗人、教授们的高谈阔论、太太小姐们的伤心爱情，都被组合到《子夜》的情节里。同时，作家又通过一些细节，侧面点染了农村的情景和正发生的中原大战，更加扩大了作品的生活容量，从而实现了他所设定的意图："大规模地描写中国社会现象"，"使一九三零年动荡的中国得以全面的表现"。当然，茅盾的"大规模""全面"描写，并不是把各个生活片段随意拼贴在一起。他精心结构，细密布局，通过主人公吴荪甫的事业兴衰史与性格发展史，牵动其他多重线索，从而使全篇既展示了丰富多彩的场景，又沿着一个情节发展向纵深推进，最终以吴荪甫的完败悲剧，象征性地暗示了作家对中国社会性质的理性认识："中国没有走向资本主义发展的道路，中国在帝国主义的压迫下，是更加殖民地化了。"

茅盾早年步入文坛的时候极力倡导左拉的"自然主义"，他认为自然主义是文学里的"写实主义"，是一种具有真实、客观、细致、科学等特点的文学思潮和创作方法。因此他的前期创作因自然主义而声名鹊起。而随后到来的是20世纪30年代国内经济斗争、阶级斗争的残酷现实，受此时代氛围的影响与感染，自然主义的观点开始凋零，得出的是符合无产阶级意识形态的创作方法。他将个人的、感性的历史经验，编织在对具体人物的塑造中，成型为"典型形象"，至此史诗性的现实主义创作，具有更大的规模与气势，反映一个历史时期更为广阔、更为复杂的社会面貌，因而更能显示出这个时代的本质特征；同时又寄予了人文反思和人道批评。所以《子夜》是一部具有史诗性质的大作，它完美融合了现实主义和自然主义的创作手法。

《子夜》是"五四"以来无产阶级文学阵营里最早出现的一部长篇小说。作者站在时代崭新的高度，运用革命现实主义的创作方法，深刻地反映了20世纪30年代初期旧中国广阔的社会生活，成功地塑造了民族资产阶级的典型形象。《子夜》的问世，为中国无产阶级革命文学在长篇创作方面的发展开辟了道路，同时也表明了茅盾的创作已进入了成熟期。毛泽东认为茅盾体现了"文学家与革命家的完美结合"，是并不多见的"把两种素质集于一身的人"。（张光年《给茅盾的回信》）

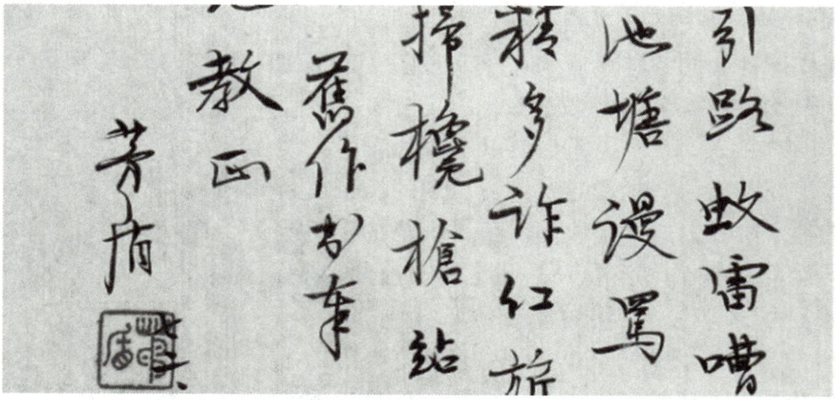

茅盾的《子夜》、巴金的《激流》三部曲、老舍的《骆驼祥子》与李劼人的《大波》系列(《死水微澜》《暴风雨前》《大波》)，在20世纪30年代先后问世，它们以各自卓异的艺术风格标志着中国现代长篇小说的成熟。“这是中国第一部写实主义的成功的长篇小说……应用真正的社会科学，在文艺上表现中国的社会关系和阶级关系，《子夜》不能不说是很大的成绩。”(瞿秋白)

此后以《子夜》为起点的大规模地描写中国社会现实的大部分作品，形成了相当稳定的创作模式，一批作家开始认同和尝试这种创作模式，他们以极大的兴趣关注社会现实，正面揭示社会的主要矛盾，人们称之为“社会剖析小说”——即表现特定时代阶级或阵营斗争的重大社会问题小说，运用了社会科学思想对现实社会问题进行科学理性分析，“在典型环境中塑造典型性格”成就典型人物，在强烈的戏剧冲突中表现人物的性格成长过程。从而“小中见大”，揭示一个时代的整个风貌。

这类“社会剖析小说”基本上都具有“史诗性质”、宏大叙事的特征，截取一个时代的“断面”，解剖一群代表性的人物，揭示时代发展的必然趋势或规律，具备特殊的启发意义。像一系列西方文学名著《堂吉诃德》《随风而逝》(《飘》)等。这种小说模式逐渐成为“左翼”文学公认法则，影响了一大批现实主义作家。20世纪30年代后，由茅盾所开创的这一种形态的小说传统，渐渐成为现实主义文学的主流，并在五六十年代达到了高峰。

二、茅盾系列作品列表

(1)《子夜》，长篇小说，茅盾于1931年10月开始创作，至1932年12月5日完稿，共十九章。1933年1月由上海开明书店出版。先后被译为英、德、俄、日等十几种文字。

(2)《蚀》，从在中国革命中具有特殊重要地位的小资产阶级知识分子心理历程的独特角度来反映大革命，丝毫不回避历史教训，显示了茅盾对中国革命及中国社会的认识、把握以及清醒的现实主义批判精神。

(3)《林家铺子》，原名《倒闭》，短篇小说。作于1932年7月，载《申报月刊》第一卷第一期，后收入短篇小说集《春蚕》。描述“一・二八”事变前后上海附近的一个小市镇林家百货小商店由挣扎到倒闭的故事。

(4)《锻炼》，这是一部反映抗日战争的多卷小说中的第一部。小说主要描写抗战初期上海淞沪会战时整个社会风貌。茅盾在作品的小序里曾说，“写完第一部，就因为中国共产党已经不但解放了东北三省，且包围天津、北平，欲召开政治协商会议而布置了我们在香港的民主人士经海道赴大连，大约于1948年尾我离开香港，因此不得不中断此书写作计划而只成了第一部《锻炼》”。

(5)《腐蚀》以1940年9月到1941年2月的重庆为背景，描写了一个女特务赵惠明的一段经历。作品以日记体的形式，透过赵惠明矛盾复杂的心理活动和记述，把“皖南事变”等重大历史事件侧面表现出来，作品既描写了作为国民党女特务赵惠明的复杂生活和心理状态，刻画了典型形象，也集中抨击了国民党法西斯特务统治制度的罪恶。

(6)其他小说：《霜叶红似二月花》《多角关系》《虹》《茅盾中短篇小说集》

(7)《茅盾散文集》包括：《五月三十日的下午》《疲倦》《严霜下的梦》《叩门》《卖豆腐的哨子》《雾》《虹》《红叶》《速写一》《速写二》《樱花》《光明到来的时候》《冬天》《雷雨前》《戽水》《人造丝》《全运会印象》《车中一瞥》《鞭炮声中》等。

◎ 编者注：

茅盾堪称中国现代长篇小说大师。茅盾小说对于现代长篇小说的样式、结构等方面的艺术探索和追求，充分显示了现代小说的文体意识的独立。他的农村系列小说写得扎实、沉静，有着非凡的革命者气质。虽然不及《子夜》那般著名，却是写出了小农经济状态下、深受外来经济势力冲击的中国农村社会人性人心的挣扎，可谓入木三分。像小说《农村三部曲》(《春蚕》《秋收》《残冬》)真实反映了20世纪30年代初中国农村"丰收成灾"的现实和农民的觉醒、反抗的过程。其中《春蚕》是茅盾农村题材小说的代表作，小说通过一幅浓郁江南水乡田园牧歌式的风俗画形象，描画了帝国主义经济侵略给农民带来的冲击和破产所带来的恐慌。

而《蚀》也采用"三部曲"形式，包括三个略带连续性的中篇《幻灭》《动摇》《追求》，写于1927—1928年，以广阔的场面、宏大的气势，真实、迅速地反映了刚过去的大革命及大革命失败后的社会心理。既可独立又能连缀，可分可合，伸缩自如。茅盾随后的创作中有较多的三部曲作品，使得这一形式达到了相当高的水准，更是现代中、长篇小说文体新的拓展。

三、作家简介

茅盾(1896年7月4日—1981年3月27日)，原名沈德鸿，字雁冰，笔名茅盾、沈仲方、沈明甫等，浙江省嘉兴桐乡人。中国现代著名作家、文学评论家、文化活动家以及社会活动家。他是新文化运动的先驱者、中国革命文艺的奠基人之一。代表作有小说《子夜》《春蚕》和文学评论《夜读偶记》。

1896年茅盾生于浙江桐乡乌镇一个思想观念开放的家庭，从小接受新式教育。后考入北京大学预科，毕业后入商务印书馆工作，1920年初，主持《小说月报》"小说新潮栏"编务工作。同年11月，茅盾正式接编《小说月报》。

1921年1月，参与发起组织"文学研究会"，接编并改革《小说余月报》。7月，中国共产党成立，由上海共产主义小组成员转为正式党员。

1923年，辞去《小说月报》主编职务，转商务印书馆国文部工作，1925年，被选为出席广州国民党第二次全国代表大会代表。1926年留广州工作，任国民党中央宣传部秘书。

1927年1月赴武汉，任中央军事政治学校武汉分校教官。4月，任汉口《民国日报》主编。7月间从武汉至南昌，南昌起义失败后，试图与党组织取得联系而不得。9月于上海以"茅盾"为笔名发表小说《幻灭》。

1928年先后完成《动摇》《追求》——即三部曲《蚀》的创作。7月东渡日本，期间写有

长篇小说《虹》(未完)和《从牯岭到东京》等。

1929 年，论文《读〈倪焕之〉》发表。1930 年 4 月回上海，加入中国左翼作家联盟，迎来人生创作的高峰——1931 年开始创作《子夜》，1932 年 7 月，发表《林家铺子》，11 月发表《春蚕》。1933 年创作《秋收》《残冬》并发表。

1935 年，论文《中国新文学大系·小说一集·导言》被收录发表。

1937 年 2 月，偶遇周恩来恢复与党组织的联系，参与编辑的《救亡日报》《呐喊》(后改名《烽火》)分别在上海创刊。1938 年 1—2 月，在香港、广州、武汉等地从事抗战宣传活动。3 月中华全国文艺界抗敌协会成立，被选为理事。4 月主编《文艺阵地》在广州创刊，同时编香港《立报·言林》。12 月，应杜重远的邀请赴新疆迪化，在新疆学院任教。4 月新疆文化协会成立，被推举为文协委员长。

1940 年 4 月底抵达延安。在鲁迅艺术文学院、陕甘宁边区文化协会处讲学。10 月到达重庆，任郭沫若主持的文化工作委员会常委。陆续完成著名散文《风景谈》《白杨礼赞》的创作。

1941 年到香港。5 月任《大众生活》编委，开始创作《腐蚀》。9 月主编《笔谈》半月刊，计 7 期。12 月到达桂林，写下长篇小说《霜叶红似二月花》。

1945 年 4 月开始创作剧本《清明前后》，6 月文艺界为纪念茅盾创作活动二十五周年举行庆祝会，并发起茅盾文艺奖金征文。

1946 年赴苏联访问。1948 年 7 月，参与《小说月刊》的编委工作，9 月主编《文汇报·文艺周刊》。

1949 年 2 月，抵达北平。7 月被选为中国文联副主席和中国文学工作者协会(后改为中国作家协会)主席。10 月出任中华人民共和国首任文化部部长，主编《人民文学》杂志。

1951 年 1 月，当选为世界和平理事会理事。1958 年 1 月，开始创作《夜读偶记》。3 月《茅盾文集》第一卷由人民文学出版社出版。1961 年，《茅盾文集》十卷出齐。

1981 年 3 月 14 日，茅盾自知病将不起，将稿费 25 万元人民币捐出设立“茅盾文学奖”，以鼓励当代优秀长篇小说的创作。3 月 27 日，病逝于北京。

1984—1997 年，人民文学出版社出版了 38 卷本的《茅盾全集》。

◎ 附 1：五四时期文学流派之文学研究会

文学研究会是新文学运动中成立最早、影响和贡献最大的文学社团之一，1921 年 1 月 4 日，由周作人、郑振铎、沈雁冰、郭绍虞、朱希祖、瞿世瑛、蒋百里、孙伏园、耿济之、王统照、叶绍钧、许地山等十二人发起，在北京成立，成立时发表有《文学研究会宣言》及《文学研究会简章》。其宗旨是“研究介绍世界文学，整理中国旧文学，创造新文学”。

五四运动以后，一些经受新思潮冲击并且怀着美好希望觉醒过来的小资产阶级知识分子，渴望通过文艺来表述自己的政治苦闷和人生理想；文学革命的发展也要求在创作实绩上有新的突破。新的文学社团于是应运而生。文学研究会不但是成立最早的文学社团，而且因其成员多、影响大，在流派发展上具有鲜明突出的特色，成为新文学运动中最为重要的一个文学社团。文学研究会的小说创作占有重要比例，曾有沈雁冰、郑振铎先后主编了《小说月报》。文学研究会的发起者与参加者后来有许多成为对中国新文学运动有卓越贡献的人物。

文学研究会的成立“是建立著作工会的基础”，希望“著作同业的联合”，以“谋文学工作的发达与巩固”。由于多方面的原因，他们后来的活动未能完全按计划进行，组织相当松散。1932 年初《小说月报》停刊后，该会活动即基本停顿。

文学研究会成立初期，除出版刊物、编辑丛书外，还组织成立了“读书会”。

“读书会”设中国文学组、英国文学组、俄国文学组、日本文学组(按国别)、小说组、诗歌组、戏剧文学组、批评文学组(按文学类别)。规定凡文学研究会会员均须加入读书会。这对提高会员文学素养和创作及研究水平起了积极的作用。

文学研究会十分重视外国文学的研究介绍。他们的目的一半是为了介绍外国的文艺以促进中国新文学的发展，一半是为了介绍世界的现代思想(茅盾《新文学研究者的责任与努力》)，他们着重翻译俄国(包括后来的苏联)、法国、北欧及东欧诸国、日本、印度等国的现实主义名著，介绍了普希金、托尔斯泰、屠格涅夫、契诃夫、高尔基、莫泊桑、罗曼·罗兰、易卜生、显克维奇、阿尔志跋绥夫、安特莱夫、拜伦、泰戈尔、安徒生、萧伯纳、王尔德等人的作品。该会会刊《小说月报》出过“俄国文学研究”“法国文学研究”等特号和“被损害民族的文学”专号，出过“泰戈尔号”“拜伦号”“安徒生号”等专辑，在介绍外国进步的现实主义文学方面作出了很大努力。

文学研究会奉行的原则是：“反对把文学作为消遣品，也反对把文学作为个人发泄牢骚的工具，主张文学为人生。”(沈雁冰《关于文学研究会》)从“为人生”出发，主张“文学应该反映社会的现象，表现并且讨论一些有关人生一般的问题”，反对唯美派脱离人生的“以文学为纯艺术”的观点。文学研究会宣称要“研究介绍世界文学，整理中国旧文学，创造新文学”。他们的创作大多以现实人生问题为题材，产生了一批所谓“问题小说”。因此被称为“人生派”或“为人生”的文学。他们相信从事小说戏剧等的创作也是“一种工作，而且是于人生很切要的一种工作”，这种“为人生”的新文学思想成为文学研究会的基本文学主张。文学研究会在反对封建主义、反对鸳鸯蝴蝶派的游戏文学方面采取了一致的态度，不仅反对旧礼教，也反对旧文学，对《礼拜六》《游戏杂志》一类刊物进行了有力斗争。但会员们在建设新文学的具体主张上意见并不一致。如有部分成员抽象强调“善”和“真”；有的虽然提倡“血和泪的文学”，但在反对藉文学“阐道翼教”封建观念的同时，却又承认“作者无所为而作，读者无所为而读”的“非功利”的观点。另一些成员则比较明确地鼓吹进步文学的主张，提出“表现社会生活的文学是真文学”，“在被迫害的国度里”，作家应该注意观察和描写社会的黑暗、人们生活的痛苦及新旧两代思想上的冲突。

文学研究会“为人生”的文学主张是作为针对、破除鸳鸯蝴蝶派的旧派文学的娱乐、消遣作用而严肃提出的，在二三十年代持续地与之斗争并占据了优势。但此后整个现代文学都着眼于严肃的社会现实题材而忽略了通俗文学的创作和研究。

在创作方法上，文学研究会是继《新青年》之后，进一步高举现实主义的旗帜，强调“新文学上的写实主义，于材料上最注重精密严肃，描写一定要忠实”。由于当时的时代限制和理论局限，理论主张中常夹杂着自然主义的成分。文学研究会作为中国历史上最早的新文学团体，对中国现代文学和白话诗歌的发展起到了重要的作用。

◎ 附 2：茅盾文学奖

“茅盾文学奖”是中国第一个以个人名义命名的文学奖，茅盾文学奖是中国文学的最高奖项。1981 年 4 月，根据茅盾的遗愿，将其 25 万元稿费捐献出来，设立此奖。旨在推出和褒奖长篇小说作家和作品。当时决定由巴金担任评委会主任，规定每三年评选一次。参与首评而未获奖的作品，在下一届以至将来历届评选中仍可获奖。

首届评选在 1982 年。获奖作品大多是现实主义的、史诗性的、民族性的等长篇佳作，获奖作品充分体现了 30 多年来我国长篇小说的收获，集中展示了文学关注现实、反映时代，在艺术创新之路上不断前行的丰硕成果。

评选规则：茅盾文学奖后改为每四年评选一次，凡在评选年度内公开发表与出版，能体现长篇小说完整艺术构思与创作要求，字数 13 万以上的作品，均可参加评选。评选年度以前发表或出版的，经过时间考验的优秀之作，在得到评委会不少于半数委员的赞同后，亦可参评；多卷本长篇小说，一般在全书完成后参加评选；同一作者不宜连届获奖；鉴于评选工作所受的语言限制和各种具体困难，凡是用少数民族文字创作的长篇小说，均要求以汉文的译本出版后参加评选。

指导思想：坚持思想性与艺术性完美统一的原则，所选作品应有利于倡导爱国主义、集体主义、社会主义的思想和精神，有利于倡导改革开放和现代化建设的思想和精神，有利于倡导民族团结、社会进步、人民幸福的思想和精神，有利于倡导用诚实劳动争取美好生活的思想和精神；对于深刻反映现实生活，塑造社会主义新人形象，较好地体现时代精神和历史发展趋势的作品，尤应重点关注；要兼顾题材、主题、风格的多样化；重视作品的艺术品位，鼓励在继承我国优秀传统文化和借鉴外国优秀文化基础上的探索和创新，鼓励那些具有中国作风和中国气派，为人民大众所喜闻乐见，具有艺术感染力的佳作。

◎ 附3：历届“茅盾文学奖”获奖名单

第一届(1982年)：周克芹《许茂和他的女儿们》，魏巍《东方》，莫应丰《将军吟》，姚雪垠《李自成》(第二卷)，古华《芙蓉镇》，李国文《冬天里的春天》

第二届：李准《黄河东流去》，张洁《沉重的翅膀》(修订本)，刘心武《钟鼓楼》

第三届：路遥《平凡的世界》，凌力《少年天子》，孙力、余小惠《都市风流》，刘白羽《第二个太阳》，霍达《穆斯林的葬礼》荣誉奖　萧克《浴血罗霄》，徐兴业《金瓯缺》

第四届：王火《战争和人》(一、二、三)，陈忠实《白鹿原》(修订本)，刘斯奋《白门柳》(一、二)，刘玉民《骚动之秋》

第五届：张平《抉择》，阿来《尘埃落定》，王安忆《长恨歌》，王旭烽《茶人三部曲》(一、二)

第六届：熊召政《张居正》，张洁《无字》，徐贵祥《历史的天空》，柳建伟《英雄时代》，宗璞《东藏记》

第七届：贾平凹《秦腔》，迟子建《额尔古纳河右岸》，周大新《湖光山色》，麦家《暗算》(原名《暗器》)

第八届：张炜《你在高原》，刘醒龙《天行者》，莫言《蛙》，毕飞宇《推拿》，刘震云《一句顶一万句》

第九届：格非《江南三部曲》，王蒙《这边风景》，李佩甫《生命册》，金宇澄《繁花》，苏童《黄雀记》5部作品(按得票数排序)

第十届(2019年)：梁晓声《人世间》，徐怀中《牵风记》，徐则臣《北上》，陈彦《主角》，李洱《应物兄》

第十讲　巴金与“家史小说”

一、名篇简介：《激流三部曲》

1.《家》内容梗概

成都高公馆，一个有五房儿孙的大家族。高老太爷是这个大家庭的统治者，五房中的长房有觉新、觉民、觉慧三兄弟和他们的继母及继母的女儿淑华。因为父母早亡，现在是大哥觉新当家。

觉新是长子长孙，早熟而性格软弱，受过新思想的熏陶却不敢顶撞长辈，他年轻时与表妹梅相爱，但却接受了父母的安排另娶了珏。婚后他过得很幸福，有了孩子，也爱自己美丽的妻子，但又忘不了梅，特别是出嫁不久后梅就成了寡妇，回到成都，两人的见面带给他无穷的痛苦。不久梅在忧郁中病逝。

觉民与觉慧在外参加新文化运动和学生运动，遭到爷爷的训斥，并被软禁家中。觉民与表妹琴相爱，但爷爷却为他定下亲事，觉民为此离家躲避，觉新夹在弟弟与爷爷中间受气。觉慧是三兄弟中最叛逆的一个，他对家中的丫头鸣凤有朦胧的好感。高老太爷要将鸣凤嫁给自己的朋友孔教会会长冯乐山做妾，鸣凤在绝望中投湖自尽，觉慧决心脱离家庭。

高老太爷发现最疼爱的儿子克定骗妻子的钱去组织小公馆，并在外欠下大笔债务，老四克安也大嫖戏子，在此打击下一病身亡。家中大办丧事，将要生产的珏被高老太爷的陈姨太以避血光之灾为由赶到郊外生产，觉新不敢反对，因照顾不周，珏难产而死。觉新在痛悔的心情中承认这个家庭应该出个叛徒，他支持觉慧离家去上海……

《家》也许不是巴金最好的作品，但绝对是最有人缘的一部，可是它的问世并非一帆风顺。最初，小说在《时报》上连载，每天一千字左右，后来因为战争中断过一段时间，《时报》又换了编辑。巴金突然接到一封信抱怨小说太长，报社不想继续登载下去。收到信后巴金将剩下的稿子全寄了过去，并声明如果报纸愿意登完，他可以不要稿费。用他的话说，“为读者写作”的他“总算尽了作家的责任”。这样《家》才得以完整面世。

“激流三部曲”中最光辉灿烂的形象当然是那一群封建家庭的叛逆者，不光是像觉新这样的知识男性，那些以死相拼的女性也一个个悲壮激烈。当然最成功的无疑是“多余人”觉新。对于这个人物，巴金有太多的情感。

巴金的大哥尧枚在父母死后，独立支撑着整个家庭，在给巴金的信中他倾吐出大家庭中的种种罪恶，这些素材给了巴金灵感，他决定用“大哥”做线索来揭示一个大家庭的衰败。难得的是，尧枚知道这个想法后，写信来鼓励巴金写作。正当巴金写完《家》的第六章《做大哥的人》时，讣电来到，尧枚在精神重压下自杀了。

在《秋》里，巴金给了觉新一个幸福的结局，对大哥尧枚来说，也许这是一个最后的安慰。确实那个时代还没有哪一个作家的写作，像巴金这样与自己的身世如此紧密相关，活灵活现。这也是巴金后来强调创作“真实性”的一个有力见证。

2.《春》故事梗概

觉慧逃出家庭后获得了自由，但家中的悲剧还在一幕幕上演。觉新兄弟的继母周氏的娘家人来到成都，要为觉新的表妹蕙完婚。蕙是聪明美丽的女孩，却被顽固的父亲许给荒淫的陈家，大家都替她惋惜，觉新在她身上看到梅与珏的影子，却无力帮助。这时，觉新的爱子海儿不幸病死，他对生活更加没有了信心。觉民与琴则积极参加学生运动，并鼓励家中的弟妹走出家庭。

三房的淑英被父亲许给冯家，她极力想挣脱不幸的命运，甚至想过效仿鸣凤去死，觉民与琴决心帮助她脱离家庭，去上海找觉慧。蕙完婚后过着不幸的生活，很快就患病，因为婆家不肯请西医耽误了医治，默默地死去。蕙的死再次刺激了觉新，也使他开始支持觉民等人的计划。最终，淑英在觉民等的帮助下，被护送到了上海。在《春》的结尾，觉新等人收到她从上海的来信，信中倾吐了她获得自由后的幸福。

《春》写了一个女孩如何鼓起勇气走出家门，它无疑给了许多年轻人以叛逆的勇气，巴金因此也成了许多想要叛离家庭的年轻人的“咨询对象”。在众多的咨询者中，有一个女孩寄给他一张照片并约他见面谈谈。一见面，这个女孩就谈起自己守旧的父亲，并表示想脱离家庭。巴金诚恳地劝说女孩不要冲动，认为年轻人羽翼未丰前不宜轻易地踏入复杂的社会。巴金的真诚无疑感动了她，此后这个女孩遇到麻烦时，常常找他倾诉。她的名字叫萧珊，后来成了巴金的妻子。这样活生生的事例，再次给巴金的创作提供了“真实性”的证明。也为他日后追求创作的“真”“善”“美”奠定了哲学思想上的基础。

3.《秋》故事梗概

蕙的灵柩停在庙中已经一年多，她的丈夫忙着续弦，根本没想到要让她入土为安。在觉新与觉民的“威胁”下，蕙才得到存身之地。她糊涂的父亲又将儿子枚推入火坑，枚才十七岁，就有了肺病的迹象，父亲周伯涛不愿承认儿子有病，却忙着给他娶了冯家的小姐为妻，两人感情不错，但妻子脾气很大，枚夹在她与长辈间受气，婚后不久就因病去世，留下新婚的妻子和她腹中的胎儿。

三房的克明在女儿跑后有所悔悟。两个弟弟却想卖掉公馆分家，儿子又不争气，克明在郁闷中丢下怀孕的妻子去世。淑英的丫头翠环敬佩觉新为人，三太太决定将她嫁给觉新。

在觉新给觉慧与淑英的信中，他说到各房的情况。四房五房继续着荒诞的生活，几个堂弟依然顽劣成性；三房与他们住得很近，保持着亲密关系；他自己娶了翠环并将她当作妻子看待；至于觉民与琴，也按他们的意愿举行了新式婚礼并即将出外工作……高公馆卖掉了，高家四分五裂……这个极具象征意义的封建大家族在一盘散沙中，行将崩溃！

《激流三部曲》通过描写高公馆的由盛转衰及其分崩离析，反映了封建大家庭逐渐没落的过程，表达了封建专制制度必然崩溃的历史趋势，讴歌了青年们的觉醒和反抗。巴金的长篇小说以描写家庭生活为主，大多是以自己早期的家庭生活为原型，带有强烈的自传性质。在巴金的作品中，家即社会，家庭是构成社会机体的细胞，家庭生活是社会生活的缩影。巴金的创作实践表明，他最喜欢通过描写家庭生活情景来反映社会生活的状况及其发展变化，其中尤以他的《激流三部曲》为著。

在中国人的文化习惯里，虽然有强烈的宗族观念和谱系意识，但对这种血脉关系往往充满着敬畏感和神圣感。家族史既顽强地延续了家庭的文化血脉，又隐藏了数不清的悲欢离合，埋下了很多类似鲁迅笔下的“吃人”的悲剧。像曹雪芹写《红楼梦》(石头记)，用红楼梦幻笔法写了贾家两个公府的家族史，外带着史、王、薛三大家族。不过那是“真事隐”(甄士隐)，是“假作真时真亦假”(“假语村”言)，成了“家族史写作”的经典，但也暗藏了很多文化密码，模棱两可，似是而非，衍生出一众的“红学家”，说不清道不明。

到了现当代，巴金的《家》《春》《秋》三部曲以及后来的莫言《红高粱》系列小说，开始以半是传记半是传奇来进行准“家族史写作”，开创了一个“以家族为文化语序”的“自我文化批判”的新时代。

◎ 编者注：

古老而没落的封建家族腐败到什么样的地步？从巴金的三部曲《家》《春》《秋》，可见一斑。这在今天的人们看来，恍惚隔世。这部“家族”系列小说，并非纯粹小说，它在很大程度上是旧中国社会的一个缩影。巴金的小说为中国封建社会的大家庭面貌留下了一页真实的哀痛史。

中国封建社会的腐朽没落不是一句空话，它最终就落在了一个个真实具体的“家庭”或“家族”这些个社会单元上。剖开一个家族，看看它的“切面”，是如此触目惊心——这个社会偏离人类社会正常轨道太远太久了！人性、人道、自由、爱、尊严和价值，都被埋没在封建礼教的层层瓦砾之下，私欲、权欲将人的存在扭曲得面目全非。当然，有受害者，必有得利者。而可悲的是那些所谓的食利者，最终大多也落得个悲惨的下场！而这正是“五四”新文化运动以前中国社会千百年来的悲哀。

中国社会全面走向现代化、文明化，很晚很晚，是从上个世纪初年开始的。一个作家对于时代的价值，就此体现。一部《家》《春》《秋》，唤醒了多少时代青年，而恰恰是他们一代人的觉醒，才真正开启了中国社会现代文明的历史进程。这是一部感天动地的伟大史诗。

二、巴金小说创作特色

(1)中长篇小说题材具有丰富性多样性，展示了其宽阔的社会生活阅历及可贵的经验积累。像《激流》三部曲、《憩园》等是表现封建大家庭生活的；而《灭亡》《新生》《爱情三部曲》《海的梦》等作品是反映青年革命者生活的；《砂丁》《萌芽》是反映矿工生活和斗争的中篇小说；《第四病室》《寒夜》反映了国统区小市民、小公务员的悲惨生活；《火三部曲》是描写各阶层人民抗日活动的长篇小说……总之，巴金小说的题材是具有多样性的、丰富多彩的，他的创作反映了中国现代社会各个阶层的生活状况，表现了现代社会发展的历史进程。

如《寒夜》，通过描写汪家的解体过程，揭示了20世纪三四十年代大后方社会的黑暗现状。作者着重表现的是小家庭内部的矛盾冲突，比如婆媳争吵、夫妻失和等，通过对日常生活的真实、细致的描绘，“一叶落而知秋”，表明汪家悲剧的根源在于国民党政府的黑暗和腐败。这部作品很好地体现了巴金创作的特色，把家庭当作社会的缩影来描述，以家庭生活的溃散画面来折射出时代的风云变幻。

巴金的短篇小说题材也很可观，大致可以归结为六类：其一，书写外国人生活的作品，这类作品集中在《复仇集》《电椅集》中，《光明集》里也有一部分作品。这类作品描写了许多外国人的故事，塑造了许多栩栩如生的外国人形象。其二，反映工人农民知识分子和小公务员、革命者等各阶层人民的苦难生活以及他们的反抗斗争。除此之外巴金在《某夫妇》《猪与鸡》《团圆》等短篇小说中也有对这一题材的优秀运用。

其三，是收在《长生塔》中的四篇童话，即《长生塔》《塔的秘密》《隐身珠》《能言树》作

者借助童话这种艺术形式来表达自己对社会现实的看法。其四，是收在《沉默集(二)》中的三篇历史题材的小说，即《马拉的死》《丹东的悲哀》《罗伯斯庇尔的秘密》。这三篇作品反映了法国大革命时期的社会生活，总结了那段历史的教训，虽说作品的价值有待商榷，但在当时的中国这类作品还是非常罕见的，表现出难得的国际视野。其五，描写四十年代小人物的日常生活，表现了他们的不幸遭遇，收在《发的故事》《小人小事》等集子中，其中的某些作品体现了巴金创作风格的转变。其六，反映朝鲜战场上志愿军生活，即表现战争题材的作品，收集在《英雄的故事》《明珠和玉姬》《李大海》等小说集中。这些作品是巴金小说创作的最后一批成果，是老作家对新中国文学事业的重要贡献。这里我们看到一个作家、知识分子努力超越自己的局限，尽可能地涵盖、接纳生活的方方面面、尽力表现社会生活全貌的自觉和努力。

(2)巴金创作的“真实观”。

巴金不同于茅盾等作家完成作品时所具有的系统性和理论性功夫，他的作品求“真”务“实”，以“真”动人，以“真”取胜。在巴金前期的创作中，他致力于青年对家长的对抗情绪的感受，作家的真实就在于对这种感受的发掘和提炼，正如他在《激流·总序》中所说的，“我有了生命以来，在这个世界上虽然仅仅二十几个寒暑……这其间我也曾看见了不少的东西，知道了不少的事情。我的周围是无边的黑暗，但是我并不孤独，并不绝望。我无论在什么地方总看见那一股生活的激流在动荡，在创造它自己的道路，通过乱石碎山中间”。作家以其二十多岁的青年的眼睛所看到的生活的激流，所感觉到的爱恨痛苦，通过巴金式的真实的感受体现在里面，这就是青年的真实感受。在这里，违反这生活的激流的就是假的，适应这生活的激流的就是真的，就会被巴金体现在《激流》三部曲中。

后期创作，巴金这种真实观发生了变化。即带有强烈的理性思考成分，侧重于对40年代中国社会的思索及对这种思索的感受。《寒夜》是其中的一个典范。《寒夜》的深刻性在于其真实性，这种真实可以说是残酷的真实，即以好人对好人的残忍来体现出生活的真实，制造了好人与好人之间的悲剧。

巴金是现代作家中较早地“遇到人性的复杂性考验”的一位作家，这使得他的写作进入到一个新的高度，追求写作的真实性。这同时也一下子让作家们意识到了写作中的难度，如何面对“人性的冰山”。

半个世纪以来，巴金以自己的言论和艺术创作热情地参与中国现代文化建设。主要表现在：在“文学的目的就是为了使人变得更好”的思想指导下，创作了一系列具有叛逆性格和奴性人格的艺术典型以“立人”，从“说真话”到“写真实”一以贯之于他的全部人生经历和创作活动中，他多次强调“我说我写作如同在生活，又说作品的最高境界是写作同生活的一致，是作家同人的一致，主要的意思是不说谎。”

（3）巴金还贡献了以“两个一致”的典型化方法和“比较像活人”的性格真实的现实主义美学理论。

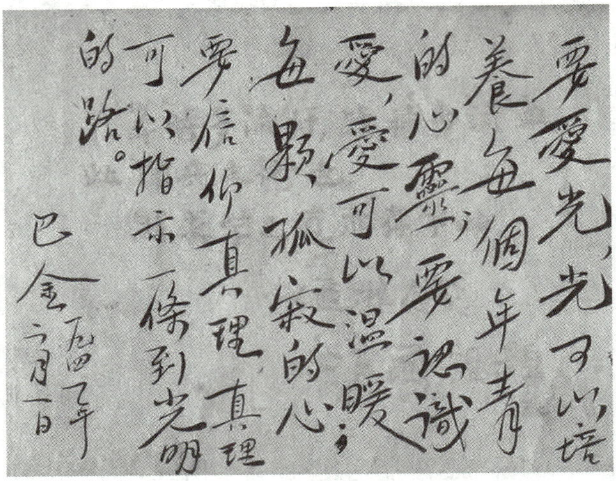

随着写作的深入，像巴金一样的中国作家们遭遇了现代性的写作难题，即“人性与现代性”问题。在这里巴金只是简单化为“真”，求真求实，其实人的现代性问题，远非“真实”那么简单。但巴金却是第一个给出选择和答案的作家。尤其是晚年，在《随想录》中他一遍遍地虔诚而痛苦地忏悔，以罕见的勇气剖析自己的灵魂，尤其对“文化大革命”那个特殊时段自己的表现、作为、心路历程都做了深刻的反省，显示了一个知识分子高尚的情操和彻底的文化自省意识；同时猛烈地批判封建伦理道德、深挖国人灵魂中的奴性，以极大的人格魅力参与现代伦理文化的建设，确实震撼了广大读者的心灵。他超越了中国传统知识分子的人格局限，表现出难能可贵的现代人精神。

巴金所创作的带有强烈主观性、抒情性的中长篇小说，与茅盾、老舍的客观性、写实性的中长篇小说一起，构成了现代文学第二个十年中长篇小说的艺术高峰；而巴金小说所创造的“青年世界”是 30 年代艺术画廊中最具有吸引力的一部分，巴金也因此为扩大现代文学的影响，做出了不可替代的卓越贡献。

三、作家简介

巴金（1904 年 11 月—2005 年 10 月），原名李尧棠，另有笔名有佩竿、极乐、黑浪、春风等，字芾甘。汉族，四川成都人，祖籍浙江嘉兴。中国作家、翻译家、社会活动家、无党派爱国民主人士，被誉为“二十世纪中国文学的良心”。

巴金 1904 年生于四川成都一个封建官僚家庭里，新文化运动后，他深受新潮思想的影响，开始了他个人的反封建斗争。1920 年考入成都外语专门学校，在五四思潮影响下，加入进步青年组织“均社”。1923 年离家赴上海、南京等地求学，1925 年 8 月，毕业于南京东南大学附中。9 月参加发起无政府主义组织上海民众社并出版《民众》半月刊，翻译无政府主义思想家克鲁泡特金的一些著作。

1927年1月，赴法国巴黎求学。在法期间一方面大量阅读西方哲学和文学作品，一方面时时关心祖国，开始写作《灭亡》。1928年12月回上海，从事文学编辑与创作，任《文学季刊》编委，主编《文化生活丛刊》《文学丛刊》《文学生活小丛刊》等。

1937年，抗战全面爆发任《救亡日报》编委，与茅盾共同主编《呐喊》(后改名《烽火》)杂志。1938年2月，写完《春》。3月参加文协，被选为理事。

1940年七月始，辗转于昆明、重庆、成都、桂林、贵阳等地，从事抗日文化宣传活动。1944年5月，与萧珊在贵阳花溪结婚。1945年，于重庆创作《第四病室》。

1949年7月，参加第一次文代会，当选为文联委员。1950年后任平明出版社总编辑，上海市文联副主席，中国作协上海分会主席。11月，他参加了华沙第二次世界保卫和平大会。后五次访问苏联。

1957年7月，任《收获》主编，开始《巴金文集》14卷本，至1961年编定后出版。1966年8月遭批判。1967年5月，被《人民日报》点名批判，随后在上海奉贤县"五七干校"劳动两年半。

1977年任中国作协主席。1982年4月2日，获得1982年"但丁国际奖"，"表彰他在文坛上取得的巨大成就"。1983年起任全国政协副主席、中国作协主席。1984年5月，作为世界七大文化名人之一，应邀参加了在日本东京召开的第四十七届国际笔会大会。

80年代中期出版了《随想录》之《病中集》《无题集》等作品。90年代后出版随笔集《再思录》，编辑出版了《巴金全集》(二十六卷)等。2003年11月，巴金被授予"人民作家"称号。2005年10月17日在上海逝世，享年101岁。

◎ 附："巴金"笔名的由来

有人猜测这两个字来自于"巴枯宁"和"克鲁泡特金"，其实不然。巴金在1957年9月27日致苏联作家彼得罗夫的信中对自己的名字作了注解："一九二八年八月我写好《灭亡》要在原稿上署名，我想找两个笔画较少的字。我当时正在翻译克鲁泡特金的《伦理学》，我看到了'金'字，就在稿本上写下来。在这时候我得到了一个朋友自杀的消息，这个朋友姓巴，我和他在法国Cha-teau-Thierry同住了一个不长的时期。他就是我在《死去的太阳》序文中所说的'我的一个朋友又在项热投水自杀'的那个中国留学生。我们并不是知己朋友，但是在外国，人多么重视友情。我当时想到他，我就在'金'字上面加了一个'巴'字。从此'巴金'就成了我的名字。"

巴金是四川人，"巴山蜀水"的巴蜀之地，"巴"可能也包含了他自己偏爱的地域特征，所以取名"巴金"不止一个参考因素。

第十一讲　萧红的“生命叙事”

一、名篇简介：《生死场》

《生死场》以20世纪二三十年代东北哈尔滨近郊某农村为背景，讲述“九·一八”事变前后，当地村民和他们视为珍宝的土地以及牲口的故事，描写苦难的乡民“生”与“死”的故事。

在第一章节《麦场》至第十章节《十年》里，作者描写了东北农民贫苦无告的日常生活。《麦场》写到赵三感到养牛和种地之不足，必须到城里去发展。他渐渐不注意麦子，每日进城，梦想着另一桩有望的事业。而这种时候，地主还要加地租，他和李青山等人想发起“镰刀会”进行抵抗，但中途失败，他家的青牛卖了，无法种地，他只得编鸡笼去卖。可这只是暂时的缓解，最终还是摆脱不了贫困。“五月节”到了，由于米价跌落，卖的钱不够还债，成业家连一斤面粉也买不起。在东北严寒的冬季里，孩子们饱受摧残，生了病无钱医治，任其恶化，等待着死亡的来临。孩子死了，只是随便地用草捆起来，扔到乱坟岗任野狗撕扯。严酷的生存条件，使他们连维持最基本的温饱和生理需求都得不到满足，精神世界的荒芜和残缺便成为必然。他们脾气粗暴，行为只受自然本能支配，好像不经过大脑思考，甚至连作为人的本能的舐犊之情都沦落了。

在《生死场》的前十章中，描写了女性身体的种种体验，这些经验集中体现了“生”与“死”的特殊内涵。譬如在“刑罚的日子”一节中，作者描述了一个独特的妇女生育世界，在女性的生育过程中，又频繁地将动物的交配繁衍并列在一起：牛或是马在不知不觉中忙着栽培自己的痛苦。夜间乘凉的时候，可以听见马或是牛棚做出异样的声音来。牛也许是为了自己的妻子而决斗，从牛棚里撞了出来……

二里半、王婆、老赵三、月英、金枝，这些男人和女人像牛马一样地生活着，“糊糊涂涂地生，乱七八糟地死”。生生死死，死死生生，都在同一个“场”合下展开，人和动物没有两样。

小说后七章描述了20世纪30年代初期在日寇铁蹄蹂躏下，东北农民悲惨的生活状态以及渐渐苏醒的民族意识和反抗情绪。

作品解析

《生死场》是萧红的著名中篇小说。《生死场》的写作，开笔于哈尔滨、成书于青岛。1934年4月22日起，萧红在哈尔滨《国际协报》副刊《国际公园》发表《麦场》和《麦场之二》小说连载。此后这两章主要内容被作者收录于《生死场》的开头两节《麦场》和《菜圃》。全书共分17章节，去掉极短的过渡性的两节，15章节中有11章节描写的是家庭中的故事。小说总体结构看似散漫，实则别具匠心，贯穿全书的是三个家庭的变迁。开篇与收尾写“二里半与麻面婆”的家庭，“套”在结构第二层的是“王婆与赵三”的家庭，“套”在里面一层的，则是“金枝”家庭的故事。全篇首尾呼应，一层套着一层，在三个家庭的空间里演进着生与死的故事。

“生死场”里的“场”，既可以说就是那块灾难深重的黑土地，又可以是那块土地上一个个痛难的家庭。事件的发生与演绎则大半是在家庭这个“温暖”的“场”合下展开，作者赤裸裸地描述了一些女人在男权世界里卑微而无助的生活和死亡，其中生育行为——妊娠、临盆——这些女性经验中独有的事件，构成了群体生命现象的基本构架。对于女性来说，妊娠、临盆是纯粹的苦难，是完全的无奈，是男性强加于女性的行为。在这一苦难经历中，女性感受不到任何意义和价值。《生死场》的主题，就是通过“生与死”的一系列意象连缀成形、突现出来的。

(1)存在主义式的哲学思考。

《生死场》着重写出了20世纪30年代人们不太注意的认知盲区。全书没有以人物为中心的故事情节，甚至也没有面目清晰的代表人物，这种非同寻常的构思设计，反倒暗喻了一个隐秘的主题：它隐藏在芸芸众生的生命现象之下，在这片人和动物一样忙着生、忙着死的土地上，死和生同样地频繁，同样地随意，没有特殊的区别，也没有特别的意义，生命的价值树立不起来，人的尊严就无从谈起，“显示了生命——群体生命目的的匮乏与群体生育频繁繁衍的对立”，显示了人存在的荒谬！

在小说里，作者不止一次把妇女的生产与家畜联系在一起，她们像动物一样毫无尊严、毫无节制的生产，表现出生殖的盲目性。萧红是从“生”与“死”这个人生根本问题上来观察和反映农民生活的，这个视角足够尖锐、深刻。在人与动物互为背景的审美思考中，揭示了普通中国人麻木的精神状态和毫无价值的人生过程。她不仅写出了像动物一样被原始欲望支配着的人的生命活动，也写出了像动物一样盲目而又惊恐地面对死亡的迟疑、胆怯和孱弱。他们活着，却从未打量过“活着”本身；他们行将死亡，却从不追问生命的限度——萧红的创作几乎抵达了后来存在主义宣示的哲学高度。

生命对他们已经没有意义，他们就是在无知无觉的物化状态中，虽生犹死地听命于

天，直到生命被耗尽，走进坟墓，一生的痛苦没有代价。生与死的意义主要体现在个人的身体，尤其是女性的身体上。该小说从女性的生命人道主义和本能温情出发，表现了与农村妇女生活密切相关的两种体验：生育以及由疾病、虐待和自残导致的死亡。

死亡，也是女性面对的恐怖现实。小说中充斥了形形色色的死亡，几乎所有的死亡描写都是发生在女性身上，而女性受病痛折磨所致的身体变形与损毁也比比皆是。温和多情的月英瘫痪之后，受到丈夫的折磨。“从前打渔村最美丽的女人”在丈夫石头般的冷漠与摧残下，被折磨成了形状可怕的怪物：她的眼睛，白眼珠完全变绿，整齐的一排前齿也完全变绿，她的头发烧焦了似的，紧贴住头皮。她像一头患病的猫儿，孤独而无望，无法自主自己的命运。

萧红在小说中苦心经营了一个女性的生与死的世界，她向读者展示了女人是怎样生活着的，女人身体所承受的种种苦难。来自男人世界的伤害使乡村妇女永远难逃令人战栗的“人祸”，使女性正常的人性受到压抑和扭曲，也使生命的个体价值被无情践踏。萧红对女性命运的探索，映射出了在男权中心主义的社会里，愚昧、褊狭的社会文化心理对女性人格的本质摧残。

(2)存在式的时间叙事。

《生死场》另一个隐性的主题，就是笼罩在“生”与“死”之上的强大的宿命感。这种宿命感首先体现在时间叙事上：十年前村中的山，山下的小河，而今依旧似十年前，河水静静地在流山坡随着季节而更换衣裳；大片的村庄生死轮回着和十年前一样。屋顶的麻雀仍是那样繁多，太阳也照样暖和，山下有牧童在唱童谣，那是十年前的旧调：“秋夜长，秋风凉，谁家的孩儿没有娘，谁家的孩儿没有娘，一盘月亮满西窗。”这一幅幅乡土风俗画，仿佛是遥远的过去，又似乎是进行中的现在，也可能是不久的将来。历史似乎是凝滞的，“已有的事后必再有，已行的事后必在行。日光之下并无新事”。人们就在这历史生活的共时中、生活场景的重复中，永恒的轮回与循环。

这是一个以季节为叙事主轴、基本按时序变化来排列组合的场景，却把乡土社会农村生活内容的单调性、生活节奏的缓慢性，以及农民在自然面前的被动性，都有力地凸显出来。精神生活极为匮乏，只有更替的季节支配着人们的种种行为习惯，带来一点可怜的变化：春种秋收，夏忙冬闲，“暖和的季节，全村忙着生产”，“冬天，女人们像松树子那样容易结聚”。潜隐于季节背后的，则是沧桑的农业文明的宿命定义，是它造成了农民的社会生活和生存发展的历史惯性与悲剧性。这一页历史太过沉重，竟被年青的作者写出了意想不到的深刻，至今仍具有现代性价值，这在当时的时代实属罕见。

二、作家简介

萧红(1911—1942年)，乳名荣华，学名张秀环，后由外祖父改名为张乃莹，笔名萧红、悄吟、玲玲、田娣等。中国现代著名女作家，“民国四大才女”之一，被誉为“20世纪30年代的文学洛神”。

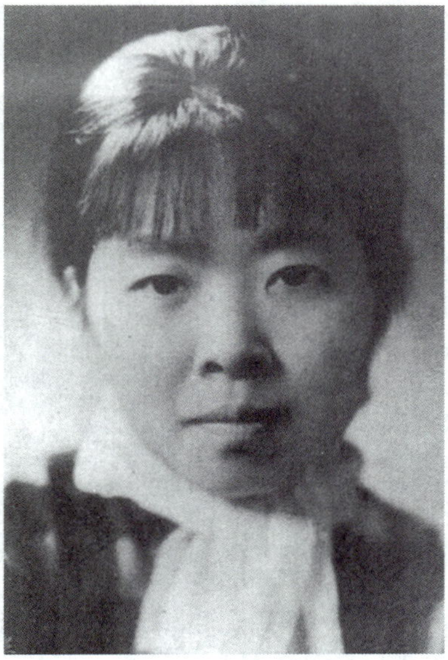

1911年，出生于哈尔滨呼兰区一个封建地主家庭，幼年丧母。1920年入呼兰县乙种农业学校(现为萧红小学)读初小。1927年就读哈尔滨东省特别区区立第一女子中学(现为萧红中学)。自幼喜欢文学和绘画，在校刊上发表过署名“悄吟”的抒情诗。

1928年，参加了哈尔滨市学生反日护路游行示威活动，主动担任宣传员。1929年祖父去世，她对家庭已没有感情和留恋。

1930年初中毕业，不顾家庭反对出走北平，入读北平大学女子师范学院附属女子中学。因为没有家庭的支持，不久生活陷入困顿中。

1931年11月与未婚夫汪恩甲在哈尔滨道外东兴顺旅馆同居。半年后怀孕，临产期近，汪恩甲不辞而别。萧红写信向哈尔滨《国际协报》求助，副刊编辑裴馨园多次派萧军到旅馆给萧红送书刊，因此结识萧军。

1932年8月7日，松花江决堤，市区洪水泛滥，由于欠钱太多，旅馆不让萧红离开。萧军趁夜租了一条小船，用绳子把萧红救出，到裴馨园家暂住。后与萧军住进欧罗巴旅馆，开始共同生活。

1933年3月，参加共产党人金剑啸组织的赈灾画展，展出两幅粉笔画。4月以悄吟为笔名发表小说《弃儿》，随后发表诸多作品，真正踏上文学之路。

7月，与萧军、白朗、舒群等人在抗日演出团体“星星剧团”中担任演员，以实际行动支持抗日。10月，在舒群等人的帮助下，萧红、萧军合著的小说散文集《跋涉》自费在哈尔滨出版。萧红署名悄吟，萧军署名三郎。《跋涉》中大部分作品揭露了日伪统治下社会的黑暗，歌颂了人民的觉醒、抗争，带有鲜明的现实主义进步色彩，《跋涉》的出版，在东北引起了很大轰动，受到读者的广泛好评，也为萧红继续从事文学创作打下了坚实的基础。

1934年6月，为躲避抓捕，萧红、萧军在中共党组织的帮助下，逃离哈尔滨，到达青岛。萧军在《青岛晨报》任主编，萧红完成著名中篇小说《生死场》。

1934年11月，萧红、萧军与作家张梅林抵达上海，经常到鲁迅家做客，向鲁迅请教。鲁迅特意将两人介绍给茅盾、聂绀弩、叶紫、胡风等左翼作家。这些人后来都成为她的好友，对她的创作和生活产生一定影响。萧红、萧军、叶紫在鲁迅的支持下结成“奴隶社”。

1935 年 12 月，《生死场》以“奴隶丛书”的名义由上海容光书局出版，署名“萧红”。鲁迅为之作序，胡风为之后记，作品在文坛上引起巨大的轰动和强烈的反响，萧红一举成名。

1936 年 6 月 15 日，萧红作为最初发起人之一，与鲁迅、茅盾、巴金、以群等 67 位作家联合签名发表《中国文艺工作者宣言》，反对内战，号召爱国文艺工作者，发挥进步作用，创作优秀作品，积极行动起来，为祖国解放、民族独立而斗争。

1936 年 7 月，因与萧军在感情上出现裂痕，只身东渡日本。10 月 19 日，鲁迅在上海逝世。萧红发表《海外的悲悼》等诸多作品以示怀念。

1937 年 1 月，萧红从日本回国，去上海拜谒鲁迅先生墓。3 月写下《拜墓诗——为鲁迅先生》。参与了萧军编辑的《鲁迅先生纪念集》的资料收集工作。

“卢沟桥事变”爆发，萧红、萧军撤往武汉，结识著名青年诗人蒋锡金，不久，东北籍青年作家端木蕻良也搬来与他们同住。萧红、萧军与从东北各地流亡到武汉的舒群、白朗、罗烽、孔罗荪等青年作家积极投身于抗战文艺活动，并在武汉形成一个很有影响的“东北作家群”。萧红创作了多篇以抗日为主题的作品，《天空的点缀》《失眠之夜》《在东京》《火线外二章：窗边、小生命和战士》等，对宣传推动人民抗战起到积极作用。

1938 年 1 月，萧红、萧军和聂绀弩、艾青、田间、端木蕻良等人应民族大学副校长李公朴之邀，到山西临汾民族大学任教。4 月与端木蕻良一起回到武汉结婚，产后萧红回到重庆，应邀写下一些纪念鲁迅的文章。

1940 年 1 月底，随端木蕻良离开重庆，飞抵香港。“中华全国文艺界抗敌协会香港分会”为二人举行欢迎会。8 月 3 日，纪念鲁迅六十岁诞辰，萧红负责报告鲁迅先生生平事项，纪念会上还演出了萧红的哑剧《民族魂》。

1940 年 9 月 1 日，《呼兰河传》开始在《星岛日报》副刊《星座》连载，引起巨大反响。1941 年 4 月，美国进步作家史沫特莱途经香港，特意看望病中的萧红。

1941 年 12 月 8 日，太平洋战争爆发，九龙陷于炮火。柳亚子应萧红之约，到九龙乐道探望她。1942 年 1 月 12 日，日军占领香港。萧红病情加重，被送进香港跑马地养和医院。

1942 年 1 月 18 日，端木蕻良和骆宾基将萧红转入玛丽医院。次日萧红精神渐复，留下遗言“我将与蓝天碧水永处，留下那半部《红楼》给别人写了”，“半生尽遭白眼冷遇，身先死，不甘，不甘”。1月22日上午10点，萧红凄凉病逝，享年31岁。

三、文学贡献：萧红的“生命叙事”

“萧红体”，指萧红的小说具有鲜明的文体特征，创造出“场景性的小说结构”。

系列散文《商市街》在发表时曾遭遇“看不明白”的议论，因为萧红使用了不少小说的技巧，这样的写作形式在20世纪30年代异常新颖，从文体上看，它更接近小说，不过它又是“不折不扣的生活记录”(萧军《商市街·读后记》)。在中国现代小说史上，从《商市街》《生死场》到《呼兰河传》，萧红打破了传统小说单一的叙事模式，创造了一种介于小说、散文和诗之间的边缘文体，并以其独特的超常规语言、自传式叙事方法、非情节化的结构及诗化风格形成了别具一格的“萧红体”小说文体风格。

这种小说文体的发展道路就是中国现代小说的散文化，从一个方面实现了文学史的衔接、承续，在审美意识上沟通了现代文学与传统文学。更准确地说，是把传统文学中最高雅的部分——诗和散文，与现代文学中已经代替了诗而成为主体的部分——小说，实现了新的对接。正是这一对接造就了现代文学中最具生命力的内容。

同时，萧红创造了超常规的文体语言，诗化、直率而自然。

首先是她的率性，以特有的童心观照世界时，对这个诗意世界不加雕饰的语言描绘。这种超常规语言的运用在她后期的创作中越来越成熟。像《牛车上》中的三月春阳、《后花园》中的六月鲜花、《小城三月》中的初春原野等，都是一个个儿童眼中的世界，自然天成，人物风景并不受旧的形式束缚。

同时这种直率的语言又表现出超自然的特点，她写的人物是从生活里提炼出来的、活生生的，不管是悲是喜都能使读者产生共鸣。因为直率，不伪饰、矫情，从而更加自然质朴，没有了着意雕琢的痕迹，却蕴含着一种稚拙浑朴的美、一种独特而醇厚的真实感，从而成为“萧红体”的又一重要特征。像《呼兰河传》，全书共分七章，描绘了20年代东北小城呼兰的种种人事亲情，细腻而真切地再现了当地百姓平常、烦琐、保守的生活现状和得过且过、愚昧落后的精神状态。作者用淡泊的语气和包容的心，叙说了家乡的种种见闻。萧红以童年的回忆为引线，将一片片记忆的碎片串联起来，回味那份独属于童年、独属于故乡的烟火气息。“没有在《中国现代小说史》中评论萧红的作品，是最不可宽恕的疏忽。《呼兰河传》的长处在于它的高度的真实感，萧红是二十世纪中国最优秀的作家之一。”(美国文学评论家夏志清)

在中国现代文学史上，没有哪一个作家像萧红这样如此沉重地创作自己的人生篇章，她在用生命写作。在饥寒交迫中，她似乎是预感到自己不久于人世，所以她的《生死场》里所有“生”的意义都简略掉了，直接与“死”相连，死亡气息显得浓郁而悲怆；人简单到与动物等同，连一扇圈门的隔离都没有……天才女作家甚至自己都未意味到她在用一种存在主义的哲学、人道主义的精神情怀创作她的大地史诗，记录一个特殊时代人类的喘息和呻吟，及至最后她沉重地背过气而去。

萧红认为作家的首要任务，是“对着人类的愚昧”开战。她认为作家是超阶级的，作家应该为人类写作。即便是在抗战救亡时期，她也拒绝使小说直奔“民族主义”或“爱国主义”的宏大主题。她的创作摆脱了狭隘的阶级论、时代性，具有自己成熟的文学主张，这也是她能从一大批青年作家中脱颖而出的重要原因。

萧红创作之初确实接受了“左翼”文学的影响，有着些许“左翼”文学激进的色彩，对底层的民众，尤其是底层的被阶级和男性双层压迫的女性给予了深刻的同情，其作品人物多以女性、儿童、老人为主，而女性更为常见，且有点女权主义思想的萌芽。但是萧红的创作与流行的现实主义、“左翼”文学又有着很大差异，她的阶级观念不但是政治的、经济的，而且是文化的，是强势与弱势的对立。抛开“抗日”时代的政治环境，她的《生死场》依然有直逼人心的惊心动魄的力量。从直接面对人的生存层面说话这个角度来说，萧红或许比鲁迅走得更远、体验得更深、离信仰更近。

萧红以自己悲剧性的人生、感受和生命体验，观照她所熟悉的乡土社会的生命形态和生存境遇，揭露和批判国民性弱点，抒写着人的悲剧、女性的悲剧和普遍的人类生命的悲凉，从而使其小说获得一种浓烈而深沉的悲剧意蕴，而具备了丰厚的文化内涵。“萧红确实是一个不折不扣的理想主义者。在中国现代文学史上，萧红是继鲁迅之后的一位伟大的平民作家。她的《呼兰河传》和《生死场》，为中国大地立传，其深厚的悲剧内容，以及富于天才创造的自由的诗性风格，我以为是唯一的。”（林贤治“论萧红”）

◎ 编者注：

（1）“萧红当然是有才华的，二十几岁就已经深谙人世之凶险。写乡村，写得生猛强悍，处处是令人倒吸一口气的蛮荒；写生活，写得冷硬、精准、苛刻，有钢针式的穿透力，轻轻一捅，就能挑破疮痂和脓包；即使写《小城三月》的爱情，也是自毁式的固执，如棉絮里的火籽，暗中烧着，要命似地压抑和炽烈，等到发现时，已经成了灰，只剩下一声叹息，堵在人们的嗓子眼里，用尽半生才能幽幽吐尽……”

（2）一个觉醒的女人用了作家的身份，在一个刚刚打开的新时代里，试图活得像一个自由人一样，结果碰撞得遍体鳞伤，英年早逝，因而被视为是革命女性的悲剧（此“革命”非政治意义上的，而是属于性别、尊严、个体解放与独立的范畴）。她有理想、有追求，爱自由、求独立，在时局、感情和社会偏见的困境里，在严酷冰冷的现实中，跌跌撞撞，毛毛糙糙，固执地寻求温饱，寻求爱情，寻求一间安稳的书房，但直到病逝，她都没有得到妥帖的收容。在这一系列求生求爱的挣扎中，在饥饿的煎熬中，她超常的文学才华被激发出来，文字的魔性被诱惑出来，闪烁出一道惊世骇俗的霞光，转瞬即逝……

（3）当然她摆脱性别的局限，争取个性独立和价值，又使用了性别的惯常方式，也使

她陷入了一个悖论的怪圈而不得解脱。但这与文学无关，也与作家的身份无关。她是一个被苦难叠加的女人，母亲早逝、父亲凶暴、逃婚、私奔、怀孕、被弃、流言与白眼、饥寒交迫、贫病交加、新生儿送人、背井离乡、情人出轨、被家暴、怀着前任的孩子再婚、战争、孩子死亡、逃难、病入膏肓、早逝……人世间的千难万苦，每一种都埋在她的生命前方，等着来蹂躏她——没有谁可以在这样一种情势下毫发无伤，它本身就是一个现实的《生死场》。就像鲁迅评价萧红的《生死场》所描写的“北方人民对于生的坚强，对于死的挣扎却往往已经力透纸背；女性作品的细致的观察和越轨的笔致，又增加了不少明丽和新鲜”。人们记住了她的挣扎，记住了她的笨拙与天真，也记住了她的明亮与澄澈。

(4)她一生主动选择噩运，是因为她对女性的宿命有恐惧性的认知，遂将自己放逐于凶多吉少的未知，无非想当自己的救世主，跳出历史的惯性，不至于成为愚昧社会的殉葬品。不想到了今天，她的遭遇、情感和私生活，仍然比她的才华、文学，更能勾起大众的好奇心，更能标识她的价值。哪怕是对女性极具悲悯情怀的人，可能都无法逃脱这一惯性(如《黄金时代》)。这正是萧红的悲哀，也是女作家在特定时代的悲哀。

◎ 附：“东北作家群”

“九·一八”事变后，一群从东北流亡到关内的文学青年，在“左翼”文学运动推动下，共同自发地开始文学创作的群体。他们的作品反映了处于日寇铁蹄下的东北人民的悲惨遭遇，表达了对侵略者的仇恨、对父老乡亲的怀念及早日收回故土的强烈愿望。他们的作品具有粗犷宏大的风格，写出了东北的风俗民情，显示了浓郁的地方色彩。“东北作家群”主要作家有萧红、萧军、舒群、端木蕻良等，代表作有萧红《呼兰河传》《生死场》，萧军《八月的乡村》等。

从东北流亡到上海及关内各地的一些青年作者，如萧红、萧军、舒群、端木蕻良、骆宾基、罗烽、白朗、李辉英、王相智等人，习惯上被称为“东北作家群”，形成于20世纪30年代中期。他们有的未正式加入“左联”，但其创作实际上构成“左联”文学的一部分。正是他们开启了抗日文学的先声，第一次把作家的心血与铁蹄下不屈的人民，东北广袤的黑土、茂草、高粱，搅成一团，以一种粗犷的地域风格、浓郁的乡土眷恋，把爱国主义情绪推到高潮，构成了东北沦亡以来令人感奋的、规模宏大的叙事。现代文学史上，“东北作家群”确是最早投身抗战文学的一个群体，对抗日救亡发生过巨大的作用。

东北作家群的创作，普遍体现出鲜明的时代特征，而小说中浓郁的民俗文化描写冲淡

了其中的政治色彩，增加了小说的文化含量和审美价值。在他们的作品中充满了自身的民俗体验、亲历的家国之痛和真切的政治诉求，因此，审美和意义在其笔下得到了自然的契合，这也构成东北作家群在中国现代文学史上崛起的特殊意义。

像《憎恨》集的作者端木蕻良(生于1912年)。其《鴜鹭湖的忧郁》一向为人称道，这是用诗情的笔法写出难以想像的人民贫穷，悲愤郁怒之情回荡在平静的叙述中，传达出遭受压抑的凄厉感。他还善于在抗日的题材下表现东北特殊的风情，《遥远的风砂》《浑河的急流》都有磅礴的气势，民族意识通过地方的粗犷性格表露出来。他注重方言的运用，又自觉地吸收电影剪接手法来结构小说，叙述带跳跃性，用笔举重若轻，讲究力度，在小说体式上有新的创造。抗战时期他先后出版了《科尔沁旗草原》《大地的海》《长江》等长篇。

出现在东北作家群小说中的民俗描写，绝不是简单的民情风俗展览，而是昭示民族精神的审美载体，“它担负着作家难以化解的民族悲情和身家灾难，刻录着黑土地上东北人独特的‘民俗’魂：第一次向关内展现关外民俗文化景观的独特魅力，具有重要的文学史意义；与其他地域的乡土文学和‘左翼’文学创作相比，其民俗描写体现出更丰富的文化内涵，体现为对“人—家—国”三重问题的深度思考”。

而这三重问题将民俗描写与民族大义连接在一起，使其小说成为能够激发读者民族精神的有力符号。从某种程度上讲，他们的小说集废名作品的自然品格和茅盾小说的社会意义于一身，兼备了30年代乡土小说的民族性内涵和新感觉派的先锋意识，融合了沈从文小说的人性思考和革命文学的现实关怀。他们立足于特殊境遇中的独特生命体验，把文学的自然性和民族性、传统性与现代性有机整合在一起。

可以说，“东北作家群”作品中的民俗描写，既承载着“五四”时期反思国民性的精神，又传达出新的时代足音，而“人—家—国”民俗描写模式，是其不同于一般“左翼”文学和其他地域乡土文学作品的重要之处：在独特的土地民俗描写中透露出共同的故土眷恋；透过民俗描写反思人的生存价值，并寻找民族复兴的动力，体现出“掘”根与“寻”根的双重文化意味；在生动的民俗场面中呈现民众自发凝聚的民族精神。

“东北作家群”的民俗描写，体现出对阳刚之美和为家乡立传作史的审美追求。从“精神认同”角度，可以发现“东北作家群”倾情于民俗描写的背后的深刻心理动机，作家们选择民俗文化描写，作为寄托种种情结的载体，有助于流亡者重建虚拟的“精神家园”，并在此基础上承载作家们的民族“忠诚情结”。

第十二讲　老舍与市民文学

一、名著赏析：《骆驼祥子》

《骆驼祥子》是现代著名作家老舍的代表作，1937 年 1 月，小说在《宇宙风》杂志上连载。《骆驼祥子》描写了 20 世纪 20 年代老北京一个人力车夫“祥子”三起三落的人生辛酸故事。此小说大量应用北京口语、方言，还有一些老北京的风土人情的描写，是现代白话文小说的经典之作。

年轻好强的祥子，是北平城里的一个充满生命活力的人力车夫。这个来自农村、几乎破产的青年农民，勤劳、纯朴、善良，保留着农村哺育他、教养他的一切品质，却再也不愿意回农村去了。他渴望以自己的诚实劳动买一辆属于自己的车，在城里自在地谋生。

做个独立的劳动者是祥子的志向、希望，甚至是宗教，他凭着勤劳和坚韧，用三年的时间省吃俭用，终于实现了理想，成为自食其力的上等车夫。但刚拉半年，车就在兵荒马乱中被逃兵掳走，祥子失去了洋车，只牵回三匹骆驼。祥子没有灰心，他依然倔强地从头开始，更加克己地拉车攒钱。可是还没有等他再买上车，所有的积蓄又被侦探敲诈、洗劫一空，买车的梦想再次成泡影……

当祥子又一次拉上自己的车，是以与虎妞成就畸形的婚姻为代价的。好景不长，因虎妞死于难产，他不得不卖掉人力车去料理丧事。至此，他的人生理想彻底破灭了。再加上他心爱的女人小福子的自杀，吹熄了心中最后一朵希望的火花。

连遭生活的打击，祥子开始丧失了对于生活的任何企求和信心，再也无法鼓起生活的勇气，不再像从前一样以拉车为自豪，他厌恶拉车，厌恶劳作。被生活捉弄的祥子开始游戏生活，吃喝嫖赌。

为了喝酒，祥子到处骗钱，堕落为“城市垃圾”。最后靠给人干红白喜事、做杂工维持生计。祥子由一个“体面的、要强的、好梦想的、利己的、个人的、健壮的、伟大的”

底层劳动者，终于沦为一个“堕落的、自私的、不幸的、社会病胎里的产儿，个人主义的末路鬼”。

《骆驼祥子》主要人物：

祥子　洋车夫，十八岁，身材高大，年轻力壮。初进城的祥子几乎是完美的，是个绝对好人，他善良、勤劳、坚毅，并且有着强健的身体和明确的生存目标。“他确乎有点像一棵树，坚壮，沉默，而又有生气”。

祥子不仅有充满青春活力的健壮外表，而且有一个劳动者、一个淳朴农民的善良本性：“他不怕吃苦，也没有一般洋车夫的可以原谅而不便效法的恶习”；他知足、不争，拉车从不与别人争生意，有时候甚至不肯要价，只说声“坐上吧，瞧着给”；他对生活的要求十分简单，不吸烟、不喝酒、不近女色，甚至连包好茶叶也不喝，为的是每月能多攒下俩钱儿。同时他也有自己的追求，那就是渴望拥有一辆属于自己的洋车，做个独立的劳动者。他知廉耻、明善恶，在第一次丢车后，他为再买车拼命抢活，落得一片骂声时，心里很惭愧。在曹先生家拉包月不小心摔了曹先生后，他内疚，且希望自己能够补偿曹先生的损失。

祥子是个性格鲜明的普通车夫，在他身上具有劳动人民许多优良的品质，要强、奋斗，不安于卑贱的社会地位，对生活具有“骆驼”一般的积极性和坚韧的精神，但在他的性格中也蕴藏着反抗的要求。最后祥子的愿望一次又一次地被这个黑暗的社会所粉碎。祥子的悲惨处境，形象地揭示了 1949 年前中国的黑暗现实，反映了当时军阀混战、社会动荡下的北京底层市民艰难贫困、暗无天日的生活图景。

虎妞　车店老板、流氓资本家刘四爷的女儿，三十七八岁，长得虎头虎脑，外表丑陋，性格刚烈，粗俗凶悍，像一个大黑塔。她是一个颇为矛盾的人物，一方面她是老板的女儿，另一方面她又是一个贫困车夫的妻子，待人泼辣，毫不讲理，但是对祥子是倾心相爱，她想在祥子身上找回被自私父亲剥夺的青春。

虎妞对祥子的爱情，是追求自己幸福生活的一种，具有一定的个性解放的意义，或者说，是市井社会中自发的个性解放精神。虎妞对祥子的爱情虽然手段卑劣，但是感情却是真诚的、执着的。虎妞告诉祥子，怎样去先认刘四爷为干爹，然后再一步一步地实现他们的爱情图谋。她宁可和父亲决裂，也要死心塌地与祥子生活在一起，这种决心从来没有动摇过，结婚后更是死心塌地地关心、照顾祥子。

刘四爷　六十多岁，人和车行的老板，祥子的雇主。为人耿直苛刻，性格鲜明，旧社会的袍哥式人物，改良办起了车场。从不肯在外场失面子，却对女儿虎妞凡事退让，可他实在不愿家里成果被祥子“窃取”去，就跟女儿闹翻了，变卖了一些家财自个享福去了。直到后来才知道女儿死了，人财两空，真正感到了悲哀和孤独。

曹先生 祥子的雇主，教书先生，待人宽和，急公好义，爱好传统美术。因为信奉社会主义，当局说他思想过激而被认为是革命党，他逃到上海去避风头，后来又回到了北平。还帮助祥子重新打理生活。被祥子认为是“圣人”。

高妈 心地善良、为人要强的老妈子，乐于助人，经历了人生诸多不幸，学会了在旧社会最底层生活的方法。常常开导祥子，是一个祥子很佩服的人。她保留了大多数劳动人民的善良、质朴，“生活教会了她在社会上为自己找到生路”，做事也仔细有心眼，是适应了旧社会的为数不多的劳动人民。

老马 祥子的同行，一个一辈子要强、关键时刻却无法拯救自己小孙子的人力车夫。他是将来的祥子的缩影。他和祥子一样无法支配自己的命运，最后他把这辈子的所有财产——一辆破车给卖了，日后惨死在街头。

创作背景及过程

1936年，老舍在山东大学的一位朋友谈起他雇佣车夫的经历与见闻：一位车夫买了“洋车”不久又卖掉，如此三起三落，最后还是受穷。当时老舍觉得该题材可以写成一部小说。新文学诞生以来，胡适、鲁迅等作家都先后写过人力车夫，但都是从知识分子的角度、以俯视的姿态表达对车夫的同情，并未深入其内心和灵魂深处去体味车夫的人生。老舍因出身贫苦，从小就与底层民众接触，对劳苦大众的生活状况和心理有着较深入的了解，这一切都为他创作《骆驼祥子》提供了创作便利。

老舍的朋友随后又说起另外一个车夫的故事，他被军队抓去了，哪知转祸为福，乘着军队转移之际牵回三匹骆驼，这便是《骆驼祥子》故事的原型。老舍决定把“骆驼”与“车夫”结合到一起，用骆驼引出主人公祥子的出场。老舍把祥子放到了自己熟悉的北平城。

1936年的春夏，老舍开始痴迷地搜集材料，不断润色祥子的形象。山东大学闹了学潮，老舍辞去教职，专心地投入《骆驼祥子》的写作中。

《骆驼祥子》是以20世纪20年代北洋军阀统治时的旧北京为背景，人民生活无着、贫病交加，虽然有了一些个自由，但不得不为生计而发愁而奔波，最后又夺去了那点可怜的自由。《骆驼祥子》通过人力车夫“祥子”一生几起几落、最终沉沦的故事，揭露了半殖民地半封建社会中国底层人民的悲苦命运。祥子的遭遇，证明了在那个黑暗的、畸形的、失衡的中国旧社会，劳动人民想通过自己的勤劳和个人奋斗来改变处境，是根本不可能的。祥子只是广大劳苦大众的一个真实代表。

老舍谈到《骆驼祥子》的创作初衷时强调：“他所要观察的不仅是车夫的一点点的浮现

在衣冠上的、表现在言语与姿态上的那些小事情，而是要由车夫的内心状态观察到地狱究竟是什么样子。车夫外表上的一切，都必有生活与生命上的根据。”

他试图找到其根源，通过写出劳苦社会好人没好报的故事，质问“好人”所生存的社会环境。他说：“人把自己从野兽中提拔出，可是到现在，人还把自己的同类驱到野兽里去。祥子还在那文化之城，可是变成了走兽，一点不是他自己的过错。”他在小说中感慨万分地说出“一个拉车的，要立在人间的最低处，等着一切人一切法一切困苦的击打”，道出了祥子的毁灭与整个旧社会有着莫大的关系。

透视祥子的人生悲剧，首先是现实社会的惨淡：旧中国的军阀势力，为了抢夺利益而引发战乱，民不聊生，处于社会底层的祥子生活更加艰辛。腐败黑暗的社会现实是造成祥子悲惨命运的根本。他的悲剧是社会的产物，作为一个农村破产的失地农民，想要实现在城市拥有一辆自己的洋车、做一个自食其力的独立劳动者的梦想，在当时暗无天日的旧社会简直比登天还难。祥子的悲剧就产生于他生活在地狱般非人的环境里，他一次又一次地同命运搏斗，所有的幻想和努力都化为泡影，恶劣的社会毁灭了一个人的全部。祥子的形象，是在当时那个黑暗社会层面上、在他与各种社会力量的复杂关系中凸显出来的，黑暗的社会环境终究击垮了祥子美丽的梦想。

祥子的一生，反映了 20 世纪 20 年代中国破产农民在“市民化”过程中的沉沦，因而祥子的悲剧不仅仅是他个人的悲剧，而是包含着更为深刻的文化和时代因素。作者带着对民族、文化的出路的关切来剖析祥子的命运，既从传统文明中的积极因素出发批判现代畸形文明的负面效应，为传统美德的沦落而痛惜；又不满于祥子身上所积淀的民族文化的劣根性，既诅咒那个“把人变成鬼”的黑暗的社会和制度，又痛心于无知、愚昧的善良民众在病态的旧社会里的沉沦和堕落。这便是《骆驼祥子》的主题思想——它深刻揭示出半殖民地、半封建的中国底层劳苦大众的共同命运。

小说刻画了许多像祥子一样的小人物形象，他们有的因战乱导致家人离散而不得不相依为命；有的不堪家庭重负，有的为养活兄弟而出卖肉体。社会底层的劳苦大众的悲剧，是整整一个时代的悲剧，身处其中的每一分子到头来都逃脱不了祥子一样的命运，除非他们认清楚自己的现状，联合起来推翻那吃人的社会与制度。

小说特色：命运分析中的社会批判

(1)“骆驼”命运。《骆驼祥子》对祥子命运的揭示，是以人为本的社会批判。老舍站在人道主义的立场上，对被侮辱与被损害的弱者寄予以深切的关怀和同情，对于摧残人的社会进行无情的否定。作者开篇写道：“祥子，不是骆驼，因为‘骆驼’只是个外号。”“骆驼——在口内负重惯了——是走不快的，不但是得慢走，还须极小心的慢走，骆驼怕滑；一汪儿水，一片儿泥，都可以教它们劈了腿，或折扭了膝。骆驼的价值全在四条腿上；腿一完，全完！”老舍把祥子比喻成骆驼，对骆驼的描写不是纯客观化的，而是带有较强的感情色彩，寄予深切同情。

骆驼的性情、骆驼的脆弱，折射了祥子的命运。祥子为卑微的生活苦苦挣扎，他是那么不起眼，“不但吃的苦、喝的苦，连一阵风、一场雨，也给他的神经以无情的苦刑”。尽管他身上沾染了各种各样的“可以原谅而不便效法的恶习”，有时甚至是可恨可憎的，

但所有的那些，并不是与生俱来的，而是生活的风雨刻出来的时代“胎记”。

祥子是个绝对的好人，同时他的生活愿望又是那么普通，但这样的祥子在当时的社会里却无法生存。为此，作品设计的四个关键性情节决定了祥子的悲剧，它们分别是被军阀抢劫、被孙侦探敲诈、被虎妞强行占有以及小福子的死亡。作品设计的其他情节，比如夏太太的勾引，反映了当时社会的丑恶腐烂，这些都是社会外部环境的因素，是社会现实的一部分，最终是许许多多社会现实的不合理把祥子逼到了绝路，使他堕落。作品中祥子的形象塑造，体现了老舍对普通人的悲悯和关怀。

（2）畸形爱情背后的城乡冲突。祥子与虎妞之间的婚姻是没有爱情基础的，情感和婚姻也是社会压榨的一部分，他们之间的冲突，是利用与被利用的关系，也有男人与女人的地位冲突，带有人性和文化的复杂意味。虎妞是有缺陷的，她沾染了市井社会的流氓气，但她敢爱敢恨，精明强干，有女强人的性格特点。祥子与虎妞的婚姻冲突，更多的是农民与市民的观念冲突。祥子虽然生活在城里，但他的心态和价值观纯农民式的，且根深蒂固。“一方面祥子完全失去了与农村的联系，而且再也不愿与之发生任何联系了，另一方面他又没有扎根于城市生活，甚至还不知道与新的社会环境建立应有的联系”。像祥子既拒绝刘老板主动借钱给他买车的建议，也拒绝高妈给他的放贷、储蓄和起会的建议，坚持依靠自己的劳动来实现自己的理想——由此可见，他身上保守的农民式的自给自足的观念十分强烈，以及他与城市生活的隔膜、对商业经营的无知和不屑，造成了一个顽固的祥子，这也是他命运走向悲剧的一个潜在因素。这个“在新的环境里还能保留着旧的习惯”的人，必然是不幸的，因为由“陌生人所组成的现代社会，是无法用乡土社会的习俗来应付的”。

同时需要指出的是：在祥子与虎妞的冲突中，城乡文化之间的复杂性，作者在这方面处理似乎简单了些，只是以一种素朴的自得的农民意识，对这种冲突进行了简单的道德评判：虎妞成了“恶”的化身，而祥子作为底层贫民、成了“善”的代表。在善与恶对立中，把赞美给了祥子，而把自己的怨恨、厌恶都给了虎妞。这样虎妞就被归类为社会黑暗的一部分，成为了祥子人生悲剧的社会原因之一，这个并不符合社会现实的含义。

城乡文明之间的冲突，在这部小说中有了隐约的呈现，但在作者老舍那里，对不熟悉的都市文明做了简单的否定和批评，显示了作家自身的局限，却为后来的研究者提供了很好的样本。

二、老舍主要作品集

（1）小说合集（仅收录发行单行本的篇目）

长篇小说	中篇小说
《老张的哲学》	《我这一辈子》《牛天赐传》《小坡的生日》
《猫城记》	《正红旗下》《无名高地有了名》《二马》
《骆驼祥子》	《文博士》《蜕》《离婚》
《四世同堂》	《鼓书艺人》《赵子曰》《火葬》

(2)话剧作品

《茶馆》	《龙须沟》	《残雾》	《谁先到了重庆》
《张自忠》	《面子问题》	《大地龙蛇》	《桃李春风》(与人合著)
《忠烈图》	《方珍珠》	《生日》	《春风秋实》
《西望长安》	《荷珠配》	《神拳》	《归去来兮》
《秦氏三兄弟》	《全家福》	《秦霞丹雪》	《青蛙骑手》
《宝船》(童话剧)	《红大院》		

(3)曲艺作品：通过搜集整理共有47部，细分有话剧27部、京剧7部、歌剧5部、地方戏剧2部、英译中话剧1部、电影剧本1部、鼓词15篇、相声31段、快板12段、太平鼓词4段、山东快书1段、合作撰写的单弦牌子曲1篇、唱词7篇。

三、作家简介

老舍(1899年2月3日—1966年8月24日)，本名舒庆春，字舍予，满族正红旗人，中国现代小说家、著名作家，杰出的语言大师、人民艺术家，中华人民共和国第一位获得“人民艺术家”称号的作家。

1899年生于北京，父亲是一名满族的护军，阵亡于八国联军攻打北京城的战争中。全家靠母亲替人洗衣裳做活维持生计。1908年老舍九岁，得人资助始入私塾。

1913年，考入京师第三中学(现北京三中)，数月后因经济困难退学，同年考取公费的北京师范学校，1918年毕业，被派任到方家胡同小学当校长。两年之后，晋升为京师教育局北郊劝学员，但是由于很难和教育界及地方上的旧势力共事，便主动辞去了这份待遇优厚的职务，重新回到学校教书。

1921年，在《海外新声》上发表《她的失败》的白话小小说，署名“舍予”，这是老舍的最早的一篇作品，仅有700字。1922年受礼加入基督教，后在天津南开中学教国文，并在北京教育会、北京地方服务团工作。在此期间，他热衷于社会服务事业，同时还在英文夜校和燕京大学补习英文。

1923年，在《南开季刊》发表第一篇短篇小说《小铃儿》。1924年赴英国，任伦敦大学亚非学院讲师。1926年，在《小说月报》上连载长篇小说《老张的哲学》，第1期署名“舒庆春”，第2期起改“老舍”。此后三年在英国共创作发表了三部长篇小说《老张的哲学》《赵子曰》《二马》。

1929年夏回国，在新加坡直流半年，任中学教员。1931年与胡絜青结婚，同年发表长篇《小坡的生日》。1932年创作《猫城记》，并在《现代》杂志连载。此后几年，陆续创作了《离婚》和《月牙儿》等在现代文学史上具有重要地位的作品。1934年，任山东大学文学系教授。

1936年，老舍辞职专心从事写作，9月《骆驼祥子》在《宇宙风》连载(该书后由人间书屋正式发行)。1937年8月返齐鲁大学任教。1938年在武汉，被选为中华全国文艺界抗敌协会常务理事兼总务部主任，对内主持日常会务，对外代表“文协”，并全面负责总会的领导工作。同年7月，随文协西迁重庆。

1939年，翻译完成的英文版《金瓶梅》在伦敦出版，译名为 *The Golden Lotus*，此版是为西方比较权威的《金瓶梅》译本，先后发行四次。

1944年，创作并由良友复兴印刷公司出版《四世同堂》第一卷《惶惑》。1946年，受美国国务院邀请赴美讲学一年，同年出版《四世同堂》第二卷《偷生》。1949年，老舍接文艺界三十余位友人信后决定回国，12月抵达天津。

1950年，中国民间文学研究会成立，任副理事长。1951年，被授予“人民艺术家”的称号。1953年，当选为全国文联主席，作协副主席。1957年，《茶馆》发表于《收获》第一期。1966年8月24日，“文化大革命”中因不堪忍受红卫兵的暴力批斗，在北京太平湖投湖自尽。1978年初得到平反，恢复了“人民艺术家”的称号。

四、老舍创作的艺术特色

(1)“京味”文化。

老舍的作品大多取材于市民生活。他善于描绘城市贫民的生活和命运，尤其擅长刻画浸透了封建宗法观念的保守落后的中下层市民，在民族矛盾和阶级冲突中，在新的历史潮流冲击下惶惑、犹豫、寂寞的矛盾心理和进退维谷、不知所措的可笑行径。同时对于自然风光的色彩鲜艳的渲染和关于习俗人情的细致入微的描摹，增添了作品的生活气息和情趣。在现代文学史上，老舍的名字总是与市民题材、北京题材密切联系在一起的。他是现代中国文坛上杰出的风俗、世态(尤其是北京的风土人情)画家。作为一位大家，他所反映的社会现实可能不够辽阔，但在他所描绘的范围之内，却把历史和现实，从一年四季的自然景色、不同时代的社会气氛、风俗习惯，一直到三教九流各种人等的喜怒哀乐、微妙心态都结合浓缩在一起，有声有色、生动活泼，自成一个完整丰满、“京味”十足的世界。这是老舍在现代文学史上作出的特殊贡献。

(2)语言大师。

老舍的语言俗白精致，雅俗共赏。老舍说：“没有一位语言艺术大师是脱离群众的，也没有一位这样的大师是记录人民语言，而不给它加工的。”因此，作品中人物语言是加提炼过的北京白话。其作品语言的“俗”是建立在精细的思考与研究的基础上。他的“白”，让读者易于理解却又颇有深度。用通俗、平白的文字来反映时代和生活，这才是老舍作为语言大师的境界，可谓“清水出芙蓉，天然去雕饰”。然而另一方面，老舍又使口语脱去自然形态的粗糙与随意，炼成金子，使现代的北京口语显出朴素精致如同一具精雕细刻的瓷器，特别值得品鉴和玩味。

老舍的作品也追求幽默和戏剧效果，一方面是留学英国时深受狄更斯等作家的影响，另一方面也深深地打上了“北京市民文化”的烙印，形成了更内蕴的“京味”。幽默风趣，是老舍作品语言的总体风格特色。他认为：“文字要生动有趣，必须利用幽默……假若干燥、晦涩、无趣，是文艺的致命伤；幽默便有了很大的重要。”因此，老舍的小说、戏剧，散文等也都充满了幽默风趣色彩。

老舍作品成功地运用了富有生命力的北京口语词汇，使作品语言透露着独特的京韵，作品生活气息醇厚，地方风物、民情风俗真实感人。同时用地道的北京话写北京人，本土本色，活泼有趣、质朴自然，生活气息迎面扑来，具有独特的魅力，透出了北京话的神韵，显示北京话活泼的生命力和老舍驾驭北京口语的能力。

老舍更是潜台词运用的大师，其代表作就是《茶馆》。《茶馆》凭借深刻含蓄的潜台词，有力地丰富了语言的内涵。最经典的例子就是第一幕庞太监与秦仲义的“舌战”。这两个人一个是西太后的宠奴，一个是讲维新的资产者，二人不期而遇，表面上客客气气，骨子里却是兵刃森森。《茶馆》中像这样的台词比比皆是。它引而不发，以弦外之音调动人们的兴味与深思，耐人咀嚼。

(3)人文情怀。

老舍的作品的另一个特点是表现出鲜明的反帝爱国的主旨。老舍的作品中往往直接揭露帝国主义罪恶行径，从不同侧面描写他们在经济、文化、宗教渗透和种族歧视所给予中国人民种种伤害。他表现民族觉醒、表彰民族气节，同时抨击在这些侵略和渗透面前卑躬屈节、为虎作伥的洋奴。写于20世纪60年代初的话剧《神拳》，再现了北京居民抗击八国联军的悲壮惨烈情景。

老舍的文学思想成分复杂，在阶级斗争的文学时代，他的派别色彩不明显。虽然他对左派的革命文学、艺术主张颇有微词，但也未曾加入苏汶和梁实秋等人的第三派——不认为文学至死都是自由的。他的文学思想的基调是强调文学的自由表达，同时认为文学对社会的作用是不期然而然的和远期的。但是由于受到时代的影响，老舍也曾一度向文学的实用性靠近，然而经过一段时间实践，他又感到不适，于是又重新呼唤并强调文学的自由表达和艺术性，他是有反复和犹豫的，他倾向于从感情角度看文学，认为“使人欣喜是艺术的目的”，“文学是认识生命的，解释生命的”。同时也认为“文以气为主”，强调表现自我为主，不使文学变成传道的教科书。他独立的文学主张，显示了一个作家在特殊的年代里难能可贵的品行，以及真正的作家风范。

第十三讲　张爱玲与现代都市小说

一、名篇赏析:《倾城之恋》

故事发生在香港，背景是抗战的艰难时刻。来自上海的白家小姐白流苏，经历了一次失败的婚姻，身无分文，在亲戚间备受冷嘲热讽，自己更看尽世态炎凉。偶然认识了潇洒多金的单身汉范柳原，便拿自己青春、情感当作赌注，远赴香港，博取范柳原的爱情，要为自己争取一桩合法的婚姻。

她有倾国倾城的美貌，“那娇脆的轮廓，眉与眼，美得不近情理，美得渺茫。”但最让范柳原动心的不是她的美貌，而是身上有着东方女性“那一低头的温柔”。而她对范柳原的依附则纯粹是出于经济关系：她第一次到香港，就是为求得婚姻的位置，谨慎的不与范柳原发生关系，因为一旦发生关系，“除了做他的情妇之外没有第二条路。然而如果迁就了他，不但前功尽弃，以后更是万劫不复了。”所以她明知要承受家人的白眼和嘲讽，还是豁出去了，又回到上海，目的仍是为了“带了较优的议和条件”，以便与范公子谈婚论嫁。

回到娘家的白流苏与家庭已是恩断义绝，受尽了气，但却不愿意寻找职业，为的是怕“失去了淑女的身份”。白流苏第二次来到香港，已是她为谋生而谋爱的失败，已经没有了多少选择的余地，所以她只好屈从，做了范柳原的情妇，但仍在思量着怎样吊住范少爷的心。白流苏的再嫁，结果也无非是从一个男人走向另一个男人，从一个家庭走向另一个家庭。这与她第一次的婚姻没有实质的不同。

范柳原本是著名的风流浪子，然而在纵情声色的外表之下，他又是一个孤独地寻找真爱的猎手，有着更为宽广的思想深度，表面看似无情，实际上对于“执子之手，与子偕老”的古典爱情心向往之。他游戏人生的态度只不过是他面对荒唐、庸俗、市侩以及虚无人世的一种反抗和挑战。作为社会的叛逆者，他不为世俗所拘，然而却遭遇了更为无情的世情。他的滥情带有对世情和女性的讽刺与调侃，更像是故意为之的“恶作剧”。范柳原的浪子形象在“放浪”之外，另外增加了“流浪”的含义，从他出场开始，就不停地辗转于上海、香港、英国、新加坡、锡兰、马来亚等地，然而天下之大，却没有一个是他真正的家。

两个情场高手，斗法的场地就在浅水湾饭店，原本白流苏似是服输了，但在范柳原即将离开香港时，日军开始轰炸浅水湾，范柳原折回保护白流苏。狂轰滥炸，生死交关，牵绊了范柳原，白流苏欣喜中不无悲哀，“够了，如此患难，足以做十年夫妻”。

《倾城之恋》是张爱玲最脍炙人口的短篇小说之一，是一篇探讨爱情、婚姻和人性在战乱的情形下如何演绎的经典作品。它的经典之处在于“一场纯粹的男女之战”，一场势均力敌的性别之战，如何在调情与试探、较量与征服的男女对垒中，催生了彼此的爱情，成就别样的人生。故事的展开在酸甜与浪漫中，透出淡淡的人世苍凉的气息。

书中的白流苏是旧式大户人家的女子，不堪忍受婚后夫家的毒打和欺凌，奋而离婚，只身回到娘家，但老家穷酸势利的兄嫂毫不容她，她失去了经济保障，无一寸立足之地。这时候范柳原的出现，给了她一次下注婚姻的机会——小说中的范柳原和白流苏的情感碰撞，是实打实的男女对碰，单纯直接，但在情感上却有着“剪不断理还乱”的复杂缠绕，他们并非那种献身革命的英雄人物，但他们之间的情感经历一波三折，跌宕起伏，扣人心弦，引人入胜。

对此，张爱玲曾说：“我以为这样写是更真实的。我知道我的作品里缺少力，但既然是个写小说的，就只能尽量表现小说里人物的力，不能替他们创造出力来。而且我相信，他们虽然不过是软弱的凡人，不及英雄的有力，但正是这些凡人比英雄更能代表这时代的总量。”这些有力的情节充满了弹性，包括范柳原和白流苏人性的可爱处、可笑处、可怜处、可悲处等。而她们身后香港陷落这个宏阔背景，是他们之间某种关系的潜在隐喻，这种关系就是范、白之间特殊的战争……是男与女的“战争”、生与死的“战争”、爱与恨的“战争”，即人性之间的“战争”。于是我们看到这种战争在不断地展开着，看到两个难分上下、同样聪明自私的男女，怎样斤斤计较自己的得失，怎样绞尽脑汁算计对方，期期艾艾地强迫着对方，又被对方强迫着进一步退半步。他们在香港相遇，一次次语言上的交锋拉开了情感碰撞的序幕，“白流苏戒备森严，而范柳原欲擒故纵。”

他们的故事动人之处更在于，他们在相互争斗中萌生了爱情。白流苏是一个相当厉害的女人，她不经意的低头，便成了范柳原心动的理由，如徐志摩笔下的“最是那一低头的温柔，像一朵水莲花不胜凉风的娇羞”，白流苏正是以这种温柔、妩媚、优雅、风情万种的姿态捕获了范公子那颗漂泊不羁的心。

然而就像白流苏不相信那些“辽远的忠孝节义的故事”，她最初也不相信范柳原的感情，他对她说的那些话，她一句也不相信。她看得出他是对女人说惯了谎的，她不能不当心……“她是个六亲无靠的人，她只有她自己了。”无所依傍使她变得防范，防范使她变得自私，自私使她头脑清醒。即一开始，她对范柳原就抱着临战似的戒备心理，“她决定用她的前途来下注”。白流苏一心想和范柳原结婚，至于是否有爱是无伤大雅的，因为“没有婚姻的保障而要长期抓住一个男人，是一件艰难、痛苦的事，几乎是不可能的”。

而范柳原既想逢场作戏、享受征服白流苏的幸福感又不愿意和她结婚，自缚一个包袱。男女之间就这么错位地你来我往，针锋相对；钩心斗角，不甘示弱。他们玩着爱情，也玩着性别，渐渐入戏，但都不愿扒下那张好看的面皮，若隐若现地玩着游戏，直到最后一场突如其来的炮火，撕碎了他们的游戏面纱，惊醒了一对赤裸的灵魂，他们才慌乱地意识到乱世红尘之中，人浮于世，命如草芥。两颗心才骤然收紧，实打实地蜷在了一起……

旧式大家庭是张爱玲本人最熟悉的生活场景。“深爱只是为了谋生”这种冷酷的婚恋观，跟她的父母婚姻阴影有关。幼年时的父母离异、家族的败落都给她的心灵造成极大的创伤。她从父母亲族身上，看到了更多旧式婚姻的苍凉。所以她小说中的女性，几乎很少是追求自身价值的强者，他们找不到自我的存在，也极少拥有过纯真浪漫的爱情。她们的爱情婚姻纯粹是谋生手段，是求生的筹码。她们清醒地知道自己是男人的附庸，是传宗接代的工具，所以就尽力利用男人的需求来谋取自己的利益。《倾城之恋》是一部比较集中表现张爱玲爱情观的作品。在她眼里，婚姻就是女性求得经济保障的一种手段，一种女性对男性经济依附的关系，爱情等而次之。在世俗的婚恋中是没有爱情可言。

张爱玲的小说创作可以浓缩为“婚姻”“爱情”两方面，而在对爱情的书写中，她一开始就带着对爱情幻想的不屑、嘲弄，与同时代作家相比，她是完全相反的爱情表达。在她的笔下爱情是无情的，更是悲凉的，是虚空的神话。正如夏志清在《中国现代小说史》中所言：“任凭张爱玲灵敏的头脑和对于感觉快感的爱好，她小说里意象的丰富，在中国现代小说家中可以说是首屈一指。小说的悲凉气氛正是源于胡琴、月、蚊香、镜、空房等这些颇具悲剧意蕴的意象。”张爱玲极力描写这种“废墟之爱”——无爱的婚姻。这种婚姻不是建立在爱的基础上，而是女性对生活做出的无奈抉择。在《倾城之恋》中，虽然以白流苏得到婚姻这样圆满的结局作为收笔，但丝毫没有削弱小说的悲剧性，反而让人感到更加苍凉沉重。

张爱玲在 3 部著名的情感小说中，差不多表现了 3 种不同的情感类别，如《倾城之恋》中，表现的是一对情投意合的男女纯粹的爱情交锋，即便如此也不是人们想象中的简单明了、一拍即合，一样充满了曲折起伏、惊心动魄，展示的是人性的幽深和性别之间的复杂，以及爱情的艰难生长和婚姻的不确定性；而《红玫瑰与白玫瑰》则是一个男人和两种女人之间的两难选择、顾此失彼的遗憾，“白”，圣洁的妻，“红”，热烈的情妇，这其实不是一个简单的“红”与“白”的问题，哪怕是“红”“白”双全，同样还是面临着欲求不满、得陇望蜀的问题，这里同样表现的是人性的不测；在《金锁记》里，是一个母亲(女人)与女儿、媳妇(或儿子)之间的战争，女性之战，冷酷、残忍、恶毒，各种匪夷所思的手段在母亲的淫威下一并用在自己儿女媳妇的身上，最后家破人亡……这样极端的人性表达，撕掉了母爱神圣的面纱，露出了“毁灭式的母爱”的青面獠牙，令人不寒而栗。

◎ 附：《红玫瑰与白玫瑰》(开篇词)

振保的生命里有两个女人，他说一个是他的白玫瑰，一个是他的红玫瑰。一个是圣洁的妻，一个是热烈的情妇——普通人向来是这样把节烈两个字分开来讲的。

也许每一个男子全都有过这样的两个女人，至少两个。娶了红玫瑰，久而久之，红的变了墙上的一抹蚊子血，白的还是“床前明月光”；娶了白玫瑰，白的便是衣服上的一粒饭粘子，红的却是心口上的一颗朱砂痣。

在振保可不是这样的。他是有始有终，有条有理的，他整个地是这样一个最合理想的中国现代人物，纵然他遇到的事不是尽合理想的，给他心问口，口问心，几下子一调理，也就变得仿佛理想化了，万物各得其所。

◎ 延伸阅读：《金锁记》解析

姜公馆的二奶奶曹七巧家里原本是开麻油店的，由于姜家二少爷先天残疾，无法与做官人家结亲，便娶了七巧做正房。丈夫的残疾使曹七巧无法享受女性对爱情的渴求，并造成了她常年的性苦闷，于是她把小叔子姜季泽作为爱慕对象。但是传统封建礼教迫使姜季泽拒绝了曹七巧。现实的无情和对金钱的渴望，激起了曹七巧对钱财的无限占有欲，她无情地赶走了她原来钟情的小叔子，自己一步步陷入自己打造的黄金锁，也一步步走向心灵的扭曲。

曹七巧以十年的青春熬死了残废的丈夫，争得大家财富，从此成为黄金的奴隶，心理变态。在分家之后转变为一个恶母和恶婆婆，做尽了极恶之事。

女儿长安是她手中的第一个牺牲品。七巧让长安裹小脚，沦为亲戚朋友的笑柄。当长安在学堂呼吸到新鲜空气时，却又在七巧的无理取闹后放弃上学。当长安好不容易和童世舫有了爱情，七巧却从中作梗，变着法让长安吸上大烟，败坏女儿名声，把长安推向无底的深渊；儿子长白也在曹七巧的诱惑下吸食大烟。母子俩讨论儿媳的秘密，使儿媳被逼绝望，悲愤而死。而后扶正的娟姑娘，不到一年就吞金自尽。

曹七巧自身的不幸使她不能容忍别人的幸福，甚至是自己儿女的幸福。极度的内心扭曲使她做出各种的恶事，她逐渐成了扑灭人间幸福和美的丧失人性的女妖。作品通过对她典型性格的描述，真实塑造了一个由金钱而导致人格裂变的曹七巧形象，深刻地揭示了金钱对人灵魂的腐蚀和对人性的扭曲，具有强烈的震撼力。

20 世纪三四十年代的上海，是一个与世隔绝的“孤岛”。十里洋场，华洋杂处，传统和现代的生活方式与价值观念杂糅在一起，显得光怪陆离。战争的阴云又给它增添了一种及时行乐的颓废气息。现世艰难，物欲横流，价值虚无，人性扭曲，在时代大舞台上展现得淋漓尽致。这就是张爱玲生活时的上海，她的写作生涯以及此后的风生水起，竟然是从 1943 年神奇开始的。

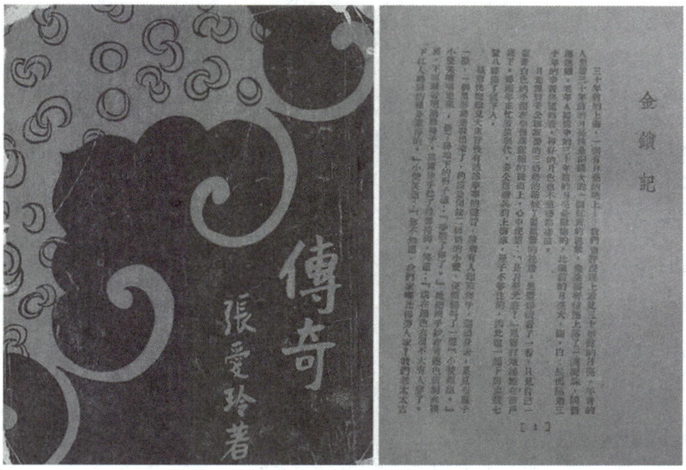

《金锁记》正是产生于这种时空背景下，它既打上了时代扭曲的印迹，也掺杂了作家本人在个人身世、家族背景上所形成的人生经验。曹七巧是张爱玲《金锁记》中的一个极端形象，让人可憎又深感可怜的人物。曹七巧形象是立体的、发展的，在财欲与情欲的交错支配下，她的性格渐渐被压抑变态，行为变得乖戾，直至滑向无底的深渊——不但破坏儿子的婚姻、将儿媳折磨至死，还拆散女儿的爱情……将一个看起来好端端的家庭，玩得家破人亡，惨不忍睹！

她自己是一个遭受封建礼教、传统道德各种“枷锁”残害的女人，深谙女性生存之苦之难，被锁于情欲、爱情；被锁于婚姻、家庭；被锁于男权和宗法体制，几乎暗无天日；只待熬到云开日出，成了一家之主，反过来又成为囚禁、吞噬儿女或晚辈的“毒母”“恶婆婆”，且为这重重枷锁涂上了一层层闪光的“母爱”的金色——“金锁”就这么成形了，明晃晃地套向儿女们的脖子上……

像“曹七巧”这般狠毒的女人，在一般人看来实在不可理喻。俗话说“虎毒不食子”，连自己的亲生儿女都不放过，“直往死里逼”，这样的娘亲“狠”得令人咋舌。其实在中国历史里并不少见，各种常见的宫斗剧也只是演绎了冰山一角。大抵深受封建礼教摧残的女性，各种“负能量”云集一身，很难在文化认知能力很低的情况下，完成自我心灵的净化。所以在“媳妇熬成婆”之后，扭曲的人性首先表现出来的便是一种恶毒的心理报复力量。恶性循环，代代不止，惨无人道。少有几个真正具有道德自省能力的女子，能将悲剧止熄于自身，而朝后网开一面。这几乎构成了中国封建礼教社会力量的一个环环相扣的链条，几乎每一个女性都是这个轮回中的受害者，又是施虐者。她们本身也构成了封建堡垒压榨人性的一部分，这简直就是中国传统母性文化最黑暗最悲哀的一页。

《金锁记》里的曹七巧虽然狠毒得让人不可理喻，却是中国历史里女性形象的真实写照，否则想象不出女性受虐文化那一条严密完整的链条是如何衔接起来的。人人都是受害者，人人又都是施害者，才会形成这样一个闭环，一个苦难的深渊世界。

《金锁记》在情节安排、人物设置上，几乎是古典名著《红楼梦》的翻版，这也是张爱玲的特别偏好。在情节上，它讲究巧合、波折和首尾呼应；在人物的设置上，多在古色古香的环境氛围里来写现代人的精神气质，具有强烈的市井色彩。例如：曹七巧刚一出场时的动作肖像描写，“一只手撑着门，一只手撑了腰，窄窄的袖口里垂下一条雪青洋绸手帕，身上穿着银红衫子，葱白线相滚……三角眼，小山眉……”隐约让人体味出《红楼梦》中贾宝玉二次进“太虚幻境”所见王熙凤倚着门廊嗑瓜子的形象；在描写三个儿媳一大早来拜婆婆请安的动作中，也散发出《红楼梦》的味道——“众人连忙扯扯衣襟，摸摸鬓角，打帘子进隔壁房里去，请了安，伺候老太太吃了早饭”。这俨然一副贾府众媳妇或下人拜见老太君或其主子时的神态动作……

这一类相似的场景，也暗示着一众人物的相似命运，它在尽力延续中国传统女性悲剧不灭的“香火”，将读者拖入一个令人绝望窒息的轨道。翻译家傅雷评价：“(《金锁记》)颇有《狂人日记》中某些故事的风味，至少也该列为我们文坛最美的收获之一。”

二、张爱玲作品典藏目录

张爱玲一生创作大量文学作品，包括小说、散文、电影剧本以及文学论著等各种类型，连她的书信也被人们作为著作的一部分加以研究。

卷一：长篇小说《半生缘》

卷二：长篇小说《怨女》

卷三：散文(1939—1947 年作品)(1)《童言无忌》《自己的文章》《烬余录》《到底是上海人》《道路以目》《更衣记》《爱》《谈女人走！走到楼上去 》《洋人看京戏及其他》《说胡萝卜》《炎樱语录》《写什么》《造人》《打人》《诗与胡说》《有女同车》《私语》《忘不了的画》《谈跳舞》《谈音乐》

卷四：散文(1939—1947 年作品)(2)《公寓生活记趣》《夜营的喇叭》《必也正名乎》《借银灯》《银宫就学记》《存稿雨伞下》《谈画》《自序》《姑姑语录》《论写作》《天才梦代序》《中国人的宗教》《〈卷首玉照〉及其他》《双声》《气短情长及其他》《我看苏青》《华丽缘》《中国的日夜》《附记》

卷五：散文(1952 年以后作品)(1)《对照记》《对照记——看老照相簿》《罗兰观感》《被窝》《关于〈倾城之恋〉的老实话》《草炉饼》《笑纹》

卷六：散文(1952 年以后作品)(2)《自序》《关于〈笑声泪痕〉》《羊毛出在羊身上——谈〈色，戒〉》《表姨细姨及其他》《谈吃与画饼充饥》《惘然记》《忆胡适之》《谈看书》《〈谈看书后记〉自序》《再版自序》

卷七：中短篇小说(1943 年作品)《金锁记》《倾城之恋》《茉莉香片》《第一炉香》《第二炉香》《封锁》《散戏》

卷八：中短篇小说(1944年作品)《琉璃瓦》《心经》《桂花蒸》《阿小悲秋》《年轻的时候》《花凋》《红玫瑰与白玫瑰》《连环套》

卷九：中短篇小说(1945年以后作品)《等》《殷宝滟送花楼会》《小艾》《创世纪》《留情》《鸿莺喜》《多少恨》《浮花浪蕊》《相见欢》

卷十：文学评论《红楼梦魇》

卷十一：译注《海上花开》

卷十二：译注《海上花落》

卷十三：译作《爱默森选集》

卷十四：剧作暨小说增补/张爱玲年表、《情场如战场》《五四遗事——罗文韬》《三美》《团圆》《色，戒》

(1)中短篇小说

《霸王别姬》《鸿鸾禧》《色·戒》《创世纪》《花凋》《倾城之恋》《多少恨》《金锁记》《殷宝滟送花楼会》等

《沉香屑——第一炉香》《留情》《相见欢》《红玫瑰与白玫瑰》《琉璃瓦》

《沉香屑——第二炉香》《封锁》《茉莉香片》《心经》《桂花蒸》

《年青的时候》《五四遗事/英文版》《散 戏》《不幸的她》(处女作)

(2)长篇小说

《连环套》《怨女》《十八春》《小艾》《秧歌》《赤地之恋》

(3)散文随笔

《都市的人生》(散文集)、《太太万岁》题记、《红楼梦魇》自序、《张看》自序《惘然记》序(国语本)、《海上花》译后记、《〈海上花〉的几个问题》《被窝》《秋雨》《读书报告四则》《牧羊者素描》《心愿》《华丽缘》《表姨细姨及其他》《爱》《忆胡适之》《海上花列传》序

(4)其他

《海上旧梦—人物画集》《张爱玲语录》《红楼梦魇(全本合集)NEW》

三、作家简介

张爱玲，本名张瑛，中国现代著名女作家。1920年9月30日出生在上海公共租界西区的麦根路313号的一幢建于清末的仿西式豪宅中，原籍河北丰润。张爱玲系出名门，家世显赫，祖父张佩纶是清末名臣，祖母李菊耦是朝廷重臣李鸿章的长女，外祖父是清末湘军名将黄翼升。父亲张志沂(字廷众)、母亲黄素琼(字逸梵)。

1922年随父亲迁居浙江温州，父任职金浦路铁路局英文秘书。1924年开始接受私塾教育，母亲与姑姑赴欧洲游学，张爱玲由姨奶奶看管。

1928年父亲辞去职务，由天津搬回上海。母亲和姑姑也由英国返回上海，她开始在母亲的指导下学习绘画、英文和钢琴，并开始读《三国演义》《西游记》《七侠五义》等古典

名著。1930 年入黄氏小学插班读六年级，改名为张爱玲（改自其英文名：Eileen）。同年父母协议离婚，母亲与姑姑搬出宝隆花园洋房，在法租界租房住，张爱玲仍然随父亲生活。

1931 年，张爱玲入读上海圣玛利亚女校，1932 年母亲去往法国留学，张爱玲于圣玛利亚校刊首次发表短篇小说《不幸的她》，1933 年发表第一篇散文《迟暮》。

1936 年，母亲携美国男友返回上海，张爱玲在《凤藻》上发表散文《秋雨》，开始与母亲同住。1938 年张爱玲参加伦敦大学远东区入学考试，得第一名。

1939 年，张爱玲与母亲、姑姑迁居静安寺路爱丁堡公寓，因战乱改读香港大学文科，认识终生挚友炎樱。1940 年，散文《我的天才梦》参加《西风》三周年纪念征文，获第十三名荣誉奖并获学校两项奖学金。1941 年底香港沦陷，港大也因此停课。

1942 年夏，张爱玲与炎樱返回上海，与姑姑居住在爱丁顿公寓，开始了写作生涯，在《泰晤士报》上写影评和剧评。在英文期刊《二十世纪》月刊发表《中国人的生活与服装》《中国人的宗教》《洋人看戏及其他》等散文和其他影评。

1943 年，张爱玲认识了《紫罗兰》主编、作家周瘦鹃。在该刊物上发表小说《沉香屑第一炉香》，在上海文坛一炮打响。6 月，发表续作《沉香屑・第二炉香》。此后张爱玲在《杂志》《万象》《古今》等刊物发表《茉莉香片》《到底是上海人》《心经》《倾城之恋》等一系列小说、散文。

同年，汪伪政府宣传部次长胡兰成，在《天地》杂志上看到张爱玲的小说《封锁》后大为赞赏，便亲自拜访张爱玲，两人长谈 5 个小时，一见倾心。

1944 年 1 月，张爱玲在《万象》刊登长篇小说《连环套》，共登六期。2 月在《天地》刊出《烬余录》《花凋》《谈女人》《红玫瑰与白玫瑰》等一系列小说，散文。5 月，傅雷以讯雨为笔名发表评论性文章《论张爱玲的小说》，对张爱玲的《金锁记》大加赞扬，而对其他小说采取批评态度，特别是《连环套》。

8 月，张爱玲在炎樱的媒证下与胡兰成结婚。9 月，小说集《传奇》由《杂志》出版，四天后即再版。张爱玲也因此在上海文坛大放异彩。11 月，在胡兰成创办的《苦竹》上发表散文《谈音乐》，后继续发表小说散文。12 月，大中剧团在卡尔登戏院上演舞台剧《倾城之恋》。

1945 年 1 月，话剧《倾城之恋》继续上演，张爱玲的散文集《流言》由中国科学公司出版，畅销一时。后张爱玲继续在月刊《杂志》上发表《留情》《我看苏青》等小说散文。8 月 15 日，日本正式投降，胡兰成开始了逃亡生活。

1946 年 2 月，张爱玲从上海到温州寻找胡兰成，相见渐远。张爱玲应桑弧邀请编写电影剧本《不了情》，《太太万岁》。11 月，《传奇》增订本由山河图书公司出版。

1947 年 4 月，张爱玲在《大家》创刊号上发表小说《华丽缘》《多少恨》（根据《不了情》

剧本改写)。1947 年 6 月，对胡兰成心灰意冷，便断绝往来。

1950 年，张爱玲以梁京为笔名在《亦报》上连载长篇小说《十八春》。7 月，张爱玲应夏衍邀请参加上海市第一届文代会。11 月，《十八春》由《亦报》出版社出版。1951 年 5 月，张爱玲任以梁京为笔名在《亦报》上连载中篇小说《小艾》。

1952 年，张爱玲向香港大学申请复学获得批准。张爱玲开始为香港"美国新闻处"翻译《老人与海》《爱默生选集》《美国七大小说家》(部分)等书。在此期间，张爱玲一直在香港深居简出。

1953 年，为《今日世界》杂志撰写两部英文长篇小说《秧歌》《赤地之恋》。同年，父亲在上海病逝。1955 年 11 月赴美国，与炎樱重逢，并同去拜访胡适。

1956 年 2 月，得到 *Edward Marc Dowell Colony* 的写作奖金，搬去 Colony 所在的纽英伦州。在这里，遇见了第二任丈夫赖雅(Edinand Reyher)。1956 年 8 月，与赖雅相识半年后结婚。开始用英文撰写长篇小说 *Pink Tears*。

1957 年，CBS 上映英文版电影《秧歌》。夏志清发表《张爱玲论》肯定张爱玲在中国小说史上的重要地位。同年，母亲在英国病逝。

1958 年，获特福基金会资助半年，在加州专门从事写作，发表小说《五四遗事》，编写《情场如战场》《桃花运》《人财两得》等剧本。1960 年成为美国公民。

1961 年出访我国台湾地区，结识了白先勇、王文兴、陈若曦、王帧和等人。1962 年，张爱玲在英文《记者》杂志发表访台记事《重回前方》。1966 年，长篇小说《怨女》*Pink Tears*(中文版)在香港《星岛日报》连载。同时改写《十八春》为《半生缘》。

1967 年，张爱玲任纽约雷德克里芙女子学院驻校作家，并开始英译《海上花列传》。《半生缘》在香港《星岛晚报》和台北《皇冠》杂志连载。同年赖雅去世，享年 76 岁。

1968 年，张爱玲在台北《皇冠》发表《红楼梦未完》。1969 年，在伯克利分校"中国研究中心"，继续《红楼梦未完》之研究。

1972 年移居洛杉矶，开始了幽居生活。1973 年在《皇冠》发表《初评红楼梦》。1974 年，在中国时报"人间"副刊发表《谈看书》与《谈看书后记》，在皇冠发表《二详红楼梦》，完成英译《海上花列传》(未出版，后来因为搬家遗失译稿)。

1976 年出版第二部散文集《张看》，同时发表《三详红楼梦》。1977 年《红楼梦》评论文集《红楼梦魇》出版。1979 年在"人间"副刊发表小说《色·戒》。

1981 年《海上花注译》出版。同年胡兰成于日本去世，享年 75 岁。

1995 年 9 月 8 日夜(中秋节)在洛杉矶西木区公寓内去世，享年 74 岁。

四、家世、情感与创作

张爱玲是张氏家族中最后的贵族。有人说“就是最豪华的人，在张爱玲面前也会感到威胁，看出自己的寒伧”。“只有张爱玲才可以同时承受灿烂夺目的喧闹和极度的孤寂”。

在孤岛时期的上海，张爱玲不仅是个有名的才女，更是著名的时尚中人。她穿的衣服都是自己亲手设计，或由好友炎樱设计，这些服装在当时无论是样式还是颜色都显得大胆前卫，这也成为了当时上海报纸和时尚圈内人士津津乐道的话题。这是文学之外，张爱玲标识身份的一种重要方式。在她因文学而成名前，她主要以自己的特立独行、衣着时尚为鲜明标志，延续着她骨子里高人一等的贵族风范。

张爱玲步入文坛时，进入她眼帘的是她周遭的世家大族无一例外地走向没落。旧式门阀世家的消隐，首先是因为他们无法适应变化了的世界或时代，做官无门、经营乏术；眼高手低，裹足不前，而在他们身后新冒出来的政治强梁或豪门大户虎视眈眈、咄咄逼人，他们只能从世代传承的领地里姗姗退出。她深知，原属于她和她的家族的世界正在崩溃中，更大的崩溃还会到来，所以她义无反顾地走出了充满鸦片气味、没有希望生气的家，不甘心随之沉沦。

其实在这一点上，张爱玲的妈妈、姑姑先迈出了一步。张爱玲只是目睹了这一变端，更聪明地意识到这背后的必然。在《烬余录》里，她对于这种情绪做了充分的表达：“时代的车轰轰地往前开。我们生存在车子上，经过的也许不过是几条熟悉的街道，可是漫天的火光中也自惊心动魄。就可惜我们只顾在一瞥即逝的店铺的橱窗里找寻我们自己的影子——我们只看见自己的脸，苍白，渺小，我们的自私与空虚，我们恬不知耻的愚蠢谁都像我们一样，然而我们每个人都是孤独的。”

但她自幼年起所受的良好教育和参差对照观察事物的方法，又使她在回首眺望时，不免产生依恋和凄凉的身世感。故而她的小说，不管是上海故事或是香港传奇，都笼罩着一丝绝望的苍凉气氛，有着说不尽道不清的美丽哀愁。她同情旧式家族中苦苦挣扎的男女，为他们的告别、为那个斑驳的时代写下了一曲曲凄婉动人的挽歌。

于是她的性格中聚集了一大堆矛盾：她是名门之后，却又常常宣称自己是一个自食其力的小市民；她是一个享乐主义者，又是一个对生活充满悲剧感的人；她在文章里同读者拉家常，人情练达，但生活中却始终与人保持着一定的距离，不让外人窥测她的内心……既写纯文艺作品，《金锁记》《秧歌》等令行家击掌称赏，也写言情小说，《十八春》则能让读者大众如醉如痴。这样身跨两界、亦雅亦俗的作家，一时无两；她受的是西洋学堂的教育，但她却钟情于中国传统小说艺术，在创作中自觉师承《红楼梦》《金瓶梅》的传统，新文学作家中，走这条路子的人少之又少。既传统又现代，也正是这个转型期中西文化相互冲撞和相互包容的结果，这一切在她身上都糅合得很好、很巧妙。文化人的清高、孤傲，现代人的知趣、胆怯，都体现得十分明显，趋时和避世之间的分寸也掌握得恰到好处，而这一切似乎都在预示着她后半生的凄凉结局。这种凄凉是由她的文化性格决定的，凄凉而不凄惨。

她最早的创作并不是要做正儿八经的文学，而是在鸳鸯蝴蝶派的《紫萝兰》上"点燃"了《沉香屑·第一炉香》《沉香屑·第二炉香》，以都市市民的文化口味写自己得心应手的生活感悟和人生经历，写得自然亲切，充满人间的烟火味道。这些偏通俗文学的创作，一下子给生活在沦陷区、找不到出路、看不见光亮的上海市民带来了一帖良好的精神麻醉剂，所以一举成名。

其实她的系列都市言情小说，不只是生活中的情趣和雅致、悲欢离合，还有闪烁在灵巧文字背后的一丝看淡人间世态、空无一切的文化苍凉感，这极大地提升了都市文学的品质，使之免于流俗；当然反过来，都市流行文化也从根本上妨碍了她的写作深入，她离最好的那个"张爱玲"，就差那么一点点。文学还是有层次的，同样的题材作品《红楼梦》就写出了"白茫茫一片大地真干净"的幻灭感，而张爱玲的身世并不逊色于曹雪芹，她确实具有写出伟大作品的潜力。

父母的婚姻破裂和着家族的落败，从小就给她上了一堂很好的情感课。所以她对同龄人的爱情不曾奢望，父爱的缺失使她潜意识里对年长的男性有特殊的情结；时代更迭，风云变幻，令她对政治或权力有隐约的期许，就是在这种情形下，该死的男人(年长、权力)出现了！尽管她也知道胡兰成是不可靠的，但当她遇到胡这样的男人时，她一样将很多美好的东西"堆积"在这个男人身上。她的期待甚至不允许她自己有丝毫的怀疑和动摇，"见了他，她变得很低很低，低到尘埃里。但她心里是欢喜的，从尘埃里开出花来"。

面对"爱情"这个很民间的词汇，任何人都没有办法不对她神往。爱，是很多人一生中唯一的一次生命升华。张爱玲尽管在自己的小说里对情感剖析得如此透彻，但对爱情她一样有很高的期待，因此一切都变成真的了，一切都和平常人一样上演。悲剧不会因为她是一个作家而不发生，也不会因为她比一般人精明敏感、玲珑透彻而避免，一切该发生的都会发生，甚至程度更凄惨。

"因为懂得，所以慈悲。"当一个20多岁的女子这样宽慰自己的感情时，这背后有一丝抹不去的无奈和悲观情怀。这份情感的底色无疑是弱的。胡张两人的情感吸引绝不是"爱情"中最好的那一种，"相互猎奇"或许更为准确——双方互将对方视为一个可以挑战的对手，在他们的相遇中充满了不动声色的征服欲望。这种心境可以成就爱情，也可以毁灭一切。这种爱的魅力在于“险”。冒险！是情感放纵最诡谲、最不可捉摸的一种诱惑。

张爱玲的这种悲剧感，几乎成了她生命里一种令人窒息的诱惑。

她选择胡兰成，正是基于这种悲剧感——这是一个经历过很多女人的男人，可是却没有一个女人能拴住他的心，张爱玲潜意识里想挑战这个男人，她知道危险，这个男人心性不定，这个男人随时可能坠入深渊，张爱玲明白这一点，正因为如此，她才选择靠近他。靠近他就是为了抵达那种致命的危险！

——果然她真的陷了进去，不能自拔。

她的著名小说《色·戒》的创作灵感来自王尔德的《薇拉》(*Vera*)，更是自己的人生写照。桀骜不驯的英国作家王尔德一直是张爱玲崇尚已久的偶像，她的个性与作风将王尔德模仿得淋漓尽致，简直是一个翻版。王尔德悲剧性的人生对她有着致命的诱惑，《色·戒》就是一次典型的冒险。凄婉的悲剧人生，对庸俗的生活而言，就是一种诱惑。张爱玲阻止不了自己的冒险，甚至在主动追求这种“悬崖边上的刺激”。

她告诉胡兰成“她自将萎谢了”。然而，凋谢的不只是张爱玲的心或爱，她惊世骇俗的文学才华似乎亦随之而逝。往后的日子纵然漫长，她始终再也没写出像《金锁记》般凄美的文章。

胡兰成之后，36 岁的她与一个 65 岁的美国老人结婚。难道不是又一次以身犯险吗？经过一次痛心疾首的婚姻，一般人都会吸取教训，避免在同一个地方摔倒两次，而张爱玲一错再错，这个老男人后来果然成为她心灵与肉体无法承受之痛。

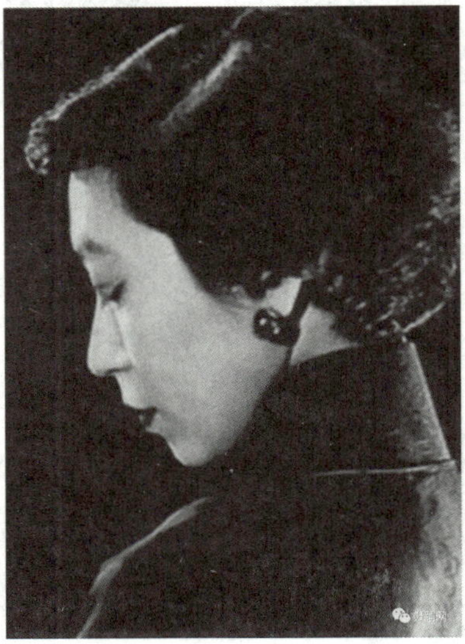

张爱玲又一次悲剧地站在了人们的面前，这是一种怎样的疯狂？悲剧的诞生是因为一颗骄傲之心？还是因为过度的自信——他(她)想扮演一个拯救者？这是我们令人难以揣测的——甚至在张爱玲那里，她也未必能清楚地意识到。

自视甚高的天才们往往最后沦落为一个悲剧者。骄傲的自我主义者容易成为偏执狂，他们在追求至善时总是创造极恶。中世纪宗教审判所、雅各宾派的革命都是明证。他们不容让步和妥协，必然以一种决绝姿态，先将自身置于道德制高点和绝对正确的地步。当遇到“迫害”时，骄傲的自我主义者的快感会达到高潮，其背后隐藏着深刻的自恋和陶醉！还有什么比成为殉道者或受难者，成为悲情的牺牲者和被迫害者更让人满足的？这就是一种神圣的“悲情意识”在作怪，它实实在在地放大了可能被他人忽视的存在感。

张爱玲的情感经历与她的创作息息相关，下面是张爱玲在短短两年之间的创作成果，水准极高，速度、高产、才情，都令人畏惧。这时她才 23 岁，其中有一部分是她与胡恋爱期间创作的，看得出爱情确实给了她特别的激情，以至于一发不可收拾，尤其是其中特别重要的 4 部作品——《倾城之恋》《金锁记》《封锁》《红玫瑰与白玫瑰》，几乎是一气呵成，展现出令人瞠目结舌的惊世才情。

《沉香屑 第一炉香》，《紫罗兰》，1943 年 5 月，收入《传奇》。
《沉香屑 第二炉香》，《紫罗兰》，1943 年 6 月，收入《传奇》。
《茉莉香片》，《杂志》第 11 卷 4 期，1943 年 7 月，收入《传奇》。
《心经》，《万象》第 2—3 期，1943 年 8 月，收入《传奇》。
《倾城之恋》，《杂志》第 11 卷 6—7 期，1943 年 9—10 月，收入《传奇》。
《琉璃瓦》，《万象》第 5 期，1943 年 11 月，收入《传奇》。
《金锁记》，《杂志》第 12 卷 2 期，1943 年 11—12 月，收入《传奇》。
《封锁》，上海《天地》月刊第 2 期，1943 年 11 月，收入《传奇》。
《连环套》，《万象》7—10 期，1944 年 1—6 月，收入《张看》。
《年青的时候》，《杂志》第 12 卷 5 期，1944 年 2 月，收入《传奇》。
《花凋》，《杂志》第 12 卷 6 期，1944 年 3 月，收入《传奇》。
《红玫瑰与白玫瑰》，《杂志》第 13 卷 2—4 期，1944 年 5—7 月，收入《传奇》。
《殷宝滟送花楼会》，《杂志》第 14 卷 2 期，1944 年 11 月，收入《惘然记》。
《等》，《杂志》第 14 卷 3 期，1944 年 12 月，收入《传奇》。

张爱玲的创作可能契合了上海“沦陷区”这个特殊的时期人们精神上的惶恐不安，好似一剂神奇的安眠药，慰藉了很多煎熬的灵魂，助他们渡过漫漫长夜。但她的创作影响不止于如此，直到今天我们依然欣慰于她的作品中雅致的女性气息，独到而异数的人生见解，并且身后的世态炎凉也诚如她的金玉良言……这些都是真实的人生智慧，令人受益匪浅。

她的文学创作价值对单个的读者而言是很高的。现代女作家有以机智聪慧见长者，有以抒发情感著称者，但是能将才与情打成一片，在作品中既深深沉入又保持相当超脱的，除张爱玲之外再无第二人。只可惜她耀眼的才情经过这个短暂的喷发之后，很快归于平静。她期待的“岁月静好，现世安稳”，不过是镜花水月，转瞬即逝，这样一段乱世情缘也因为动荡的时世和人心，始乱终弃，她“自将萎谢了”。很多人都诅咒她那段糟糕的婚姻，认为一段“畸形”的爱情彻底毁掉了她那颗高贵而骄傲的心。

1961 年，夏志清在其英文代表作《中国现代小说史》中，发掘并论证了张爱玲、张天翼、钱钟书、沈从文等重要作家的文学史地位，影响深远，尤其对张爱玲倍加推崇。一直以来张爱玲被认为是通俗小说家，在批评家眼里她“不登大雅之堂”。但夏志清在小说史中给予张爱玲的篇幅比鲁迅的还要多上一倍，他甚至认为张爱玲的《金锁记》是“中国从古以来最伟大的中篇小说”。

“张爱玲当然是不世出的天才，她的文字风格很有趣，像是绕过了‘五四’时期的文学，直接从《红楼梦》《金瓶梅》那一脉下来的，张爱玲的小说语言更纯粹，是正宗的中文，她的中国传统文化造诣其实很深。”（我国台湾地区作家 白先勇）

第十四讲　沈从文与“湘西”世界

一、名篇简介：《边城》

在川湘交界的茶峒附近，小溪白塔旁边，有一个小小的“世外桃园”，住着一个叫“翠翠”的姑娘和她的老船夫爷爷。翠翠是个天真善良、温柔清纯的漂亮女孩，像一个爱的天使和精灵。爷爷把她领养大，一老一少相依为命。

（黄永玉 1947 年为沈从文小说《边城》所作木刻）

茶峒城里有个船总叫顺顺，是前清解甲归流的军官，他凭着一些积蓄经营木船生意，事业还算兴旺，又因慷慨仗义，诚信公道，成为“掌水码头”的一方豪杰。他有两个儿子，老大叫天保，老二叫傩(nuó)送。

端午节翠翠去看龙舟赛，偶然遇到相貌英俊的青年水手傩送，傩送热情善良，活泼快乐，在翠翠的心里留下了深刻的印象，爱情的种子就萌芽了。同时傩送的兄长天保，也实实在在地喜欢上了翠翠，并提前托媒人提了亲。天保告诉傩送一年前他就爱上了翠翠，而傩送告诉天保他两年前就爱上了翠翠，天保听后大吃一惊。

然而此时，当地的团总以新磨坊为陪嫁，想把女儿许配给傩送。而傩送宁肯继承一条破船也要与翠翠成婚。现在的难题是兄弟俩杠上了！

兄弟俩没有按照当地风俗以决斗论胜负，而是采用公平而浪漫的唱山歌的方式表达感情，让翠翠自己从中选择。傩送是唱歌好手，天保作为老大，主动承让。因为自己先提了亲，“作哥哥的走车路占了先”，一定要弟弟先唱。弟弟金口一开，他就知道自己不是对手，就甘拜下风，很大度地成全了弟弟的爱情。后来他外出闯滩，最后意外遇难。

船总顺顺因为大儿子天保的死，心中愤恨难平，对老船夫变得冷淡苛刻，不愿意翠翠再做傩送的媳妇。傩送不得已远走他乡。老船夫只好郁闷地回到家，翠翠问他究竟，他什么也没说。夜里下了大雨，夹杂着吓人的雷声。第二天翠翠起来发现船已被冲走，屋后的白塔也冲塌了，翠翠去找爷爷却发现老人在雷声将息时死去了……

爷爷的死使翠翠一夜之间长成大人。最后她像爷爷那样坚守在摆渡的岗位上，热心的老兵也前来陪伴翠翠，以渡船为生，和翠翠一起等待着傩送的归来。

“到了冬天，那个圮坍了的白塔，又重新修好了。可是那个在月下唱歌，使翠翠在睡梦里为歌声把灵魂轻轻浮起的年轻人，还不曾回到茶峒来。这个人也许永远不回来了，也许‘明天’回来。”

名篇解读

《边城》是沈从文小说的代表作，是现代文学史上一部优秀的抒发乡土情怀的中篇小说。它以20世纪30年代川湘交界的“边城”小镇茶峒为底色背景，以抒情诗和小品文式的优美笔触，描绘了湘西地区特有的风土人情；借船家少女翠翠的爱情故事，展现了人性的善良与美好、山水与心灵的澄澈纯净；以生动的风情画卷、独特的艺术魅力，吸引了众多海内外的读者，奠定了《边城》在中国现代文学史上的特殊地位。

《边城》成书于1931年，那正是沈从文爱情事业双丰收的美好季节。“我行过许多地方的桥，看过许多次数的云，喝过许多种类的酒，却只爱过一个正当最好年龄的人。我应当为自己庆幸……”

1931年的中国并不太平，天下纷争、内忧外患、矛盾重重……这个时候稍有良知的文化人、知识分子，都在思考着中国命运走向、社会何去何从的问题。旧军人出身的沈从文自然更是有切肤之痛，于是他描绘了一个近似于“桃花源”的湘西小城，希望通过自己塑造的美丽“湘西印象”，给都市文明中迷茫的人性指一条明路——“山水有清音”，人间有至情。其实对于现代文明刚刚开启、都市文明才刚刚发育的中国而言，现代与传统的冲突还远远没有到来！不过沈从文的“湘西”，给了第一次刚刚遭遇现代文明、备感不适的都市人一个美好的田园梦境。所以沈从文的《边城》一经问世，立即引发了巨大的反响。经历了二十年代轰轰烈烈的大革命，革命后的中国却是一副匪夷所思的严峻局面，这让很多向前看的人尤感困惑与失望，于走投无路之际，沈从文向他们指明了一条不为人知的“身后”理想世界，一时间“湘西”安慰了不少焦虑、漂泊、疲惫的灵魂。

《边城》是最能表现沈从文人性美的一部小说，寄托着他“美”与“爱”的美学理想。主人公翠翠是一个集“爱”与“美”于一身的完美的艺术形象，在她身上融合了“天人合一”式的自然理想，同时也是“真”与“善”的文明化身。她是爱情的女儿，又是大自然的天使。

《边城》极力赞美湘西自然之灵韵、湘西人心灵之明净，讴歌边地古朴的民风和传统文化中的美德，充满了理想化的世外桃源色彩——风光秀雅、民风淳厚；人们不讲等级、不论功利；人与人之间真诚相待、相互友爱；情人以歌求婚、兄弟让婚、兄弟间诚挚的手足之情，老人和孤女相依为命。这些都散发着未受污染的传统农业文明的美好气息……《边城》的人性美集中体现在一个“爱”字：两性之爱，亲子之爱，朋友之爱，人类之爱。沈从文赞美的提倡的正是这样的“爱”，但是他又并未将这些“爱”滥施于人。在《边城》题记中，他开宗明义的声言：“对于农人与兵士，怀了不可言说的温爱，这点感情在我一切作品中，随处都可以看出。我从不隐讳这点感情。”

“在青山绿水之间，我想牵着你的手，走过这座桥。桥上是绿叶红花，桥下是流水人家。桥的那头是青丝，桥的这头是白发。”作者身上民族交混，有苗、汉、土家族的血液，少数民族在长期受压的历史中积淀的沉忧隐痛，使他性格柔软又倔强，敏感又宽厚。他满怀深情描画湘西特有的风土民情，推崇湘西人的生命形态和生存方式，都隐含着对当时社会现实生活中古老美德、价值观失落的伤心和遗憾，以及对现代文明物欲泛滥的批判，渴望向传统精神回归，藉此重建人们的道德和人格。

◎ 编者注：

沈从文执拗地以地域的、民族的文化历史态度，苦心经营他的现代神话——湘西世界。“湘西”几乎可以视为沈从文的灵魂家园，或者精神宝库，什么美好的东西都可以装进去，需要什么样的宝贝也可以从里面不断拿出来，就像一个魔法师的神奇口袋。“湘西”确实装着他一生喷涌不竭的写作灵感源泉。

其实他的“湘西”童话，带有相当程度的理想成分(湘西始终相对落后，且以“土匪”和“袍哥”闻名于世)。尤其20世纪二三十年代的中国，军阀混战，民不聊生；百姓衣不蔽体，食不果腹。湘西更是惨不忍睹，并不存在一个“别有洞天”的桃源世界，只是因为地处偏远，苗、汉、土家族等多民族杂居，风土人情迥异，人们愿意相信还存有那么一方净土，不染尘埃，可为疲惫的心灵提供一片栖身之地。

不管湘西的“桃源世界”(传说中的“世外桃源”就在它附近)是否真实存在，沈从文在一片混乱和茫然的时世里，虚构了这么一个诗意的天地，极大地满足了在内忧外患中无所适从的人们的心灵渴望，给了他们一帖抚慰剂。当然在当时一边倒的“问题小说”创作热潮中，沈从文独辟蹊径，另描风景，可谓一个冷静的创作者，这种冷静姿态决定了他写作的价值。

在对“湘西”生命形态的诗意赞美和对都市生命形态的挞伐中，表达他对生命和人性的哲学思考，追寻“优美，健康，自然，而又不悖乎人性的人生形式”。他用毕生精力呼唤健全、完善的人性，形成了自己独特的“生命哲学”——一种和“生活”既相联系又相区别的抽象而理想的审美追求。这种审美选择和创作观念从某种意义上弥补了百年中国文学发展中比较欠缺的人性审视及道德完善，使沈从文的文学表达具有了普泛的人类意义。

沈从文的湘西“世外桃园”，是20世纪中国人走向现代生活过程中倍感不适后、禁不住回首留恋过去“田园牧歌生活”的第一次感情回潮。其实这只是一个开始，此后会有多数蓦然回首。走向现代文明的中国，并非一帆风顺，它就像一个离开了母亲的孩子，怀疑、犹豫、折返、寻根……而沈从文的“湘西”却注定是一个令人恋恋不舍的“故乡”。

二、沈从文的“湘西”风格

“边缘地带”的野趣　沈从文小说独具地方特色，充满山野烂漫气息，散发着迷人的风采。他的“湘西”是多民族杂居地，偏野、陌生、新奇，也是很多人视野中的“边缘地带”。他的题材、人物、自然景色、风土人情、语言，无不涂上“湘西”的标记。题材是湘西社会日常生活中摄取的，故事里有一种忧郁气质，有一种淡淡的伤感基调；人物都是社会下层的士兵、妇女、小人物的日常人生，即便写妓女也都是下等妓女，都是湘西农村的“愚夫俗子”，一批土生土生的“乡下人”；景色也是湘西山山水水迷人的景观。沈从文更是描绘风土人情的高手，他画出一幅幅风俗长卷，婚嫁、习俗、服饰、神话、传说、信仰、礼节……无所不有，无所不奇，使他成为现代中国的“风俗画家”。他特别善于揭示这些一代一代流传的古风习俗、人情世态所包含的人情美和人性美，令人神往，令人惊叹。加上沈从文运用泥味土香十足的方言土语，这更使他的小说充满浓郁的湘西地方特色。

诗情画意般的描写　绮丽的自然山水赋予了沈从文的特殊气质，带来多姿多彩的幻想。在他诗情画意的笔下，啼声婉转、虫声繁密、斜阳黄昏、月色如银……奇景如画，美不胜收。如《边城》中，这些景致都是随着人物感情世界的波动而自然展开，或是以黄昏的温柔平静，反衬翠翠内心的爱情萌动，以及波动后的落寞和薄薄的凄凉；或是以柔和的月光、溪面浮着的一层薄薄的白雾、虫的清音重奏，烘托翠翠对傩送情歌的热切期待，以及少女爱情的纯洁和朦胧。小说中的环境、风土人文的描写，宛如一幅幅社会风情画，不仅生动地展示出湘西边陲特有的清新秀丽风光，而且烘托了人物的心理活动、内心情感。

苏雪林称沈从文为“文体作家”，将其艺术特征概括为三点：“第一是能制造一种特殊的风格”，“第二是句法短峭简练”，“第三是造语新奇”(《沈从文论》载1934年(文学)第三卷第3期)。其实谈的都是语言风格问题。《边城》的语言是沈从文盛年的语言，最好的语言。“既不似初期那样的放笔横扫，不加节制；也不似后期那样过事雕琢，流于晦涩。

这时期的语言，每一句都‘鼓立’饱满，充满水分，酸甜合度，像一篮新摘的烟台玛瑙樱桃。”(汪曾祺《论从文》)

细腻敏锐的心理刻画　沈从文是心灵捕捉的能手，他的心理描写细腻、微妙，匠心独运。心理描写是对人物在特定环境中的意志、愿望和思想感情等内心活动的描绘。或展开人物的美好心灵，或揭露人物的丑恶灵魂，以表现人物的精神状态和性格特征。其方法多种多样：或通过对话、独白、行动、姿态、面部表情等直接剖析；或采用幻想、梦境间接揭示；或借助景物描写、气氛渲染及周围人物的反映等侧面烘托。

沈从文的心理描写是其小说一大特色，特别深入别致，尤其注重意境的烘托效果，让心理活动与环境、景物息息相关。像《边城》里：一是通过人物的幻想、梦境来披露人物心理。翠翠离奇的“胡思乱想”，让人感到渐渐有了自己心理的少女的孤单寂寞，以及爱情的幼芽时心灵的躁动；翠翠“顶美顶甜”的梦境，展示出对朦胧爱情的甜蜜感受和潜意识里对爱情的向往。二是通过人物在特定环境下的语言、神态的描写，形成强烈的暗示，诱使读者从人物的语言、神态上去体味人物的内心奥秘。翠翠“带着娇，有点儿埋怨”地一再央求爷爷丢下渡船上的活回到她身边，让人感受到翠翠对爷爷的无比依恋之情。作品里弥漫着温暖，洋溢着浓浓的慈爱心。

三大特征有机地糅合在一起，才造就了沈从文温暖、诗意的创作风格。这在一个阶级矛盾日益凸显、社会分崩离析的大时代，特别具有鼓动人心的力量。这也成为他后来被革命作家们批判的“痛处”。

三、沈从文作品集及文学影响

小说作品

《老实人》	《蜜柑》	《雨后及其他》	《神巫之爱》	《龙朱》	《旅店及其他》
《石子船》	《虎雏》	《阿黑小史》	《月下小景》	《八骏图》	《如蕤集》
《从文小说习作选》	《雪晴》	《新与旧》	《主妇集》	《春灯集》	《黑凤集》
《阿丽思中国游记》	《边城》	《长河》	《街》	《萧萧》	《三三》

散文作品

《记胡也频》	《从文自传》	《记丁玲》	《湘行散记》	《湘西》
《废邮存底》	《烛虚》	《云南看云集》	《沈从文散文选》	《不知为什么忽然爱上你》

沈从文创作主要分两类，一种是以美丽“湘西”为题材，构造了一个理想中的山清水秀、古朴自然的生命世界，礼赞人性美；另一种是以现代都市现实生活为题材，表现都市人的庸俗市侩、困顿萎靡，揭示都市自然人性的丧失。其笔下的“湘西”世界是在与都市社会对立互映中凸显出来的“理想社会”，而都市题材里的上流社会“人性的扭曲”在他“人与自然契合”的人生理想的对照下，显示出一种深刻的病态，无可救药。他将这种独特的

价值尺度和思辨色彩的哲学思考倾注于他的写作中，形成了他的都市人生与乡村世界的二元构建，从而达到对以金钱为核心的现代文明的批判，呼唤道义、人性和理想的回归。《边城》《长河》就是这样的理想生命之歌。他曾动情地宣言：“我还得在神之解体的年代，重新给神作一种赞颂；在充满古典庄严、雅致的诗歌失去光辉的意义时，来谨谨慎慎地写最后一首抒情诗。”他也因此成为现代文学里“乡土文学”的代表作家，并且这一文化源流一直延续至今。

受“新月派”创作主张的影响，沈从文的创作特别痴迷文学的意境美，他融写实、梦境、象征于一体，始终追求一种神秘的诗情画意，这与他笔下的“山水清音”世界，在本质上血脉相承。他特殊的语言格调又与文学意境相得益彰，古朴俏丽，简约传神，具有浓郁的地方色彩，凸显出乡村人性特有的风韵与神采，是中国乡村文化小说的经典代表。

他的创作显示了一种文化可能：在积极入世的儒家文化传统之外，也可以存在一种超脱繁华世界的另类人生。或许像庄子式的飘逸人生、诗意的生活更能适合现代人性的需要，他的“湘西”就是理想的圣地。当然他也注意到了湘西世界朝向现代社会转型过程中，不同的文化碰撞所带来的乡下人的生存方式、文化困惑及历史命运的思考，作品充满了对“湘西”美好世界脆弱的隐忧。

沈从文的“湘西”世界，折射出超然的和谐、健康而又令人神往的特质。然而对湘西以及湘西文化的深情，并没有使他沉醉于象牙塔里高奏田园牧歌，他清醒地意识到湘西珍贵的乡土人情，在“外面世界”的冲击下正在渐渐蜕变。无情的现实使他不能安于古老湘西的传统风尚，遁入虚幻的“世外桃源”，而是力求通过对现实的批判，为湘西文化和中国文化寻找一条出路。所以，他在对湘西风土人情、价值观念和那种强韧、劲健、乐观的人生形式赞美的同时，并没有忘记对湘西的粗俗、落后、迷信、麻木的反省和批判。

他在《长河》题记里感叹：“农村社会所保有那点正直素朴人情美，几乎快要消失无余，代替而来的却是近二十年实际社会培养成功的一种唯实唯利庸俗人生观。敬鬼神畏天命的迷信固然已经被常识所摧毁，然而做人时的义利取舍是非辨别也随同泯没了。‘现代’二字已到了湘西，可是具体的东西，不过是点缀都市文明的奢侈品大量输入，上等纸烟和各样罐头在各阶层间作广泛的消费……”

沈从文是具有特殊意义的乡村世界的主要表现者和反思者，他认为“美在生命”，虽身处于虚伪、自私和冷漠的都市，却醉心于人性之美，他说：“这世界或有在沙基或水面上建造崇楼杰阁的人，那可不是我，我只想造希腊小庙。选小地作基础，用坚硬石头堆砌它。精致，结实、对称，形体虽小而不纤巧，是我理想的建筑，这庙供奉的是‘人性’。”（《习作选集代序》）

四、作家简介

沈从文(1902—1988年)，现代著名作家，新月派代表作家，历史文物研究大家。原名沈岳焕，笔名休芸芸、甲辰、上官碧、璇若等，乳名茂林，字崇文，湖南凤凰人。其祖父沈宏富是汉族，祖母刘氏是苗族，母亲黄素英是土家族。但沈从文本人却更热爱苗族，他的文学作品中有许多对于苗族风情的描写。

1916年，小学未毕业的他，14岁就去当兵，随当地土著部队流徙于湘、川、黔边境与沅水一带，后正式参军(湘西靖国联军第二军游击第一支队)，驻防辰州(沅陵)。在兵荒马乱的世界里辗转了6年。

1922年，沈从文脱下军装，怀揣一本司马迁的《史记》，只身一人来到北京。他渴望上大学，在北大当旁听生，靠给杂志写稿为生。走投无路之际，给正在北大担任讲师的郁达夫写信，诉说自己的艰难境况，得到郁达夫的热情相助。1929年被徐志摩推荐给中国公学校长胡适，得以在中国公学任讲师，并兼《大公报》《益世报》等文艺副刊主编。

1931—1933年赴国立青岛大学(山东大学前身)执教。1934年，完成了著名小说《边城》，被誉为中国现代"牧歌"式小说的代表作，也是沈从文人生创作的一个高峰。到抗战前，他出版了20多个作品集，有《石子船》《虎雏》《月下小景》《八骏图》等。

抗战爆发后到西南联大任教，1946年回北京大学任教。

1948年，沈从文开始受到左翼文化界的猛烈批判。同年他几乎放弃了创作，工作重心开始转向文物研究。1948年成为沈从文人生事业命运的分界线，其文学创作主要集中在1948年前，前期是著名作家，后期是卓有成就的历史学家和考古学家。

中华人民共和国成立后，因承受不了政治压力而自杀，后获救。在中国历史博物馆和中国社会科学院历史研究所工作，发表《龙凤艺术》《中国丝绸图案》《唐宋铜镜》《战国漆器》等著名研究文章，主要从事中国古代服饰的研究。

1969年，沈从文去湖北咸宁"五七"干校劳动。1981年出版了历时15年的《中国古代服饰研究》专著，填补了中国服饰文化史上的一项空白。1984年，大病一场，经抢救脱险后，说话、行动更加不便。

1988年5月10日下午，沈从文因心脏病复发抢救无效而去世。

沈从文一生坎坷，一共创作过80多部、500万字的文学作品，《边城》《长河》《从文自传》是他的经典之作。其中《边城》《湘西》《从文自传》等，在国内外有重大的影响。他的作品被译成日本、美国、英国、苏联等40多个国家的文字出版，并被美国、日本、韩国、英国等10多个国家或地区选进大学课本，两度被提名为诺贝尔文学奖候选人。

◎ 编者注：

沈从文是中国现当代文学里著名的话题作家，一生充满了各种传奇：早年弃军从文的经历、死磨乱缠的恋爱故事、郎才女貌的不幸婚姻、痛苦不堪的精神出轨、晚年人生的失与得……苦涩的别样人生，在各种夸张的谈论和似是而非的分析中，莫名其妙地被涂上了各种喜剧的色彩，最后变成了一个个心酸的“作家趣事”留传至今，好不荒诞。

20世纪中国文学里的“自然之子”，“湘西文明”的倡导者，本可以对文学和那个时代有更大的贡献，岂料时势的转换太过迅捷，一切都来不及。像好友胡适那一批“五四”能人，从笃信西学拒斥国学，转向以西学方法研究国学材料，怎么转身都是华丽；而像他这类“半个都市半个乡土”的中间人，又不幸置身于新旧历史交接的敏感时期，其尴尬处境及内心困惑，是不言而喻的。

历史剧变打乱了一切准则，使他彷徨之中不得不搁笔转攻出土文物，以研究古代服饰为事业，小心翼翼地瞻前顾后，在回避现实与敷衍时事之间辗转腾挪。他不是一个圆滑灵巧的人，他躲闪的姿态一定不优美，在热烈的时代只会彰显他心态的消极，他逃不过那道社会的门槛，他人生的悲情是注定了的……在他落寞的身形里，古代豪华服饰刚好点点滴滴记下了他的痛苦和叹息！

第十五讲　张天翼与讽刺文学

一、名篇欣赏：《包氏父子》

20世纪30年代的江南水乡某镇。五十多岁的老包忠厚、善良，但人很懦弱。他在大公馆秦府里当差，是一个唯命是从的仆人，他不甘心永远处在这样卑下的地位。但现在自己老了，翻身无望，三十多年来别无所求，唯一的希望寄托在从小失去母亲的独生子包国维身上。

他费尽心机，千方百计地供奉宝贝儿子上“洋学堂”，因为只有在“洋学堂”毕了业才能获得当官发财的机会，而老包才能实现子贵父荣、出人头地的愿望。

老包省吃俭用，望子成龙，而儿子却不争气。包国维是省立志诚中学三年级的学生，整日与一帮纨绔子弟厮混。小包一味模仿阔少，追求虚荣，甚至连头上抹的油也要和阔少的一样。为此一生没做过亏心事的老包，竟去偷东家少爷的头油。寒假里，学校来了通知，小包因几门功课不及格而留级。

为了保证小包能继续上学，替儿子交纳昂贵的学杂费和制服费，老包四处奔走，最后在秦府下人们的帮助下，才勉强凑齐。当他在街上告诉儿子学费落实的喜讯时，小包却不愿在众人面前认他这个穷酸父亲，让老包大失所望。

开学第一天，小包因在假期里拦截女同学一事遭到训育主任的训斥。大年三十，老包正在与上门讨债的人周旋。学校又派人来通知，小包在球赛中受阔少唆使打架伤人，被学校开除，还要罚交五十元医疗费。尽管老包还力图挽回，但为时已晚，鸡飞蛋打，望子成龙的期望就此付之东流……老包因此陷入人生尴尬、梦想破灭的可悲境地。

《包氏父子》是张天翼讽刺小说的杰作，“想争气的父亲与不争气的儿子”交相辉映，它把包氏父子“背道而驰”的行为表现得淋漓尽致，整篇作品充满着饱含生活酸甜苦辣的幽默讽刺意味。

老包的行为并不具有讽刺色彩：不能说老包是个打肿脸充胖子的虚荣的父亲。可怜天下父母心，谁不想望子成龙呢。老包的行为是千千万万中国父亲中最常见的一种。老包极为本分，忠厚老实，唯一的“不本分”，或者说唯一的指望就是盼小包“读书进学”，学而成人，出人头地，改变命运。这对于生活在底层的普通民众而言，是唯一的一条上升之路。老包有这么一个梦想并不过分。只是这样一来反而害了本不成器的儿子，甚至将他朝相反的方向推了一把，他可能万万没想到。这就不是一个简单的“望子成龙，适得其反”的问题了，甚至也不是一个父子关系倒错的问题，乃是一个社会性教育难题。这显然不是老包的能力可以掌控的。

作为一个梦想破灭的小市民形象，老包唯一的不“识相”，就是没有“看菜吃饭，量体裁衣”，对于小包没一个正确的估计，硬性地“装扮”了自己的儿子，儿子却经不起他的“高抬”，最后把老包的希望砸碎了……说到底老包也只是一个封建秩序和世俗文化的受害者，身上有一点可怜的封建观念和愚昧意识而已。

小包的身上也没有多少讽刺意味：顽皮、虚荣、恶劣，装腔作势，助纣为虐，一个不成器的“小玩意儿”，体现了社会底层市井小民的庸俗性，谈不上十恶不赦。但是老包和小包混合在一起，南辕北辙，红花绿叶且相映成“错”——滑稽的意味就出来了，现出鲜明的悲喜剧特征。这大概就是讽刺的一种吧。

至于说老包的身上，“充斥着中国封建宗法制度和半殖民地、半封建社会文化交织的国民劣根性”，这个说法确实有点言重了。“万般皆下品，唯有读书高”，恐怕不是一个简单的读书地位问题。从知识、科技、创新、社会进步等层面看，指望孩子“读书成人”并不是一个封建等级观念问题，而是基本的社会价值认知。只是作为父亲无原则的爱和宠，与儿子的任性骄纵不成比例导致失衡罢了，是典型的“代际错位”。这样的悲喜剧可能不关乎具体的时代，老包的时代上演了，如今的时代演绎得更加激烈。从这个意义上讲，《包氏父子》确实算得上是中国现代讽刺小说中的精品。

◎ 延伸阅读：《华威先生》解析

张天翼是“左联”时期涌现出来的杰出现实主义作家。1938 年发表的《华威先生》是他出色的讽刺小说代表作。这篇写于抗战时期作品，像一篇漫画式的人物速写，巧妙地运用语言和动作描写，以漫画家的夸张手法，通过对比，粗线条地勾勒出几幅富有讽刺意味的典型人物活动剪影，凸显人物的本质，让其自己表演自己的劣迹丑态，辛辣地讽刺了当时的国民党当权派。

小说的开头和结尾，“我”只是作为一个旁观者，主要人物“华威先生”是通过“我”的观察来表现的。生动地表现了当时前方战事紧张、而后方的华威先生也在天天“忙碌”着

为抗战作“贡献”——每天匆匆忙忙以相同的方式、相同的发言，出席各种各样的会议，然而总是讲不了两句，就又赶到下一个会场去了。每次强调的都是对各种组织进行所谓的“领导”，强调“领导中心作用”的重要，其实不过是想把各个组织的权力抓到手罢了。辛辣地讽刺了只对限制和控制抗日工作的“领导”感兴趣，而对加强和促进抗日活动的实际工作漠不关心的国民党政客。与此相应，小说也侧面地表达了与这种“领导”相对立的人民群众的抗日热情与参与抗日的积极性。

从这篇小说的整体构思看，作者摄取了小说主人公“华威先生”的几个生活片段，以“华威先生”的行踪为线索，通过他的一言一行来刻画其思想性格。全篇几乎没有连缀式的情节，只是一直写“华威先生”的“忙”——在各个会议场合，“忙”着进行单调而愚蠢的表演。

作者注意选择富有特征意义的细节，让主人公在强烈对比和自相矛盾的言行中作自我暴露，收到了强烈的讽刺效果。作者善于用轻松明快的笔调，于细微处不动声色地暴露和讽刺生活中的庸俗、可笑和丑恶。

这部漫画小品式的短篇小说，是抗战前期暴露国统区弊端的著名的讽刺文学作品。“华威先生”这一带有某些类型化倾向的人物，因其攫取权力的狂热与无孔不入的流氓气质、官场做派而具有了一定超时代的意义，至今读来仍然感慨良多。

二、“张氏讽刺”的三大主题

“讽刺小说”是小说中的一个特殊种类，它的特征就是用冷嘲热讽或夸张、变形的方式揭露生活中消极阴暗、庸俗落后、腐朽反动的事物。在艺术表现上，这类小说充分调动各种讽刺艺术手段，用对比、戏说、夸张、巧合、漫画式描写等手法突现被描写对象本身的矛盾、可笑或畸形的特征，形成强烈反差，极其简洁、尖锐地把人生无价值的东西撕破给人看，引发读者从中得到否定和贬斥丑的精神和情感愉悦，达到警诫教育或暴露、鞭挞、抨击的目的。

中外文学史上，吴敬梓的《儒林外史》、果戈理(俄国)的《套中人》《钦差大臣》，马克·吐温(美国)的《竞选州长》《镀金时代》等都是著名的讽刺小说。像《儒林外史》便是我国古代讽刺文学的典范，它成功塑造了生活在封建末世和科举制度下的封建文人群像，对吃人的科举、礼教和腐败事态的生动描绘，使之成为中国文学史上讽刺文学的代表作。《儒林外史》不仅直接影响了近代谴责小说，而且对现代讽刺文学的发展也有深刻的启示。

张天翼早年的漂泊经历，使他对社会现实有了更深更广的了解，他的文学生涯是从在“鸳鸯蝴蝶派”刊物上发表滑稽小说和侦探小说开始的，见惯了世态人情，练就了扎实的

文字根底，也奠定了幽默讽刺的风格和敏锐的文体意识。1928 年，经过鲁迅之手，在《奔流》上发表了《三天半的梦》，从此一发不可收拾。其代表作《华威先生》问世，为整个 20 世纪 40 年代国统区的讽刺文学开启了先河。他的小说以幽默轻松的笔调伸向中国社会中下层的各个角落，在营造别具一格的喜剧世界中，展现了当时中国千姿百态的悲剧性社会真相。其创作的系列“讽刺文学”作品，被誉为“张氏讽刺”，主要着力于以下三个方面：

（1）反庸俗。这是一个最具有社会进步意义的时代话题。庸俗、媚俗几乎在现实生活中随处可见。米兰·昆德拉的小说最重要的主题就是“反媚俗”。对于那些地位卑微的小知识分子、小公务员和小市民，张天翼一方面表示深切理解，同时又着力表现他们的灰色人生和庸俗可悲、矛盾可笑的心理状态。他们或是空虚无聊，用喝酒、闲逛、谈情说爱来打发日子，虽感苦闷，却又无力自拔，有时自甘堕落。像《从空虚到充实》里的荆野、《猪肠子的悲哀》里的“猪肠子”、《移行》里的桑华都是这类人物。他们或趋炎附势，做着升官发财的美梦而到头来陷入哀伤绝望的窘态。如《一年》中卑下的白慕义、招摇过市而灵魂空虚的李益泰、一生忠谨安分的梁梅轩，《陆宝田》中兼具走狗性和牛马性的陆宝田，都是这种小人物们的种种丑态，使人们从笑声中产生对庸俗人生的憎恶和鄙视。作者于讽刺揶揄之中不乏苦涩的同情，进一步显示了讽刺文学表现和鞭笞人性的深度。

（2）反伪善。张天翼作品中最为积极的讽刺主题。伪善的形式多样，有些甚至隐藏较深，不易表露。他首先抓住那些传统卫道士的代表人物旧地主、旧绅士、旧家长，放在道德的祭坛上出尽洋相，大加挞伐。如《脊背与奶子》中的族绅长太爷想调戏任三嫂，遭到反抗，便巧立名目在祖宗香火祠堂上公审她，后又以逼债为名，强迫任三嫂作为债务抵押，按夜服侍他。在长太爷痛斥“万恶淫为首”的背后，是他依恃权势遂其淫欲的卑劣人格。任三嫂佯装顺从，趁机把他痛打了一顿，狠狠地惩治了长太爷，与所爱的人远走高飞……张天翼抓住了这些地主乡绅欺世盗名、外强中干的品行特征，以讽刺笔法揭露他们思想的伪善和行为的猥琐，揭露理学道德的虚伪，让读者发出轻蔑尖刻的笑声。同时也表达了作者爱憎分明的阶级意识，突出了被压迫者的觉醒和反抗。

另一类伪善的代表，则是现代政治舞台上的市侩官僚，他们是上层社会的群丑。像讽刺小说《华威先生》，华威先生是一个混迹于抗日文化阵营的市侩官僚。他权力欲强却又不学无术，自命不凡地到外招摇撞骗，每天乘着黄包车东奔西颠，忙于出席各种会议，插足各类事务，不遗余力地叫喊“要认定一个领导中心”，企图垄断操纵群众组织和活动。作品通过抗战时期这样一个“包而不办”、心怀叵测的官僚形象的塑造，揭露了国民党官僚假抗战之名干扰破坏人民自发的抗日组织和活动的行径，在当时产生了广泛的社会影响。而且，华威先生这个现代政治舞台上的伪善形象亦有其鲜明的代表性，进而使作品的讽刺效果突破政治和时代的局限，进入文化心理讽刺的层面。

(3)反封建。几千年的封建思想观念，对人民精神和灵魂的毒害其深且远，范围普遍。张天翼对这一点认识尤其深刻，尤其对于生活在社会最底层的阿Q式的民众，他小说的讽刺主题是反愚昧、反落后，反自私自利、反旧道德，反对故步自封、道貌岸然，哀其不幸，怒其不"醒"。像上文的《包氏父子》，从另一个侧面揭示了底层民众愚昧、虚荣的滑稽可笑，触发人们的感悟或警醒。

张天翼的创作深受鲁迅文风的影响，其讽刺与幽默艺术独自开创了一片崭新的文学天地。他摒弃了当时流行的标语口号式的"革命加恋爱"的创作倾向，坚持从自己熟悉或比较熟悉的生活中选取题材，提炼主题，力图塑造具有时代特征的典型人物，进而反映现实生活的本来面貌。他坚持走由鲁迅开创的新文学写实主义的创作道路，对生活注入自己的爱憎，努力写出真实的人生况味。他曾说："要是对现实不能认识，不能把握，不能深入，即使专写战壕、写轰炸机、写东洋佬打中国人耳光，也仍是空虚的东西，就跟以农村事件为题材不见得就是反封建作品是一样的。"

三、主要作品集

《从空虚到充实》(短篇小说集)1931，现代出版社
《鬼土日记》(长篇小说)1931，上海正午书局
《小彼得》(短篇小说集)1931，上海春光书店
《齿轮》(长篇小说)署名铁池翰，1932，湖风出版社
《一年》(长篇小说)1933，良友出版社
《蜜蜂》(短篇小说集)1933，现代出版社
《脊背与奶子》(短篇小说)1933，良友出版社
《反攻》(短篇小说集)1934，生活出版社
《移行》(短篇小说集)1934，良友出版社
《团圆》(短篇小说集)1935，文生出版社
《人集》(小说、剧本合集)1936，良友出版社
《清明时节》(中篇小说)1936，上海文学出版社

《万仞约》(短篇小说集)1936，商务印书馆
《洋奇侠》(长篇小说)1936，上海新钟书局
《追》(短篇小说集)1936，开明出版社
《春风》(短篇小说集)1936，文生出版社
《奇怪的地方》(中篇小说)1937，文生出版社
《在城市里》(长篇小说)1937，良友出版社
《同乡们》(短篇小说集)1939，文生出版社
《谈人物描写》(理论)1942，作家书屋
《速写三篇》(短篇小说集)1943，文生出版社；校订本，1963，人文出版社
《张天翼选集》1951，开明出版社
《文学杂评》(评论)1958，作家出版社
《去看电影》(小说)1960，文学改革出版社
《张天翼小说选集》1979，人文出版社
《张天翼短篇小说选集》(上下册)1981，文化艺术出版社
《张天翼小说选》(上下册) 1981，湖南人民出版社
《二十一个》及其他(短篇小说集)1981，江西人民出版社
《张天翼论创作》1982，上海文艺出版社
《张天翼作品选》1983，四川人民出版社
《张天翼文学评论集》1984，人文出版社
《张天翼文集》(1—7卷)1985—1989，上海文艺出版社(未出齐)
《包氏父子》(短篇小说集)1986，百花出版社
《张天翼研究资料》(沈承宽、黄侯兴、吴福辉)1982，社科出版社
《张天翼小说论稿》(杜元明)1985，宁夏人民出版社
《张天翼论》(沈承宽、张大明、吴福辉、黄侯兴)1987，湖南文艺出版社

◎ 附：张天翼儿童文学系列作品

《大林和小林》(童话)1933，现代出版社
《秃秃大王》(童话)1936，文生出版社
《罗文应的故事》(短篇小说集)1952，中青出版社
《蓉生在家里》(剧本)1953，中青出版社
《大灰狼》(剧本)1954，中青出版社
《不动脑筋的故事》(童话)1956，少儿出版社
《宝葫芦的秘密》(童话)1958，少儿出版社
《给孩子们》(小说、剧本合集)1959，人文出版社
《金鸭帝国》(童话)1980，湖南人民出版社
《张天翼作品选》(小说童话剧本合集)1980，少儿出版社

《张天翼童话选》1981，湖南人民出版社

《张天翼儿童文学作品选》1981，吉林人民出版社

《张天翼寓言》1986，安徽少儿出版社

《张天翼作品集》(童话集)1987，明天出版社

《罗文应的故事》于1954年获得全国儿童文艺作品一等奖；《秃秃大王》和《大林和小林》被誉为继叶圣陶《稻草人》之后中国童话史上的第二个里程碑；《宝葫芦的秘密》和严文井的《"下次开船"港》是中华人民共和国成立以来我国童话创作中的两项重要收获。为表彰他对我国儿童文学事业作出的贡献，第二次全国少年儿童文艺创作评奖，授予张天翼荣誉奖。

四、作家简介

张天翼(1906—1985年)，现代著名讽刺小说家，杰出儿童文学作家，中国儿童文学的开创者。学名张元定，字汉弟，号一之，笔名张天净、铁池翰等。祖籍湖南湘乡，出生于南京，在杭州读完小学和初中。1924年入上海美术专科学校学画一年。

1925年秋到北京，次年考入北京大学。1927年加入中国共产党，1929年正式开始职业写作生涯，后发表《鬼土日记》为人瞩目。

1931年加入左联，参加文艺大众化研究会的工作，协助编辑《十字街头》等刊物。这时所写短篇有《从空虚到充实》《小彼得》《蜜蜂》《反攻》《移行》《团圆》《万仞约》《春风》《追》等集子，他的小说以讽刺与幽默见长，给文艺界带来一股清新的气息。

抗战爆发后，一直在长沙等地从事抗日救亡工作和文艺活动。1937年冬，频赴陶龛学校等处讲学，以鬻字献金支援抗日，并于此写成《谭九先生的工作》等短篇小说。次年任教湖南国学院，创作小说《华威先生》等。

1939 年，任中共湖南省委机关报《观察日报》副刊编辑。1944 年，因病回湘乡休养，1950 年 5 月康复，赴北京。

1951 年任中央文学研究所副主任，中国作家协会理事，《人民文学》编委、主编，中国作协书记处书记，参加第二至四次全国文艺工作者代表大会，当选主席团成员，任第一到三届全国人民代表大会代表，第五届全国政协委员。

“文化大革命”期间，被打成“走资派”“执行文艺黑线的干将”，下放湖北咸宁“五七干校”劳动。病至半身不遂、失语，基本治愈后仍顽强坚持工作近 10 年，1985 年逝世，享年 79 岁。

张天翼堪称一个创作奇才，作品众多，涉猎甚广，在小说、童话、绘画、文艺理论方面都卓有建树。他的童话在中国儿童文学史上占有极其重要位置，著名的童话作品有《大林与小林》《宝葫芦的秘密》《秃秃大王》。夏志清在其英文版《中国现代小说史》中，发掘并论证了张爱玲、张天翼、钱钟书、沈从文等重要作家的文学史地位，影响深远。

第十六讲　莫言与“红高粱家族”

一、名著简介：《红高粱》

小说《红高粱》主要讲述的是特殊情境下的“我爷爷”和“我奶奶”的爱情故事。通过“我”的叙述，描写了抗日战争期间，“我”的祖先(“我”爷爷余占鳌，奶奶戴凤莲)及父亲，在山东高密东北乡轰轰烈烈、英勇悲壮的人生故事。“我爷爷”余占鳌原是一名轿夫，在迎娶新娘子的路上遇到劫匪，他奋勇救下了新娘戴凤莲，同时爱上了她。余占鳌与戴凤莲在高粱地相爱，从而让戴凤莲成了“我奶奶”。“我爷爷”因生活所迫经常在高粱地杀人越货而落草成土匪头。

在小说中，作为土匪头的“我爷爷”余占鳌与“我奶奶”戴凤莲成了抗日的中坚力量，率领一支由二十多个村民组成的民间抗击力量，领导了一场悲壮的青杀口伏击战，力战到最后一刻。夕阳西下，汽车烧毕，只剩下几具乌黑的框架，胶皮轱辘烧出的臭气令人窒息。那两辆未着火的汽车一前一后封锁着大桥。满河血一样的黑水，遍野血一样的红高粱……

“高密东北乡”——“最美丽最丑陋、最超脱最世俗同时最圣洁最龌龊，也是最英雄好汉最王八蛋以及最能喝酒和最能爱的地方，这就是高密东北乡”。这块黑土地孕育了余占鳌这样一个善恶难辨、一言难尽的风云人物，也是集善恶美丑于一身的典型人物。

“我爷爷”勇敢剽悍、放荡不羁，他是高密东北乡杀人不眨眼的土匪，又是精忠报国的英雄。他似匪非匪、忠奸不明，杀人越货、除暴安良，蛮横无理、杀伐果断，是个良莠难分的狠角色。他杀死仗势欺人的单家父子，是为了拯救深陷苦海的“我奶奶”；他杀死酒后乱性的余大牙，是为了还无辜少女曹玲子一个公道；他杀死流氓头子“花脖子”，是为了当地百姓免于盘剥之苦……

“我奶奶”三寸金莲、面容姣好，女中豪杰，目光深远，却被高粱酒作坊的财主单廷秀看中，十六岁的她被迫嫁给了单廷秀患麻风病的独生子单扁郎。奶奶不甘心嫁给“活死人”，她要自主追求自己的幸福。她勇敢出轨一个剽悍的轿夫——“我爷爷”。出嫁路上，在一望无际的高粱地里，他们以身犯禁，无法无天——“奶奶和爷爷在生机勃勃的高粱地里相亲相爱，两颗蔑视人间法规的不羁心灵，比他们彼此愉悦的肉体贴得还要紧”。

“我奶奶”虽然生活在乡下小户人家，是个从小大门不出二门不迈的女子，却有着敢作敢当的豪气、野蛮的生存能力、朴素的家国情怀，她积极鼓励爷爷抗日并且自己也成为一位抗日女英雄。她得到了爷爷的爱也得到了四邻八乡的敬重。“我”的父亲余豆官堪称“虎父无犬子”的榜样！他人小鬼大，也是战天斗地的一条好汉……

《红高粱》所描写和歌颂的是灵肉结合、情理统一的爷爷奶奶等先辈们的敢想敢做、敢爱敢恨的英雄气概和英雄业绩。而现今，麻木懦弱的晚辈们则在祖、父辈们创造的辉煌历史面前羞愧难当、无地自容，但是那明亮的光环又指引着晚辈们的回归之路……

《红高粱》是一部中篇小说，讲述了高密东北乡“我爷爷”余占鳌抗日的故事，他最早塑造了一个从“土匪头”转变为“抗日英雄”的形象。最初于 1986 年在《人民文学》杂志问世，《红高粱家族》包括由《红高粱》在内的五部中篇串成，成为 20 世纪 80 年代莫言“寻根文学”的代表作，影响甚大。

1983 年的春节，莫言回老家山东高密探亲访友，与旧时的工友喝酒，工友质问莫言：“咱们高密东北乡有这么多素材，你为什么不写，偏要去写那些你不熟悉的事？什么海岛，什么湖泊，你到过吗？”随后，他向莫言绘声绘色地讲起了“公婆庙大屠杀”的历史：1938 年 3 月中旬，游击队在孙家口村大桥头埋下了连环铁耙，伏击了日本鬼子的汽车队，经过浴血奋战，打死日本鬼子 39 人，其中还包括一个少将中冈弥高。几天后，日本鬼子大队人马前来报复，但被指错了方向，没包围孙家口，却包围了公婆庙，屠杀了手无寸铁的老百姓一百余口，整个村庄几乎被夷为平地。

这则悲惨的抗日战争故事，最初并没有引起莫言的创作兴趣，直到几年后他考进了解放军艺术学院文学系，参加“纪念抗日战争胜利四十周年”军事题材小说座谈会，这则感天动地的故乡往事猛然撞击了他的心灵之钟，一时文思泉涌……

《红高粱》小说就是以发生在高密东北乡的壮怀激烈的民间抗日故事为背景，表现个体生命力的强悍和大义凛然的民族正气。小说的主人公——“我爷爷”“我奶奶”身上迸发出的野性、蓬勃生命力和自发的爱国热情，令人震撼、感动。作者以自由不羁的想象，汪洋恣肆的语言，奇异新颖的感觉，创造出了一个辉煌瑰丽的莫言“红高粱”世界。

莫言自 20 世纪 80 年代以一系列乡土作品崛起，因《透明的红萝卜》而一举成名，其作品充满着“怀乡”以及“怨乡”的复杂情感，被归类为“寻根文学”作家之列。因为受到美国著名作家福克纳的启示，“他(福克纳)的约克纳帕塔法县尤其让我明白了，一个作家，不但可以虚构人物，虚构故事，而且可以虚构地理”，莫言将“高密东北乡”写到了稿纸上，他表示“我也下决心要写我的故乡那块像邮票那样大的地方”。于是从1985年《白狗秋千架》开始，他高举起了“高密东北乡”的大旗，如同一个草莽英雄再世，开始创建他的精神家园——他的“红高粱家族”。

作品解读

1. 野性的呼唤

《红高粱》的主题思想可以有多种诠释，但最为紧要的即是张扬活得豪爽痛快、个性解放、坦坦荡荡的生命观，又歌颂抵抗外侮、英勇献身的爱国主义精神。甚至可以说在抗日救国的艰难背景下，彰显“个性解放”更显得浩然正气。个性解放就是“人”的解放。人是灵与肉、精神与物质、神性与动物性、社会人与自然人的有机统一。人具有“自然属性”——生存本能与自然情欲，同时又讲究自我控制与理性制约。鲁迅曾提出过“我之所谓生存，并不是苟活；所谓温饱，并不是奢侈；所谓发展，也不是放纵”。

而长久以来，在封建专制的禁锢之下，兼之近百年来的积贫积弱，国人的精神状态普通地萎靡困顿，刚性不足，使得整个民族欲振乏力，被视为“东亚病夫”。如何还原一个民族的内生动力，弘扬中华文化血脉中的冒险、创新精神，增强民族的凝聚力和精气神，始终是鲁迅以来中国知识分子热衷于研究或探讨的话题。外强与内患带来的生存艰难，摧毁了大多数人的精神意志，剥削压迫、奴性钳制，长期的顺民文化禁锢了人们的个性发展，文学“寻根”就是要找回我们这个民族生生不息的力量源泉。这在改革开放初起之时，还是一个十分新颖的观念。

《红高粱》就是一种“寻找”，在“红高粱”这一极度平常的意象背后，发现一方水土背后的人文精神。小说里既描写了“我爷爷”余占鳌、“我奶奶”戴凤莲旺盛的生存本能与自然情欲、充盈的感性生命的自由与欢乐，他们不仅是“感性生命”的两情相悦，更是“理性生命”的两颗反叛传统包办婚姻之心的相通；同时又肯定了他们快意恩仇、精忠报国的社会道义和献身精神。宛如那漫天遍野的红高粱，蓬蓬勃勃，热烈旺盛，熊熊火焰一样燃烧。

“只是要复活那些游荡在他的故乡红高粱地里的英魂和冤魂……于是，投身于民族革命战争的人民化为刘罗汉、余占鳌、奶奶、豆官等个性奇异的人物；而这些高于民族精神的人格，又融汇到特殊氛围——那无边无际散发着甜腥气息的红高粱地，成为悲壮、神圣、永恒的象征。”(《游魂的复活》)

《红高粱》性如烈酒，酣畅淋漓，就是表达弘扬积极向上的生命力、追求自由精神和崇尚个性解放，重建创造精神等。莫言通过对自己故乡的生活方式和生存状态的大写，传达了某种带普遍性的人性内容和人文意识，将一般的乡情叙事转化为对人的“生存”的领悟和生命力的发现。其意图是借助高密东北乡民间原始、野性文化的活力，来改造孱弱的民族性格，呼吁个体生命尊严，呼唤强有力的生命形态，塑造健康的人格和民族精神。这就使得莫言的作品超越了一般“乡土文学”的狭隘性和局限性，而达到了对人的存在的精神性的关注。

2.“非典型性人格”

除了“张扬个性解放”的主题以外，小说中“我爷爷”余占鳌本性的“善”和手段的“恶”经常交叉展现，看似冲突却并不矛盾。“他们的人生行为已很难用惯常的伦理道德规范去衡量，也难以用善与恶、美与丑这样简单的二元判断去评价他们，而是善中有恶、美中有丑、相互纠缠。”他只是徘徊和游离于道德伦理和法律纲常外的另一个层面。这是一种“非典型性人格”——作为一个疾恶如仇而又豪放不羁的原汁原味的英雄，他无法跳出这个特定历史环境下所决定的局限性，而恰好在这一历史局限性里，表现的是民族豪放的性格和顽强的生存意识。

在整个抗战过程中，他的反抗是彻底的，但手段也是相当残酷的。他表达爱恨的方式就是杀人，包括他的亲叔叔“余大牙”，对手“花脖子”，情敌“单家”父子……而这种“杀人”的行为，在传统的伦理道德中无疑是“恶”的，是不可饶恕的。但在具体的价值行为中，他杀人的行为却又是高度的“善”，是高度的英雄主义和爱国意识的表现。他所有类似于土匪的行径大多合乎最善良而单纯的人性之美。这样设计、表现人物形象，也是对长期以来善恶分明的传统价值观的一次完美颠覆，也是冲击传统价值认知、挣脱人物模式化的一次积极尝试。此后便有了一大堆土匪抗日、流氓报国、坏蛋不坏的人物类型形象，“他们”形成一股合力，彻底扭转了批判现实主义文学里片面、单纯、统一、刻板的人物形象，迈入深入、复杂的人性写作阶段，开启了一个文学的崭新阶段。

◎ 延伸阅读：“寻根文学”

寻根文学是指 20 世纪 80 年代中期，中国文坛兴起的一股“文化寻根”热潮所催生的一系列文学创作。它们以“文化寻根”为母题、侧重于文化意义上的精神反省或自我批判。主要作家有阿城、贾平凹、韩少功、莫言等，他们致力于对传统意识、民族文化心理的挖掘，追根索源，试图探寻东方文化的内在生命力，他们的创作被称之为“寻根文学”。

从 20 世纪 70 年代末开始，“伤痕文学”和“反思文学”对“人”的自觉意识进行了深入的挖掘，并在作品中力图解放“人的生命与价值”，作家们认为中国自“五四”新文化运动以来出现了长时间的“传统文化断裂”时期，于是希望以文学来弥补这一文化断裂带。阿城认为“五四运动在社会变革中有着不容否定的进步意义，但它较全面地否定民族文化的虚无主义态度，加上中国社会一直动荡不安，使民族文化的断裂延续至今”。1985 年韩少功率先在一篇纲领性的论文《文学的“根”》中声明：“文学有根，文学之根应深植于民族传统的文化土壤中”，他提出应该“在立足现实的同时又对现实世界进行超越，去揭示一些决定民族发展和人类生存的迷”。

当时中国文坛也受到了世界性“寻根”文学潮流的冲击或影响：以拉美“魔幻现实主义”为代表的印第安风情文化，苏联一些民族作家对异域风情的描写，以及日本川端康成极具东方韵味的“新感觉派”小说……作家们从马尔克斯(《百年孤独》刚获得诺贝尔文学奖)充满拉美地域色彩的作品中，看到了第三世界国家文学走向世界的希望，因而在创作

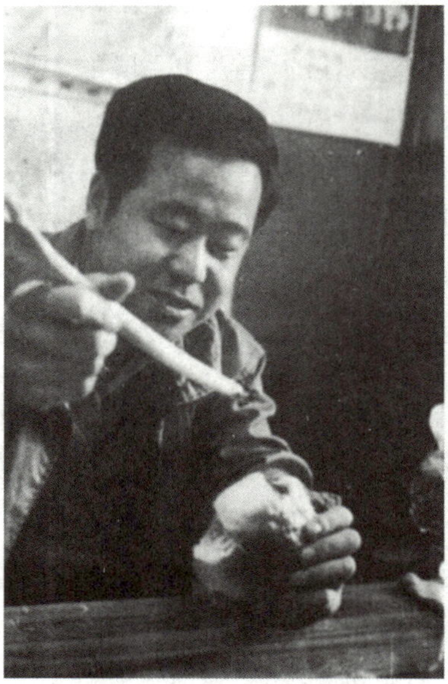

中表现出强烈的“文化寻根”意识。这些作家坚信“越是民族的，就越是世界的”，他们的“寻根”之旅，是为了与民族对话与世界对话，他们认为只有完成了真正的“寻根”，才能找到自己国家独特的文学样式、风格，从而真正立足于世界文坛。

“文学寻根”包括三个方面意识：一、在文学上美学意义上对民族文化资料的重新认识和阐释，发掘其积极向上的文化内核；二、以现代人感受世界的方式去领略古代文化遗风，寻找激发生命能量的源泉；三、对当代社会生活中所存在的丑陋的文化因素的继续批判，如对民族文化心理的深层结构的深入挖掘。但这些方面并非绝对分开，许多作品是综合表达了“寻根”的意义。

综合来看，“寻根文学”的主张，是希望能立足于自己的民族文化土壤中，挖掘、分析、追踪国民的根性，发扬文化传统中的优秀成分，从文化背景来把握我们民族的思想方式和理想、价值标准，努力创造出具有真正民族风格和民族气派的文学。

“寻根文学”在对中国传统文化的继承上，无疑起了一定的推动作用，同时很多寻根文学作家也在创作时吸收了现代主义甚至后现代主义的表现方式，在促进中国文学自身的发展上功不可没。但是寻根文学也带有强烈的“复古”倾向或盲目排外意识，在思想倾向和价值评判上，显得复杂暧昧，含糊不清。大多数作家往往抓住某种民俗、习惯便刻意进行渲染，却忽略了对“民族性”的真正解剖。潜入僻远、原始、蛮荒的文化角落，自我陶醉或佯狂不醒，缺乏对当代生活的指导意义，忽略对现实社会矛盾或人生问题的揭示，从而导致了作品与当代现实的疏离，造成了后来“寻根文学”的式微，并最终陷入泥淖。

二、主要作品目录

(1)长篇小说。

《红高粱家族》(1987年)、《天堂蒜薹之歌》(1988年)、《十三步》(1988年)、《酒国》(1993年)、《食草家族》(1993年)、《丰乳肥臀》(1995年)、《红树林》(1999年)、《檀香刑》(2001年)、《四十一炮》(2003年)、《生死疲劳》(2006年)、《蛙》(2009年)

(2)中篇小说。

1985年：《透明的红萝卜》《球状闪电》《金发婴儿》《秋水》又名《流水》《爆炸》

1986年：《筑路》

1987年：《欢乐》《红蝗》

1989 年：《你的行为使我恐惧》
1990 年：《父亲在民夫连里》又名《野种》
1991 年：《怀抱鲜花的女人》《白棉花》《红耳朵》《战友重逢》
1992 年：《幽默与趣味》《模式与原形》《梦境与杂种》
1998 年：《牛》《三十年前的一场长跑比赛》《长安大道上的骑驴美人》
1999 年：《师傅越来越幽默》《我们的七叔》《藏宝图》《野骡子》《司令的女人》
2001 年：《扫帚星》
2009 年：《变》

(3)短篇小说集。

《白狗秋千架》《与大师约会》《故乡人事》

散文集：《会唱歌的墙》

(4)影视剧本。

①《红高粱》(合作)，1987 年获柏林电影节金熊奖；
②《英雄浪漫曲》，《中外电影》(1988 年)；
③《大水》(合作)，《中外电影》(1989 年)；
④《哥哥们的青春往事》(六集连续剧)；
⑤《太阳有耳》，严浩导演，获 1996 年柏林电影节银熊奖；
⑥《红树林》(十八集连续剧)；
⑦《霸王别姬》(话剧，合作)；
⑧《梦断情楼》，与人合作；
⑨《我们的荆轲》(话剧)；
⑩戏曲文学剧本《锦衣》，同期还有组诗《七星曜我》。

(5)小说被改编成电影篇目。

①《红高粱》张艺谋导演，姜文、巩俐主演，1988 年获柏林国际电影节金熊奖；
②《师父越来越幽默》改编为电影《幸福时光》，张艺谋导演；
③《白棉花》李幼乔(我国台湾地区)导演；
④《白狗秋千架》改编为电影《暖》，霍建起导演，获第 15 届东京国际电影节最佳影片金麒麟奖；第 12 届金鸡百花奖最佳故事片和最佳编剧奖。

(6)民族歌剧。

莫言参与改编的民族歌剧《檀香刑》于 2017 年 6 月起在山东公演。

◎ 阅读参考：莫言创作谈

莫言有关自己作品的表述

(节选自诺贝尔奖颁奖典礼上的演讲)

(1)我在小说《牛》里所写的那个因为话多被村里人厌恶的孩子，就有我童年时的影子。我母亲经常提醒我少说话，她希望我能做一个沉默寡言、安稳大方的孩子。但在我身上，却显露出极强的说话能力和极大的说话欲望，这无疑是极大的危险，但我的说故事的能力，又带给了她愉悦，这使她陷入深深的矛盾之中。俗话说“江山易改，本性难移”，尽管有我父母亲的谆谆教导，但我并没改掉我喜欢说话的天性，这使得我的名字“莫言”，很像对自己的讽刺。

(2)在《秋水》这篇小说里，第一次出现了“高密东北乡”这个字眼，从此，就如同一个四处游荡的农民有了一片土地，我这样一个文学的流浪汉，终于有了一个可以安身立命的场所。我必须承认，在创建我的文学领地“高密东北乡”的过程中，美国的威廉·福克纳和哥伦比亚的加西亚·马尔克斯给了我重要启发。我对他们的阅读并不认真，但他们开天辟地的豪迈精神激励了我，使我明白了一个作家必须要有一块属于自己的地方。一个人在日常生活中应该谦卑退让，但在文学创作中，必须颐指气使，独断专行。我追随在这两位大师身后两年，即意识到，必须尽快地逃离他们，我在一篇文章中写道：他们是两座灼热的火炉，而我是冰块，如果离他们太近，会被他们蒸发掉。根据我的体会，一个作家之所以会受到某一位作家的影响，其根本是因为影响者和被影响者灵魂深处的相似之处。正所谓“心有灵犀一点通”。所以，尽管我没有很好地去读他们的书，但只读过几页，我就明白了他们干了什么，也明白了他们是怎样干的，随即我也就明白了我该干什么和我该怎样干。

(3)我自己的故事，起初就是我的亲身经历，譬如《枯河》中那个遭受痛打的孩子，譬如《透明的红萝卜》中那个自始至终一言不发的孩子，我的确曾因为干过一件错事而受到过父亲的痛打，我也的确曾在桥梁工地上为铁匠师傅拉过风箱。当然，个人的经历无论多么奇特也不可能原封不动地写进小说，小说必须虚构，必须想象，很多朋友说《透明的红萝卜》是我最好的小说，对此我不反驳，也不认同，但我认为《透明的红萝卜》是我的作品中最有象征性、最意味深长的一部。那个浑身漆黑、具有超人的忍受痛苦的能力和超人的感受能力的孩子，是我全部小说的灵魂，尽管在后来的小说里，我写了很多的人物，但没有一个人物，比他更贴近我的灵魂。或者可以说，一个作家所塑造的若干人物中，总有一个领头的，这个沉默的孩子就是一个领头的，他一言不发，但却有力地领导着形形色色的人物，在高密东北乡这个舞台上，尽情地表演。

(4)我最新的小说《蛙》中，就出现了我姑姑的形象……姑姑确实是我写《蛙》时的模特，但小说中的姑姑，与现实生活中的姑姑有着天壤之别。小说中的姑姑专横跋扈，有时简直像个女匪，现实中的姑姑和善开朗，是一个标准的贤妻良母，现实中的姑姑晚年生活幸福美满，小说中的姑姑到了晚年却因为心灵的巨大痛苦患上了失眠症，身披黑袍，像个幽灵一样在暗夜中游荡，我感谢姑姑的宽容，她没有因为我在小说中把她写成那样而生气，我也十分敬佩我姑姑的明智，她正确地理解了小说中人物与现实中人物的复杂关系。

(5)在《丰乳肥臀》这本书里，我肆无忌惮地使用了与我母亲的亲身经历有关的素材，但书中的母亲情感方面的经历，则是虚构或取材于高密东北乡诸多母亲的经历。在这本书的卷前语上，我写下了“献给母亲在天之灵”的话，但这本书，实际上是献给天下母亲的，这是我狂妄的野心，就像我希望把小小的“高密东北乡”写成中国乃至世界的缩影一样。

作家的创作过程各有特色，我每本书的构思与灵感触发也都不尽相同，有的小说起源于梦境，譬如《透明的红萝卜》，有的小说则发端于现实生活中发生的事件譬如《天堂蒜薹之歌》。但无论是起源于梦境还是发端于现实，最后都必须和个人的经验相结合，才有可能变成一部具有鲜明个性的，用无数生动细节塑造出了典型人物的，语言丰富多彩、结构匠心独运的文学作品，有必要特别提及的是，在《天堂蒜薹之歌》中，我让一个真正的说书人登场，并在书中扮演了十分重要的角色，我十分抱歉地使用了这个说书人真实姓名，当然，他在书中的所有行为都是虚构。在我的写作中，出现过多次这样的现象，写作之初，我使用他们的真实姓名，希望能借此获得一种亲近感，但作品完成之后，我想为他们改换姓名时却感到已经不可能了，因此也发生过与我小说中人物同名者找到我父亲发泄不满的事情，我父亲替我向他们道歉，但同时又开导他们不要当真。我父亲说：“他在《红高粱》中，第一句就说‘我父亲这个土匪种’，我都不在意你们还在意什么？”

(6)在我的早期作品中，我作为一个现代的说书人，是隐藏在文本背后的，但从《檀香刑》这部小说开始，我终于从后台跳到了前台。如果说我早期的作品是自言自语，目无读者，从这本书开始，我感觉到自己是站在一个广场上，面对着许多听众，绘声绘色地讲述，这是世界小说的传统，更是中国小说的传统。我也曾积极地向西方的现代派小说学习，也曾经玩弄过形形色色的叙事花样，但我最终回归了传统，当然，这种回归，不是一成不变的回归。《檀香刑》和之后的小说，是继承了中国古典小说传统又借鉴了西方小说技术的混合文本。小说领域的所谓创新，基本上是这种混合的产物。

(7)《生死疲劳》这个书名来自佛教经典，据我所知，为翻译这个书名，各国的翻译家都很头痛。我对佛教经典并没有深入研究，对佛教的理解自然十分肤浅，之所以以此为题，是因为我觉得佛教的许多基本思想，是真正的宇宙意识，人世中许多纷争，在佛家的眼里，是毫无意义的，这样一种至高眼界下的人世，显得十分可悲，当然，我没有把这本书写成布道词，我写的还是人的命运与人的情感，人的局限与人的宽容，以及人为追求幸福，坚持自己的信念所做出的努力与牺牲。小说中那位以一己之身与时代潮流对抗的蓝脸，在我心目中是一位真正的英雄。这个人物的原型，是我们邻村的一位农民，我童年时，经常看到他推着一辆吱吱作响的木轮车，从我家门前的道路上通过。给他拉车的，是一头瘸腿的毛驴，为他牵驴的，是他小脚的妻子。这个奇怪的劳动组合，在当时的集体化社会里，显得那么古怪和不合时宜，在我们这些孩子的眼里，也把他们看成是逆历史潮流而动的小丑，以至于当他们从街上经过时，我们会充满义愤地朝他们投掷石块，事过多年，当我拿起笔来写作时，这个人物，这个画面，便浮现在我的脑海中，我知道，我总有一天会为他写一本书，我迟早要把他的故事讲给天下人听，但一直到了2005年，当我在一座庙宇里看到“六道轮回”的壁画时，才明白了讲述这个故事的正确方法。

三、作家简介

莫言，原名管谟业，1955年2月17日出生于山东省高密市东北乡大栏平安村，中国作家协会副主席、2012年诺贝尔文学奖获得者，亦是第一个获得诺贝尔文学奖的中国籍作家。

小学时便经常偷看“闲书”，包括《封神演义》《三国演义》《水浒传》《儒林外史》《青春之歌》《破晓记》《三家巷》《钢铁是怎样炼成的》，等等。后辍学，在农村劳动长达10年，靠着《中国通史简编》这套书度过了“文化大革命”时期。

1976年参军，在部队担任图书管理员，四年时间阅读了大量的文学书籍，看过不少哲学和历史书籍，包括黑格尔的《逻辑学》、马克思的《资本论》等。

1981年5月，在文学双月刊《莲池》上公开发表第一篇小说《春夜雨霏霏》。

1982年被提为正排级干部，部队恢复授衔时，被授予上尉军衔，后被提为少校。1984年，著名军旅作家徐怀中看到他的《民间音乐》后，十分欣赏，莫言破格考入解放军艺术学院文学系。

1985年初，在《中国作家》上发表《透明的红萝卜》一举成名。1985年底，著名女作家张洁在西德出席交流活动时，形容《透明的红萝卜》是一个天才作家诞生的重要信号。

1986 年从解放军艺术学院毕业。同年在《人民文学》上发表中篇小说《红高粱》引起文坛极大轰动。

1987 年，在《人民文学》杂志一、二期合刊上发表中篇小说《欢乐》，这期刊物后被收回销毁。

1988 年 2 月，由《红高粱》改编的同名电影在柏林电影节获得金熊奖，成为首部获得国际 A 类电影节最高荣誉的中国电影；4 月，莫言发表长篇小说《天堂蒜薹之歌》。美国著名汉学家葛浩文决定翻译莫言小说，成为日后莫言作品走向世界的功臣。

1988 年秋，莫言参加了北师大鲁迅文学院的研究生班，创作了长篇讽刺小说《酒国》。1991 年获文艺学硕士学位。

1992 年，莫言第一部英译本中短篇小说集《爆炸》(*Explosions and Other Stories*)在美国出版。美国评论杂志 *World Literature Today* 评价说：“有如福克纳，莫言带领读者进入一个想象力鲜活丰富、圆满自足的世界。”

1993 年，《红高粱》(葛浩文译)在欧美出版，引起热烈回响，被 *World Literature Today* 评选为“1993 年全球最佳小说”。《纽约时报》评论“通过《红高粱》这部小说，莫言把高密东北乡安放在世界文学的版图上”。

2000 年，莫言凭借《酒国》获得法国儒尔・巴泰庸外国文学奖。同年《红高粱》入选《亚洲周刊》评选的“20 世纪中文小说 100 强”(第 18 位)。

2001 年，莫言的《红高粱》成为唯一入选 *World Literature Today* 评选的 75 年(1927—2001 年)40 部世界顶尖文学名著的中文小说。

2003 年，莫言的短篇小说集《师傅越来越幽默》在美国出版，美国《时代周刊》评论说：“莫言是诺贝尔文学奖的遗珠。”

2005 年，《檀香刑》全票入围茅盾文学奖初选，后落选。同年，莫言获得意大利诺尼诺国际文学奖，评委会赞扬他的作品“语言激情澎湃，具有无限丰富的想象空间”。

2006 年，莫言获得日本福冈亚洲文化奖，成为继巴金之后，第二个获得该奖的中国作家。2008 年，莫言凭借《生死疲劳》获得红楼梦奖以及美国纽曼华语文学奖。

2011 年，莫言获得韩国万海文学奖，成为首个获得该奖的中国作家，并且凭借《蛙》获得“茅盾文学奖”。

2012 年 10 月 11 日，瑞典文学院宣布中国作家莫言获得 2012 年诺贝尔文学奖，获奖理由是：通过幻觉现实主义将民间故事、历史与当代社会融合在一起。莫言获得诺贝尔文学奖后，诺贝尔奖官网摘录了《天堂蒜薹之歌》一章节，作为对莫言作品的介绍。

2012 年 12 月，当选中国作协副主席。

2019 年 4 月，创作的《等待摩西》获得第 15 届十月文学奖短篇小说奖；6 月 12 日，英国牛津大学摄政公园学院授予莫言荣誉院士称号，并宣布成立以莫言命名的国际写作中心。

莫言的作品至少已经被翻译成40种语言。2019年9月23日，莫言长篇小说《红高粱家族》入选“新中国70年70部长篇小说典藏”。

◎ 附1：诺贝尔文学奖

“诺贝尔奖”是瑞典著名化学家、“炸药大王”诺贝尔专门设立的一个世界性奖项。他在1895年11月27日写下遗嘱，捐献全部财产3122万元(瑞典克朗)设立基金，每年把利息作为奖金，授予“一年来对人类作出最大贡献的人”。根据他的遗嘱，瑞典政府于同年建立“诺贝尔基金会”，负责把基金的年利息按五个奖项等分授予，文学奖就是其中之一。

诺贝尔遗嘱与奖金有关的部分摘要如下：“我其余的全部可变卖财产应按如下方式处置：资本——由我的执行人投资于安全可靠之证券——应成为一个基金，其盈利应以奖金形式每年分发给那些在过去一年中使人类受惠最大之人士。所说的盈利应均分为五份，分配如下：一份应授予在物理学领域里作出 最重要发现或发明之人士；一份应授予作出最重要化学发现或改进之人士；一份应授予在生理学或医学领域里作出最重要发现之人士；一份应授予在文学领域里创作出具有理想倾向的最杰出作品之人士；一份应授予为各民族间的兄弟情义、为取消和削减常备军、为召开和促成和平会议做了最多或最佳工作之人士。物理学奖和化学奖应由瑞典科学院颁发；生理学或医学奖应由斯德哥尔摩的卡罗林斯卡学院颁发；文学奖应由斯德哥尔摩的学院颁发；和平卫士奖应由挪威国会选出的一个五人委员会颁发。我的明确愿望是：评奖不考虑候选人之国籍，不论是否斯堪的纳维亚人，最够资格者获奖。”

这部分遗嘱比较粗略，措辞也不那么严密，执行起来有许多实际困难。因此《诺贝尔基金会章程》对遗嘱的相关部分进行了必要的阐释，补充了技术性的条款。章程于1900年6月29日由瑞典国王批准，此后根据执行情况进行了多次修改。

章程规定各国文学院院士、大学和其他高等学校的文学史和语文教授、历年的诺贝尔奖奖金获得者和各国作家协会主席才有权推荐候选人，本人申请不予考虑。推荐书每年1月1日前交瑞典文学院，11月1日前后公布选拔结果。授奖一般是因为某作家在整个创作方面的成就，有时也因为某一部作品的成就而获奖。

授予“最近一年来，在文学方面创作出具有理想倾向的最佳作品的人”。但死者的生前成果不予考虑。对于文学奖，章程把“文学”定义为“不仅是纯文学，而且是因其形式和风格而具有文学价值的其他文字作品”，即包括历史和哲学著作。一百多年来，1914年、1918年、1935年、1940年至1943年因战争没有颁发，1904年、1917年、1966年、1974年奖金由二人平分。

瑞典文学院选出3至5名院士(如今为五名)组成诺贝尔委员会(俗称“诺奖评委会”),任期3年,连选得连任。各颁奖机构一般在10月份评出并颁布当年的诺贝尔奖得主,最迟不得晚于10月15日。文学奖的公布时间一般是在10月份的第一个星期四,有时定在第二个星期四。

每年12月10日为“诺贝尔日”,即诺贝尔祭辰,隆重的诺贝尔授奖大典分别在瑞典首都斯德哥尔摩和挪威首都奥斯陆两地举行。和平奖得主由挪威国会主席在奥斯陆市政厅授奖,其他奖得主由瑞典国王在斯德哥尔摩音乐厅授奖。

每个诺贝尔奖得主除了得到数额可观的奖金支票外,还授予一张奖状和一块塑有诺贝尔头像的金质奖章。如果获奖者拒绝领奖,或者在次年10月1日前未能按基金会的要求兑取奖金支票,奖金都将自动并入主基金。这样的事发生过三次,其中两次是文学奖得主,分别是苏联作家鲍利斯·帕斯捷尔纳克(1958年)和法国哲学大师让—保尔·萨特(1964年)。

◎ 附2:2000年以来的“诺贝尔文学奖”获奖者及其代表作

2000年高行健(Gao Xingjian)《灵山》法国

2001年维·苏·奈保尔(Vidiadhar Surajprasad Naipaul)《神秘的按摩师》《米格尔街》《大河湾》《岛上的旗帜》《超越信仰》《神秘的新来者》英国

2002年凯尔泰斯·伊姆雷(Imre Kertész)《无形的命运》《英国旗》《船夫日记》《惨败》匈牙利

2003年约翰·马克斯韦尔·库切(John Maxwell Coetzee)《耻》《彼得堡的大师》南非

2004年埃尔弗里德·耶利内克(Elfriede Jelinek)《利莎的影子》《钢琴教师》奥地利

2005年哈罗德·品特(Harold Pinter)《看房者》《生日晚会》《归家》英国

2006年奥罕·帕慕克(Ferit Orhan Pamuk)《白色城堡》《我的名字叫红》《伊斯坦布尔》土耳其

2007年多丽丝·莱辛(Doris May Lessing)《金色笔记》《幸存者回忆录》《黑暗前的夏天》英国

2008年勒·克莱齐奥(Jean-Marie Gustave Le Clézio)《战争》《逃之书》《墨西哥之梦》《非洲人》《诉讼笔录》法国/毛里求斯

2009年赫塔·米勒(Herta Müller)《河水奔流》《行走界线》《狐狸那时已是猎人》《呼吸秋千》《心兽》德国

2010年马里奥·巴尔加斯·略萨(Jorge Mario Pedro Vargas Llosa)《绿房子》《世界末日之战》《城市与狗》《酒吧长谈》《谁是杀人犯》西班牙/秘鲁

2011年托马斯·特朗斯特罗姆(Tomas Gösta Tranströmer)《17首诗》《途中的秘密》《半完成的天空》《看见黑暗》《为生者和死者》《悲哀贡多拉》瑞典

2012年莫言(Mo Yan)《红高粱》《酒国》《丰乳肥臀》《生死疲劳》《蛙》中国

2013年爱丽丝·门罗(Alice Ann Munro)《逃离》《快乐影子之舞》《爱的进程》《女孩和女人们的生活》《亲爱的生活》加拿大

2014 年帕特里克·莫迪亚诺(Jean Patrick Modiano)《星形广场》《暗店街》《青春咖啡馆》法国

2015 年斯维特拉娜·阿列克谢耶维奇(Svetlana Alexandrovna Alexievich)《切尔诺贝利的回忆：核灾难口述史》《最后的见证：失去童年的孩子们》《战争的非女性面孔》《最后一个证人》白俄罗斯

2016 年鲍勃·迪伦(Bob Dylan)《随风飘荡》美国

2017 年石黑一雄(Kazuo Ishiguro)《群山淡景》《浮世画家》《长日将尽》《别让我走》英国

2018 年奥尔加·托卡尔丘克(Olga Tokarczuk)波兰，2018 年因丑闻暂停颁发，2019 年补颁

2019 年彼得·汉德克(Peter Handke)《无欲的悲歌》奥地利

第三章　现当代文学之戏剧

戏剧文学发展的五个阶段

一、文明戏：中国现代话剧的萌芽与诞生(1899—1918 年)

"春柳社"与李叔同《茶花女》

早期戏剧代表人物欧阳予倩《潘金莲》

二、爱美剧与小剧场运动的倡导(1919—1936 年)

洪琛　倡导"爱美剧"

曹禺代表作《雷雨》

第十七讲　曹禺及其《雷雨》世界

三、现代戏剧的黄金时代(1937—1949 年)

郭沫若历史剧《屈原》《蔡文姬》

曹禺三大作品：《日出》《原野》《北京人》

四、戏剧的繁荣与融合(1950—1979 年)

代表作品：现代京剧 与"八大样板戏"

现代京剧《红灯记》《智取威虎山》《沙家浜》《海港》和《奇袭白虎团》

现代芭蕾舞剧《红色娘子军》和《白毛女》

交响音乐剧《沙家浜》

五、戏剧的发展：实验话剧和小剧场戏剧(1979 年至今)

先锋话剧的概念大约诞生于 20 世纪 80 年代，有人认为林兆华执导的《站台》是中国的第一部实验话剧。另外先锋派戏剧、布莱希特的叙事剧、荒诞派戏剧被视为实验戏剧，这些颇具另类色彩的戏剧流派，因其激进的姿态也被统称作先锋派戏剧。代表人物有林兆华、李六乙、孟京辉、张广天等。代表作品有：

1999 年《恋爱的犀牛》孟京辉、郭涛、吴越

2000 年《一曲柔情》李子羽、罗海琼、韩晓

2002 年《象鸡毛一样飞》孟京辉、陈建斌 、秦海璐

2005 年《生死劫》李少红、周迅、吴军

2005 年《绝对隐私》

2005 年《琥珀》孟京辉、刘烨、袁泉　话剧

2007 年《艳遇》孟京辉、夏雨、高圆圆　话剧

话剧的兴起

（1）文明戏。文明戏又称“文明新戏”或“新剧”，中国话剧初创时期的名称。“文明戏”是辛亥革命前在西方戏剧影响下的中国现代戏剧艺术新样式。

“文明新戏”的发端：“春柳社”1906年在日本演出法国小仲马的《茶花女》第三幕（代表人物李叔同）。1907年6月，借东京本乡座剧院演出林纾、魏易翻译的《黑奴吁天录》，这是国人首次创作并演出的话剧，作为最早的文明戏，它标志着中国话剧的开端。代表人物是李叔同和欧阳予倩。

李叔同（1880—1942年），又名李息霜、李岸、李良，谱名文涛，幼名成蹊，学名广侯，字息霜，别号漱筒。著名音乐家、美术教育家、书法家、戏剧活动家，是中国话剧的开拓者之一。从日本留学归国后，担任过教师、编辑之职，后剃度为僧，法名演音，号弘一，晚号晚晴老人，后被人尊称为弘一法师。

1905年，母亲去世，李叔同远走日本留学。他先考取了东京美术学校，又兼在音乐学校学习乐器和编曲。当时，他还自费出版并发行了中国近现代第一本音乐刊物《音乐小杂志》，和同学创办了中国第一个话剧团体“春柳社”，并女扮男装出演《茶花女》女主角玛格丽特。后来，他还曾主演独幕剧《生相怜》《画家与其妹》和改编自小说《汤姆叔叔的小屋》的话剧《黑奴吁天录》。李叔同的演出在社会上反响极大。李叔同的戏剧活动虽如星光一闪，却照亮了中国话剧发展的道路，开启了中国话剧的帷幕。特别是在话剧的布景设计、化妆、服装、道具、灯光等许多艺术方面，更是起到了开风气之先的启蒙作用。

1913年受聘为浙江两级师范学校（后改为浙江省立第一师范学校）音乐、图画教师。1915年起兼任南京高等师范学校音乐、图画教师。著名漫画家丰子恺、音乐家刘质平、国画大师潘天寿、音乐教育家吴梦非、书画家钱君陶……皆出自他的门下，几乎撑起民国文艺界的半壁江山。

文学上，他作词的《送别》一直传颂至今；音乐上，他是第一个用五线谱作曲的中国人；绘画上，他堪称中国现代美术之先驱；戏剧上，他是中国话剧艺术的奠基人；书法上，他是近代著名书法家；篆刻上，他是西泠印社的早期成员；佛学上，他被尊为律宗第十一代祖师。他是中国油画、广告画的先驱之一；新文化运动和中日文化交流的先驱；西方乐理传入中国的第一人。他开创了中国无数个第一，在从事的每一个领域都做到了极致。

1918 年 8 月 19 日，李叔同在杭州虎跑寺剃度出家，时年 39 岁。从此世间少了“李叔同”，多了一位“弘一法师”。

1942 年 10 月 7 日，唤妙莲法师抵卧室写遗嘱。10 月 10 日下午写下“悲欣交集”4 字交予妙莲法师。10 月 13 日晚 7 时 45 分呼吸急促，8 时安详西逝，圆寂于泉州不二祠温陵养老院晚晴室。

李叔同名篇《送别》

长亭外，古道边，芳草碧连天；
晚风拂柳笛声残，夕阳山外山。

天之涯，地之角，知交半零落，
一壶浊酒尽余欢，今宵别梦寒。

对李叔同(弘一法师)评价

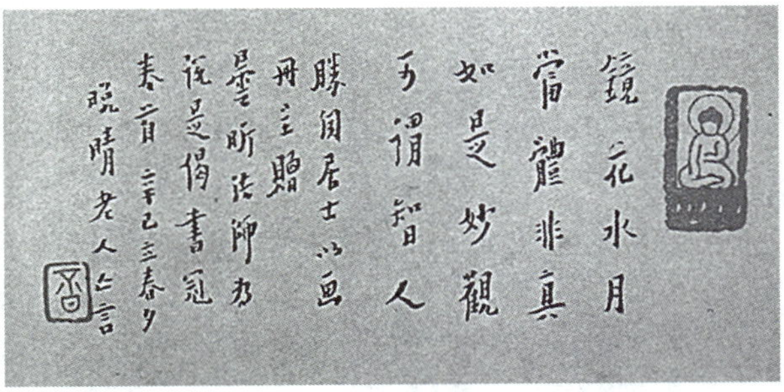

鲁迅：“朴拙圆满，浑若天成。得李师手书，幸甚!”

太虚大师为赠偈：“以教印心，以律严身，内外清净，菩提之因。”

赵朴初：“深悲早现茶花女，胜愿终成苦行僧，无尽奇珍供世眼，一轮圆月耀天心。”

林语堂：“李叔同是我们时代里最有才华的几位天才之一，也是最奇特的一个人，最遗世而独立的一个人。”

张爱玲：“不要认为我是个高傲的人，我从来不是的，至少，在弘一法师寺院转围墙外面，我是如此的谦卑。”

夏丏尊：“综师一生，为翩翩之佳公子，为激昂之志士，为多才之艺人，为严肃之教育者，为戒律精严之头陀，而以倾心西极，吉祥善逝。”

歐陽予倩

欧阳予倩(1889—1962 年)，早期戏剧的代表人物，中国话剧的三大奠基人之一。湖南浏阳人，笔名“春柳”。1902 年东渡日本留学，1907 年在日本东京观看春柳社首次公演，从此与戏剧结缘。从文明新戏舞台走向话剧之路的重要推动者。

五四运动以前曾写过《运动力》《神圣之爱》《秋海棠》《浮云》等新

剧。中国现代戏剧的开拓者，创始人，戏剧大师。中华人民共和国成立后任中国文联副主席、中央戏剧学院院长。

1921 年参加民众戏剧社，1922 年加入上海戏剧协社，并创作《泼妇》《回家以后》两部独幕剧，明显受到易卜生《玩偶之家》影响。20 年代代表剧作是《潘金莲》，对潘金莲形象进行了大胆的重塑，突出了潘金莲被侮辱、被损害而致扭曲的性格。

1926—1927 年，为影剧公司执导过《玉洁冰清》《天涯歌女》等电影。1929 年写下独幕话剧《车夫之家》《小英姑娘》，表现城市贫民生活的苦难。

（2）爱美剧。爱美剧是继文明戏之后新话剧的称谓，由“AMATEUR”音译“爱美的”而来。文明戏于 1914 年前后开始走向衰败，部分戏剧内容复古腐朽，部分演艺人员生活堕落。中国戏剧人在反思之后认为文明戏堕落的根本原因在于文明戏操纵权掌握在资本家手里，营业性和商业化是导致文明戏堕落的主要原因。他们提出模仿西方的“MATEUR”，成立非营业性独立剧团，介绍西方戏剧知识，培养高尚戏剧受众，上演艺术价值较高的剧本。其实质是反对戏剧商业化，追求戏剧艺术价值的实现。

爱美剧最先由洪琛倡导的。洪深，江苏常州人。现代著名戏剧家。自幼爱好文艺，学生时代即多次参加戏剧演出。1916 年在清华毕业后赴美留学，开始研究陶器，后来专攻戏剧。1919 年写出以反帝为主题的三幕英文话剧《虹》。1922 年回国后，先后在复旦、暨南、山东、中山、厦门、北师大等校任数。此外从事戏剧和电影的编导工作。他为中国电影首创了文学剧本的样式，尽了开拓者的责任。

洪琛从美国归来，他反对男扮女装，倡导新型艺术；反对话剧重蹈文明新戏被资本家操纵沦为赚钱工具的覆辙，倡导爱美剧以弘扬真正的话剧艺术。在当时很快得到广大戏剧工作者响应。北京和上海遂很快形成了一场“爱美剧”运动。中国戏剧发展进入一个崭新时代。

在“爱美剧”运动后期，年青的曹禺出人意料地推出了他的代表作《雷雨》，中国话剧艺术神奇地进入了繁荣时期。

第十七讲　曹禺及其《雷雨》世界

一、名剧赏析：《雷雨》

剧情梗概

这部悲剧主要在两个场景、剧中情节发展不到二十四小时内，集中展开了“周”“鲁”两家三十年的恩怨情仇。

三十年前，当周朴园还是一个涉世未深的青年时，他爱上了女佣梅妈的女儿侍萍，并与她有了两个儿子。但后来为了给他娶一位门当户对的小姐，周家逼得侍萍抱着刚出生不久的儿子（后取名鲁大海）投河自尽。

母子两人侥幸被人救起后，侍萍带着儿子流落他乡，靠做佣人为生，而大儿子周萍被周家留下。为了谋生侍萍后再嫁他人，最后嫁与鲁贵并与之生女四凤。

周朴园所娶的那位小姐没有为周家生儿育女便去世，周又娶繁漪，并与之生子周冲。在周朴园封建家长的专制意志下，繁漪过着枯寂的生活。周朴园经营矿山等现代产业，常年在外，繁漪便有机会接近周的大儿子周萍，并与之私通。周萍既慑于父亲的威严，又耻于这种乱伦关系，对繁漪逐渐疏远，并移情别恋于使女四凤。

与此同时，周冲也向四凤求爱。繁漪得知周萍变心后，说服周萍未果。周萍为了摆脱繁漪，打算离家到父亲的矿上去。繁漪找来四凤之母侍萍，要求她将女儿带走。侍萍来到周家，急于把四凤领走，以免重蹈自己当年之覆辙，但又与周朴园不期而遇。

此时大海正在周家矿上做工。在作为罢工代表来与周朴园交涉的过程中，与周萍发生争执，结果遭周萍率众殴打。鲁家一家人回到家中，四凤还在思念周萍。夜晚，周萍跳窗进鲁家与四凤幽会，繁漪则跟踪而至，将窗户关死。大海把周萍赶出，四凤出走。

雷电交加之夜，两家人又聚集于周家客厅。周朴园以沉痛的口吻宣布了真相，并令周萍去认母认弟。此时周萍意识到了四凤是自己的妹妹，大海是自己的亲弟弟。四凤羞愧难当，逃出客厅，触电而死，周冲出来寻找四凤也触电而死，周萍开枪自杀，大海出走，侍萍和繁漪经受不住打击而疯，周朴园则一个人在悲痛中深深忏悔……

作品简介

1930 年 9 月，曹禺从天津南开大学考入清华大学西洋文学系插入二年级就读，他从小就喜爱戏剧，曾积极参加剧社演出京剧《打渔杀家》和易卜生的《玩偶之家》等话剧。在广泛钻研了从古希腊悲剧到莎士比亚戏剧及契诃夫、易卜生、奥尼尔的剧作后，他产生了要写一部大戏的强烈愿望，他开始根据自己多年的亲身经历和见闻，构思话剧《雷雨》。

1931 年，“九・一八”事变爆发，清华大学的学生们组织起抗日宣传队，曹禺担任了宣传队长。他和同学们坐火车去保定宣传抗日，在火车上遇到了一位姓赵的魁梧大汉，是长辛店铁厂的工人。曹禺从心里钦佩这位工人的爱国热情，他想起自己正在构思的话剧《雷雨》，便有了《雷雨》中“鲁大海”的人物形象。几经揣摩构思，且在美好爱情的激励下，1933 年 6 月大学即将毕业前夕，曹禺创作了四幕话剧《雷雨》。

1934 年 1 月，由郑振铎主编、靳以编辑的《文学季刊》创刊。巴金在靳以那里看到《雷雨》手稿后，主张立即发表。7 月，《雷雨》发表于《文学季刊》第一卷第三期。当时并没有引起国人的注意，却在日本引发了中国留学生的极大兴趣，并将它搬上了舞台。刚巧正在东京的郭沫若观看了《雷雨》的演出后，亲自为《雷雨》的日译本作序说，“《雷雨》确是一篇难得的优秀力作”。国内得知信息后，如梦方醒地轮番演绎，火爆一时，曹禺由此从一位名不见经传的青年一跃成为中国剧坛的新星。

曹禺在谈及写作意图时曾说，《雷雨》是在“没有太阳的日子里的产物”，“那个时候，我是想反抗的。因陷于旧社会的昏暗、腐恶，我不甘模棱地活下去，所以我才拿起笔。《雷雨》是我的第一声呻吟，或许是一声呼喊”(《曹禺选集・后记》)。又说“写《雷雨》是一种情感的迫切的需要”，“仿佛有一种情感的汹涌的流来推动我。我在发泄着被压抑的愤懑，毁谤着中国的家庭和社会”。

《雷雨》所展示的是一幕宏阔的时代、社会、家族、人伦的大剧，它讲述了两个家庭两代人三十年复杂纠结的情感故事。一是以周朴园为代表的“周”家，带有浓厚封建色彩的资产阶级家庭的生活悲剧：二是以鲁妈为代表的贫民之家“鲁”家，不能把握自己命运、被别人操控的命运悲剧；而周、鲁两家复杂的血缘联系，更是牵扯出了两个不同阶层的家庭之间的矛盾与冲突，揭示了不平等的社会对人命运的捉弄。各色人物登台亮相：专制、冷酷和伪善的周朴园，被侮辱被损害的可怜的侍萍，执着于爱乃至扭曲变态的繁漪，在乱伦的漩涡里苦苦挣扎、软弱堕落的周萍，青春理想的周冲，单纯善良的四凤；还有家庭的秘密，身世的秘密，苟且乱伦的秘密……所有这一切都在一个雷雨之夜突然爆发或毁灭。

《雷雨》在从上午到半夜不到一天时间内，集中展开了周、鲁两家前后30年错综复杂的矛盾冲突，显示了作品严谨而精湛的戏剧结构技巧。《雷雨》广泛地吸收了西方戏剧的优点，明显受到易卜生的“社会悲剧”、莎士比亚的“性格悲剧”和古希腊的“命运悲剧”等西方戏剧观念和创作方法的影响，并将它们有机地结合在一起，形成了一个综合性的时代大剧。它揭露了旧中国旧家庭的种种黑暗现象以及地主资产阶级的专横、冷酷，反映了20世纪二三十年代中国正在酝酿着一场大变动的社会现实，对受压迫者给予了深切的同情。

更值得称道的是该剧的语言特色：《雷雨》是以高度个性化的语言进行人物刻画——从它的台词里，观众(读者)能听(看)得出各位角色的年龄、地位、性别、性格、心理特征；同时《雷雨》的语言还带有浓烈的抒情味道——它的语言发自人物的肺腑，有着强烈的情绪色彩，某些台词(如周冲的独白)本身就是没有分行的抒情诗，几乎成为一个时代的精神号角。《雷雨》以自己富有动感而精美的语言，充分展示了话剧这门“说话的艺术”的魅力。

此外，该剧还特别善于“借题发挥”：反复写蝉鸣、蛙噪、雷雨以及夏日的闷热，其用意不仅是渲染“烦躁”氛围，而且还在于暗示人物的情绪、心理、性格的变化。甚至无形的“雷声”都被人们视为剧中“第9个角色”，它被恰到好处地用在了剧情关键的地方，起到了烘托氛围、渲染效果、凸显主题的作用。

《雷雨》成功地表现了20世纪20年代中国带有浓厚封建性色彩的资产阶级家庭中各种人物的生活、思想和性格，成为中国现代第一出真正的悲剧，从而使话剧这种外来的艺术形式完全中国化，成为我国新文学中一种独特的艺术样式。在千百个舞台上曾以多种面貌出现，被不同的人们饱含深情地演绎着、解读着，并一举将中国话剧推上了历史上最轰动热烈的颠峰时期。

二、名剧解读：《雷雨》的艺术

(1)《雷雨》的象征意义。

《雷雨》是一部象征意味极浓的作品，“雷雨”作为一种以“沉闷、压抑、触目惊心的总爆发”为特征的意象，具有多重象征意义：首先体现在时代大气候上，20世纪30年代的中国，混战不止，民不聊生；阶级对立，矛盾尖锐；内忧外患，暗无天日。压抑得太久了，很多人都感到莫名的痛苦、绝望和窒息，都在期待着一场时代的暴风骤雨的到来！《雷雨》正是诞生在这样一个时代，自然体现时代的心声，就像剧中人物多次高喊的“暴风雨就要来了”！意味一场革命的“雷雨”迫在眉睫，经受风暴的洗礼，一个崭新的时代近在眼前。《雷雨》确实是一次伟大的见证，也是一次神奇的预言。

其次，《雷雨》也是一个封建、保守、没落的家庭走向崩溃的预演。源于“周家”家族自身不可调和的矛盾已经处于白热化阶段，加上“鲁家”侍萍的到来，突如其来的旧矛盾“翻新”，促成了这个家族30年来明里暗里各种矛盾的总爆发。“雷雨”只是一个警示，一

个前兆。“雷雨”将要埋葬这一切，这种封建专制、泯灭人性、乱伦倒错、腐朽没落的旧家庭，必将在新时代的暴风雨里土崩瓦解。

另外，“雷雨”也是剧中人物性格冲突和命运交锋的有力展现。太太繁漪因为周萍的始乱终弃而变得极度失落、绝望、躁动不安，处于暴风雨爆发的前兆；她那畸形的爱情、冲动的欲望，裹挟着一种电闪雷鸣般的突发性和猛烈性，再没有比从爱到嫉妒到毁灭更直接更狭隘的路了。她的压抑最深、渴望最强，所以爆发得最激烈、最迅猛，有如“雷雨”一般；并且她身上始终潜藏着玉石俱焚的“蛮荒之力”，敢爱敢恨，破罐子破摔，整个家庭在她的歇斯底里显得风雨飘摇，大厦将倾……“矿工儿子”鲁大海有着强烈的阶级意识，嫉恶如仇，泾渭分明，在他心目中，富人与穷人、剥削者和被剥削者之间天然地横着一条不可跨越的沟壑，他领导工人罢工，不为利诱，不畏威吓，有着可贵的阶级立场、不屈的斗争精神和对资本家清醒而深刻的认识。鲁大海这种无所畏惧，雷厉风行的性格正如“雷雨”一般，展示了新兴的无产阶级身上最鲜明的性格特征和势如破竹的时代力量……同时剧中情节氛围和剧情展开的节奏，也是在“雷雨”的烘托之下逐步酝酿生成的，为整部悲剧构造了情景交融的诗意境界和美好画卷。

曹禺不止一次地说到，“外国剧作家对我的创作影响较多的，头一个是易卜生。”易卜生的戏剧表现方式是多种多样的，明喻、暗喻、象征手法的运用，使他的剧作多姿多彩，曹禺融合各种艺术技巧，特别善于运用象征手法，借助意象把场景、细节、时代氛围同人物命运、戏剧冲突、意境渲染等都统摄在特定的情景中。

（2）从姓名设置解读角色含义。

《雷雨》这部剧，是作者曹禺精心构造之作，说他用心良苦，别出心裁一点也不过分。先说“周”“鲁”两家。为什么要取名“周”和“鲁”？有人猜测可能与鲁迅有关，鲁迅原名“周树人”，曹禺崇拜鲁迅是一个青年学生的人之常情。只是并没有看到曹禺自己的解释，不好妄下结论。但**“周”和“鲁”两家的命名确实具有象征意味。**“周”的字面含义，是三面围墙，团团围住，只是最下面开了一道小门，当中求得大吉大利。意思是封闭、安全、保守，自成一体，自我中心自我维护；“鲁”有粗俗、莽撞之意，代表一种愤世嫉俗、打抱不平的野性力量。“周”“鲁”之间刚好形成了一种实至名归的“尖锐对立”。这很好地体现了《雷雨》剧情的含义。

周家的主人叫**“周朴园”**，“园”是四面围城，中间一“元”独尊，比“周”更进一步了，俨然一个密不透风巨大的堡垒，那是大封建家庭封闭、保守的化身。他可以一言九鼎，发号施令，为所欲为，保持封建大家族一家之长的威严和气派。朴园，就是要井然有序，建立一个貌似干净、整洁的社会环境。从而在冠冕堂皇的外衣下，掩盖那些见不得人的罪恶勾当。

周朴园作为脱胎于封建地主家庭的中国第一代资本家，他天生地带有封建观念和资本意识的双重属性。在家庭生活中，他宛如一个封建暴君，专横独断，唯我独尊，他的意见就是法律，不容置疑。在强迫太太繁漪“喝药”的那场戏里，活灵活现地刻画了他的粗野专横性格。在他的专制下，周家有如一口大棺材，令人沉闷窒息、疯狂或崩溃。在工矿经营上，他贪婪残忍、唯利是图，剥削工人、克扣工饷，“只要能弄到钱，什么也做得出来”，他表面上谦谦君子，道貌岸然，实际上是刻薄狡诈的伪君子。

周家人除了周朴园只属于陆地上的一个象征、自成一体外，其他人繁漪、周萍、周冲、侍萍、大海，都是带“水”的，这“水”“陆”一家，上演的好戏就是“水土不服”，在周朴园那里则是“水来土掩”，相生相克。剧情的最后也确实是“大水冲了龙王庙”，周家这个封建堡垒在一众“水生植物”或水流的冲击下，在付出惨烈的代价之后土崩瓦解。

繁漪，是冲击周家封建堡垒，最为显性的一股力量。

繁漪，就是水里泛起的阵阵涟漪，微波的悸动，死水微澜。她对周朴园表面上是屈从的，但内心里却充满了仇恨和反抗。她追求周萍，不惜陷入“母亲不像母亲，情妇不像情妇”的可悲境地，“这与其说是爱的爆发，不如说是恨的宣泄。”她是一个特别微妙的人物，是新女性遭遇旧传统的化身。作为封建道德和礼教的受害者，她以自我堕落、人格分裂的方式表达抗争，她的身上交织着迷乱的人欲和反封建的双重色彩。繁漪形象的成功，主要就在于作者深刻地表现了她身上复杂、矛盾的“雷雨式”的性格。

繁漪是作者认为“值得赞美”的人物，所以在创作中，着力描写了她因“环境的窒息”而做出的一次次“困兽的搏斗”，以及在这一过程中生命里所交织的“最残酷的爱和最不忍的恨”，“繁漪是个最动人怜悯的女人，她不悔改，她如一匹执勤的马，毫不犹豫地踏着艰难的走道，她抓住周萍不放手，想重新拾起一堆破碎的梦而救出自己，因这条路也引向了死亡”(曹禺：《雷雨 · 序》)。周家是一潭死水，繁漪便在这死水上溅起涟漪，这涟“漪”让浮“萍”(周萍)乱了阵脚。她敢爱敢恨，努力争取独立与自由，向那个病态的时代挑战。然而她只是涟“漪”，改变不了“死水”，也绝不为“死水”所容忍。

繁漪之所以成为周家潜在的风险，“成为恶魔性因素”(陈思和《中国现当代文学十六讲》)，是因为不甘心嫁了一个不爱的老男人，并且这个男人也不爱她，反而将她当作病人，用药控制她。她精神挫伤，灵魂分裂，绝望幻灭，她从善女走向“恶女”“烈女”——

用一种乱伦的方式，纠缠大少爷，表达一种歇斯底里的恶毒抗争，目的是玉石俱焚，求得一同毁灭、破坏的快感，这孕育了她病态的疯狂。这是一种警醒，也是控诉！成为“五四”以来新女性在不自由的婚姻、家庭中挣扎求生的典型代表。

繁漪其实是有一个变化过程的，一开始的少妻配老夫，就一下子砸碎了一个受过新式教育、对爱和婚姻家庭有过浪漫梦想的女子的人生之梦。万念俱灰的她开始有了报复之心，背着乱伦的名义、勾引大少爷是她人生迈出的危险一步，但那一刻她抱定了玉石俱焚的念头。她在年轻的周萍身上找到了爱的安慰，在这个家庭里她有了一点活下去的热气儿；及至儿子周冲的出生和长大，她开始变得纠结，一方面她不怕毁掉这个绝望之家，甚至是同归于尽；另一方面她又顾忌儿子，没有一个好的家庭和爱的保护，周冲将如何是好。于是在母亲与情人的双重角色里，左右不适，两难选择，最后慢慢走向崩溃的边缘——整个人都疯掉了！

繁漪的身上到底是否潜藏着“恶魔性因素”？或许这样的诱因也是在繁漪不断恶化的生存感觉中挤压出来的。开始不惜一切代价不择手段地加以报复，是为自己的痛苦和伤害，甚至乱伦都不惜一搏，这里确实有邪“恶”的成分；后来儿子出生，她采取了隐忍，间或性爆发，便是基于母亲身份的一种顾虑。后来周萍移情别恋转向四凤，把她逼到悬崖边上，她才彻底放下了包袱，为挽救爱誓死抗争，最后失去了控制……

“也许爱与恨正是《雷雨》所要表达的主题，周朴园、鲁侍萍哪一个不是恩怨情仇，只是繁漪将爱与恨诠释得更加淋漓尽致罢了。”

周家大少爷**周萍的乱伦**，充满反封建的渴望，也是动摇周家封建大厦的一股邪恶力量。但最后在自由爱情的名义下，他归顺了，反而成为维护周家封建秩序的卫道士。

周萍也是《雷雨》中最可怜最猥琐的一个人物。出生在一个封建大家庭，寄养在他人家里，直到很大了才被接回家来，而家庭的环境沉闷得让他喘不过气。他始终是一个胆小软弱的存在。他反抗，却不能像周冲一样彻底；他妥协，却又良知未泯，不会成为周朴园那样的人；他摇摆不定，希望坚持操守，但又无法抗拒诱惑，因此比别人更痛苦不堪。

自小缺乏母爱，因此迷恋比他大不了几岁的继母“繁漪”。虽然这背后也有反叛、挑战父亲家长威权的微妙心理，但渴望爱还是主流。他最后又转爱母亲的女儿四凤（四凤长得像侍萍，身上有他母亲的影子）。他追求爱，其实说到底，是他一直在寻找母爱，他可能有很深的“恋母情结”（俄狄浦斯王式的情结）。她在两个女人之间辗转徘徊，无论他如何挣扎选择，都是一个乱伦的漩涡！

他的宿命是注定了的。“萍水相逢”，“萍水相依”，“萍”离不开“水”，他们是相辅相成的；但那“漪”托着“萍”，又冲击着“萍”，“萍”想摆脱这一宿命，当然不会是简单的事儿。周萍介乎传统与现代之间，备受人欲与人伦的双重煎熬，怀揣摆脱与追求的双向渴望。在两个女人之间委曲求全，苟且偷生。这一切注定要在雷雨之夜闹出事情来的。

“四凤”属于天外来客一类，她可以搅动一潭死水，掀起一串浪花，但动摇不了这个“水陆之家”。

她好似“天外飞仙”，空降人间，清新明媚，纯朴可人。既适合于“水”“陆”两栖，给这个昏暗、阴沉的家庭带来爱、光明和希望，也带来强烈的喧哗和骚动、惊恐与不安；她也可能与“水”“陆”两不相融，水土不服，终究被乌云和风暴所淹没。她是没有根基的，无凭无据，只能随风而逝。

她有如一只凤凰，一只灵鸟，天真单纯、充满活力，给“黑屋”里的少爷们带来了温暖和光亮。虽然她敢爱敢恨，但还是摆脱不了自己的命运，在那个“雷雨”之夜她被无情地摔得粉碎——这就是“错爱”的代价。宿命让他们邂逅，宿命让他们永离。好似凤凰涅槃，燃烧得轰轰烈烈，终究不过一场梦幻。

周冲，一个少不更事的理想主义者。“冲”字只有两点水，意味着受传统的制约少一点，当然反传统的力量也小一点。所以他是“冲”不破封建堡垒的。虽然他“冲”劲儿很足，且在剧中最为耀眼，但仅仅只是一个点缀。甚至是在复制当年的周朴园形象，让人们看到年轻的周家少爷曾经是怎样诱惑了一样纯朴的四凤她妈。

周冲是一个在新思想、新文化影响下成长起来的青年。他单纯清澈、富于幻想、生性浪漫、热情善良。像那段著名的独白一样，对甜蜜的爱情充满憧憬，对未来充满热情，痛恨不平等的社会，渴望改变现行世界。他和四凤是整出戏中最让人于心不忍的一对，他们年青的眼睛看不到掩藏在黑幕下的罪恶，甚至连自家的悲剧命运都一无所知。当他们的幼稚、乐观在残忍的现实面前被撞得头破血流时，一切为时已晚，只叫人扼腕叹息。

◎ 附：周冲那段著名的经典台词(剧中独白)

像是在一个冬天的早晨，非常明亮的天空，
……在无边的海上……哦，
有一条轻得像海燕似的小帆船，
在海风吹得紧，海上的空气闻得出有点腥，
有点咸的时候，白色的帆张得满满地，
像一只鹰的翅膀斜贴在海面上飞，飞啊，
向着天边飞……
那时天边上只淡淡地浮着两三片白云，
我们坐在船头，望着前面——
前面就是我们的世界。

鲁大海“矿工儿子”，除了角色有点错位(儿子反对老子)之外，形象相对单一，是个符号式的人物，也是剧中被寄予希望和光明的最合适的注脚。他是颠覆周家、砸碎旧世界

的“光明使者”。

他有着刚刚萌发的阶级意识，嫉恶如仇，泾渭分明，领导工人罢工坚决果断，对自己父亲这样的资本家毫不妥协，在他的身上显示着一个新生阶级的成长和壮大，他代表一种崭新的社会力量。和所有不满周家的人不一样，他有着可贵的阶级立场，这是超越个人立场代表那个时代的一股新的希望。作者注意到这股新生力量，并为它的崛起写下了赞美诗。只有一个阶级的崛起，才能形成一股不可战胜的浩荡洪流，待那一派汪洋汹涌到来时，必将冲垮“朴园”，冲决这个旧世界的罗网……

在《雷雨》剧中，所有这些名字都与人物的命运有着一种令人反复咀嚼的内涵关系，这恰是只有在文字的阅读之中才能被反复遭遇和感知的。创作者匠心独运，用心良苦，特别地设计了这种“文字的魅力”。这确实是曹禺的独到之处，颇有另一个曹姓大家《红楼梦》的风采。整部《雷雨》仿佛一首宏大的抒情诗，其中的许多台词都准确、完美地展现了人物的性格，抒发了人物的内心情感，不愧为一部划时代的经典之作。

(3)“善恶冲突”构成《雷雨》的核心命题。

整部《雷雨》自始至终基本上就是善与恶的较量，揭示了人性的深刻与复杂。它也是推动剧情走向深入、走向高潮的内存动力。“周”“鲁”两家主要还是基于30年前的恩怨、演绎善恶冲突的，主要对象是周朴园与鲁侍萍；此外，在繁漪的身上也同时上演着“善”与“恶”的冲突。

周朴园的“罪”与“恶”

周朴园抛弃侍萍与小儿，另娶门当户对的小姐不是罪，是恶，人性之恶！为了迎娶富家小姐，把侍萍赶出家门，多半是“父母之命，媒妁之言”。那是家长的意见，而不是周朴园自己的意志，那时，作为一个二十几岁、未谙世事的年轻人，面对家长强势的决定，他不能怎样。他能做的只有默默地承受，因为很多的事情都不是以他的意志为转移的，他能够支配的东西太少了。如果说侍萍被赶出周家，受尽苦难，而周本人又何常没有受到伤害呢？从后来周朴园的情感反馈里，可以感受到这一点。

作为一个从小在封建大家庭里长大的少爷，深受道德礼教的熏染，当时不可能为了争取自由和爱情奋起反抗，他没有这个勇气，更不会像《家》里的老三“觉新”那样有这种罕见的时代反抗意识。更何况周少爷与侍萍偷情了三年、有了两个孩子，风流多情的他还有可能喜新厌旧，始乱终弃，抛弃前爱，另迎新人——这更是人性之恶。

所以他后来用象征性的方式纪念着前妻（侍萍），看似还有点情意，其实那不是因为爱，也不是因为“善”，如果真是那样他完全可以用另外的方式，当然那是要付出巨大代价的方式。他其实可以，像托尔斯泰《复活》里男主人公聂赫留朵夫那样，那才是真正的忏悔。但他显然是做不到的。

那他是因为什么呢？因为他的“恶”，因为愧疚，让他良心不安，他用这种最廉价的方式、最轻松的方式，帮他自己卸下灵魂的重负求得平安。他为的是自己，他想把自己从内疚、自责的深渊里解脱出来——这里可见周的虚伪。但，这是一种正常的虚伪，是伪善，不是罪。

侍萍的“善”与“罪”

面对周朴园的“恶”和背叛，侍萍当然出离愤怒，她不会无动于衷，她对周家绝望至极，憎恨人性之恶，“恶有恶报”，所以她抱着刚出生三天的儿子跳河自杀，一了百了，想以此报复周家、报复这个黑暗的世界，对不公平命运做一次抗争！这一刻她的人性被扭曲了，孩子成了她的筹码。但轻易剥夺孩子的生命是不可饶恕的，是极端的行为，是“罪”(上升到法律层面)。虽然悲剧并没有发生，她和孩子均被救，但这个有意识的行为，表现出了生命里潜意识的“原罪”。这个非常类似《俄狄浦斯王》的命运悲剧情节。所以命中注定的惩罚是逃不掉的，这也为后面悲剧的发生埋下了伏笔。

30年后她碰巧来到周家，了解了事情真相，便远离周家，不回头不要钱，是自尊的觉醒、人格的独立，是死而复生的象征。也是以“善”报“恶”，是认命，但这不能改变命运的乖伶。

她呵护女儿四凤，想远离是非之地，是因为她预感到女儿与她相似的命运，她害怕女儿陷入可怕的身不由己的悲剧中！她想逃避命运，避免悲剧。她抗争命运失败、逃避命运还是失败，最后陷于命运的罗网。她的孩子(四凤)再度重演她的命运悲剧——这说明以“善”报“恶”，是阻止不了“恶”的发生，“善”“恶”无解，何以报善？

甚至可以说侍萍一味地向“善”，在某种程度上助长了“恶”的横行，最少也是掩盖了“恶”的暴露，以至产生更多的恶，最后发展到悲剧不可避免。所以无原则的“善”，可能会成为“恶”的帮凶，助长恶的气焰。

在人类文明史上，很多作家作品、宗教教义都是宣扬“善恶有报”(恶有恶报，善有善报，不是不报，时候未到)、“惩恶扬善”“积善成德”“从善如流，疾恶如仇”，都主张学以“至善”，似乎到达至善的境界，人间的一切都会美好如初。像托尔斯泰小说的《复活》所宣扬的“托尔斯泰主义”，就是一种“止恶扬善”的人道主义。列宁就此批评过：“仅靠他人人性复活和良心发现，来拯救苦难者的命运，会是一条可行之路吗？”

人道主义不是万能的，教义的圣意也只是一种引导，《雷雨》的创作者就是想设置一种无解的谜案，让人看到：“善”“恶”都属于人性的范畴，人性是不可考验的。善恶交织，互为因果。善不是化解罪或恶的良方。

那么什么样的方法才是正确之道呢？像她儿子(鲁大海)那样，追求阶级解放才是扭转个人命运的巨大力量，才是苦难者改变命运的有效药方。(曹禺20世纪30年代的这一认知确实具有预言性，因为十几年后一场历史性的改天换地大变革，真的发生了——《雷雨》这部作品几乎具有了预言家的神奇魅力！)

繁漪“善”“恶”之变

剧中繁漪是真正典型意义上的“恶之花”，她是个“恶”人，当然也是个受害者。她就像在黑暗之中铿然而泊的血莲，冷漠、诡异、妖艳。她将生命之火燃烧到白热化的那一刻，又使它化为乌有。

但她的“恶”不是一天成型的，而是有一个慢慢累积的过程，她是被逼上梁山的。有时代大环境(男尊女卑的礼教束缚)，也有家庭的因素。她嫁的那个男人不爱她，却不停歇地以关爱的名义控制她(这更像一剂慢性毒药)，整天将她当作病人，认定她“神经有问题”，不断用各种药煎熬她；周为了维护他一家之主、说一不二的地位，将她置于太太不像太太、佣人不是佣人的尴尬境地，导致她精神挫伤，灵魂分裂，希望幻灭。“上天负我，我负天下”，所以她才表现出强烈的报复心——以恶抗恶！以乱伦诱惑周萍，在绝望中采集爱的种子，播撒“罂粟之迷香”，让周萍迷途难返，掉入恶的深渊……

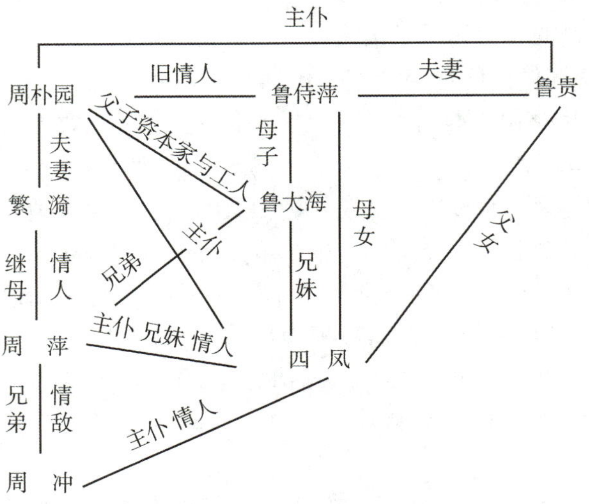

但是面对周冲，她又是善良的慈母，关心爱护着儿子的一切，处处为孩子着想，将一切不好的苗头扼杀在萌芽中；为了孩子的前途未来，她甚至隐忍苟活……左手为“恶”，右手执“善”，在大少爷面前扮演情人，在二少爷面前扮演母亲，她在善恶的两端踩着钢丝，如何能够持久？终究会有崩溃的那一天！

而周大少爷呢，自幼母爱缺失，是一个不完整家庭的受害者。被“爱”与“欲”双重绑架，始乱终弃，无论他在繁漪与四凤之间如何挣扎、进退，都摆脱不了乱伦之“恶”，差别只是“知”与“不知”而已。他想弃恶从善，最后却由恶走向了罪，走向不可救药的深渊。他是封建大家庭的牺牲者。

周冲的“善”与可能的“恶”

周冲看起来很热情很善良，阳光、纯净、充满希望，喜欢同样阳光、善良的四凤，他那一番理想主义的“宣言”很经典很诗情画意，在他的身上实在找不出恶的因子。他与四凤年龄相当，算得上是两小无猜，但即使是这样的周冲，“善”良的周冲也有可能孕育“恶”的因子——因为他有“光明的欲望”(陈思和《中国现当代文学十六讲》)，渴望付出自己的热情和爱。他的阳光、理想，并不在他自己掌控的范围之内，十几岁的年龄缺乏掌握自我命运的能力，更别说他人的命运！他很可能会诱惑一个单纯的女子与他一起踏入一个个未知的陷阱，最后造就不可挽回的恶果……

你能肯定当年的侍萍，就不是这样被“周公子”诱惑的？只是最后情感的发展，超出了他们的掌控能力，结果不得不任由悲剧的降临。现在的周冲很有可能就是当年的年轻的周朴园而已。善恶并不是主观施予的，它是人性中未知未测的深渊！

这样通过以上三种情形的“善恶因果”分析，可以发现“善恶冲突”构成了《雷雨》的剧情内核，是推动剧情发展的重要动力，也是作者体现自己创作(哲学)思想的完美方式。

◎ 编者注：

1) 曹禺堪称是20世纪中国最伟大的预言家，作家中的预言家。在上个世纪30年代，中国内忧外患、最暗无天日、凄风苦雨的时候，他准确地预言了“一个新世界将出现在前面”！这个十分令人震撼，果然差不多15年后，一个崭新的中国站起来了。

2) 他可不是信口胡诌，空谈臆想，他是用创作确立了他人生的信仰：在《雷雨》中他宣告了一个新生阶级——工人阶级的崛起，并认定他们是改造社会、改变劳苦大众命运的希望之光，阶级革命是冲破《雷雨》式悲剧的时代进步力量！因而《雷雨》几乎是一部充满寓言的作品，一个新中国的时代寓言！这也是《雷雨》这部作品最为神奇的地方——年青的曹禺显示出天才的政治远见。

3) 放眼整个世界文学史，具有如此灵验的时代眼光、能够拥有如此敏锐的时代洞察力、并最终创作出如此高水准的作品十分罕见。这也是《雷雨》最值得骄傲的地方。

三、作 家 简 介

曹禺(1910—1996年)，原名万家宝，字小石，祖籍湖北潜江，生于天津一个没落的封建官僚家庭，中国现代杰出的戏剧家。著有《雷雨》《日出》《原野》《北京人》等著名作品，他一生共写过8部剧本。

“曹禺”是他在1926年发表小说时第一次使用的笔名(姓氏“万”的繁体字的“草”字头谐音“曹”)。曹禺是“文明戏的观众，爱美剧的业余演员，左翼剧动影响下的剧作家”(孙庆升《曹禺论》)。这句话大致概括了曹禺的戏剧人生。

1922年秋，考入南开中学为二年级插班生。在校期间加入南开新剧团，积极参与各种戏剧活动。

1929年九月由南开大学转入清华大学西洋文学系二年级，在清华潜心钻研戏剧，广泛阅读从古希腊悲剧到莎士比亚戏剧及契诃夫、易卜生、奥尼尔的剧作，这为他后来的创作带来巨大影响。同年父亲中风病逝。

1933年，开始与郑秀热恋，夏秋之间创作四幕话剧《雷雨》，秋季应聘赴保定明德中学任英语教员。

1934年《雷雨》公开发表，并被搬上舞台，很快引起强烈反响，它不仅是曹禺的处女作，也是他的成名作和代表作。《雷雨》问世，在中国现代话剧史上具有极其重大的意义，它被公认为是中国现代话剧成熟的标志，曹禺先生也因此被誉为“东方的莎士比亚”。

1935年3月，著名电影演员阮玲玉自杀。曹禺甚表愤慨，于是创作经典名剧《日出》。1936年6月，与鲁迅、巴金等77人共同签署《中国文艺工作者宣言》。同年秋创作名剧《原野》。1937年5月，《日出》获“《大公报》文艺奖”。

1938年夏秋之间，与宋之的合作改编《全民总动员》，易名《黑字八十二》，同年10月上演。1940年，创作《蜕变》《正在想》和名剧《北京人》。

1942年，年初辞去国立剧专职务，由江安到重庆。后在复旦大学兼课，教授英语和外国戏剧。创作、改编四幕剧《家》和独幕剧《镀金》。

1943年1月，翻译莎士比亚名剧《柔密欧与幽丽叶》。1946年，与老舍一同赴美讲学。1947年电影剧本《艳阳天》完稿，自任导演，由文华公司拍摄。

1949年，在党组织安排下由香港抵烟台解放区。4月参加以郭沫若为团长的中国和平代表团，赴捷克首都布拉格参加世界和平大会。同年，中华全国文学艺术工作者联合会成立，当选为常务委员。

1951年，北京人民艺术剧院成立，任院长一职。1954年，发表《明朗的天》。

1960年，创作并完成历史剧《卧薪尝胆》，后易名为《胆剑篇》。1978年，五幕历史剧《王昭君》发表。1996年12月13日，因长期疾病，在北京医院辞世。

第四章　现当代文学之散文

现当代散文的发展轨迹

一、开天辟地的新时代

自新文化运动以来的创作中，除有很多政治性、社会性的论文之外，也出现了一些具有文学色彩的议论文字，像《新青年》刊登的李大钊的《青春》《今》，陈独秀的《偶象破坏论》等，便是最早成形的散文。

《新青年》从 1918 年 4 月起，就增设了“随感录”这个栏目，陆续发表陈独秀、刘半农、钱玄同等人撰写的短小精悍的评论文字，其中最精辟的文字是由鲁迅所撰，他尖锐地抨击封建专制制度和它所造成的腐化与愚昧，还进行了鞭辟入里的剖析，成为鞭挞反动派以及旧制度、旧思想的武器。这些议论性作品充满了深沉而炽热的感情，不仅思想深刻，在艺术上也很有魅力，将散文提到了前所未有的高度，后世通常称之为“杂文”。杂文经鲁迅的运用，在新文学运动中占有特殊重要的地位。

与此同时，还有不少重要的报刊也都增设类似的栏目，《每周评论》和《新生活》都设有“随感录”栏目，很有文学意味；1924 年创刊的《语丝》，登载的文字就“大抵以简短的感想和批评为主”(《发刊词》)，1925 年创刊的《莽原》，也是“为了进行文明批评和社会批评，继续撕去旧社会的假面”(鲁迅《两地书 · 一七》)。周作人和林语堂是《语丝》的重要始作俑者。它们的大量出现，促进了议论性散文的发展和繁荣，为现代散文开辟了广阔的道路。

二、陌上花开：抒情与叙事

抒情散文、叙事散文也有了很大的发展。

抒情性散文在五四时期常被称为“美文”，它的出现和成长，对于繁荣新文学创作有着重要的意义。冰心是较早撰写抒情性散文的作者，她经常赞颂的主题是母爱、童心和美好的大自然风光，她的《笑》《往事》与《寄小读者》，奠定了她在散文创作中的地位。朱自清也是一个重要的散文作家，他具有多种文字风格，在思想和艺术上进行了严肃认真的探索，创作了不少出色的小品散文，为中国现代散文的发展和繁荣作出了重要贡献。

第十八讲　朱自清的“美文”散文

朱自清《桨声灯影里的秦淮河》《荷塘月色》《背影》《春》

叙事性散文在 20 世纪 20 年代应运而生，并迅速地产生了比较成熟的作品，像瞿秋白的《饿乡纪程》和《赤都心史》都是经典作品，其后进一步发展便是 30 年代涌现出的大量报告文学作品，夏衍的《包身工》、宋之的《一九三六年春在太原》是尤为出色的篇章。

1927 年鲁迅《野草》的出版，1928 年《朝花夕拾》的问世，标志着散文诗的成熟。

三、闲适的自洽与战斗的檄文

在阵营对垒的30年代，林语堂1932年创办了《论语》、1934年出版《人间世》、1935年刊印《宇宙风》，提倡离开现实斗争的“幽默”“性灵”和“闲适”的小品文，形成一时风尚。

鲁迅和茅盾等左翼作家，及进步的文学刊物，则重视杂文，出版或登载积极、革命的文字，像小品文刊物《太白》。鲁迅这个时期的杂文更加犀利，涉及甚广，为了冲破反动派当局的严密文网，他不得不“带着枷锁的跳舞”(《且介亭杂文二集·后记》)，经常变换笔名，写得隐晦曲折，但他运用杂文这一武器达到了更加精湛、娴熟的地步。

主要杂文集有：《热风》《华盖集》《华盖集续编》《坟》《而已集》。

四、大散文时代

50年代中期，特别在“百花齐放、百家争鸣”的“双百”方针提出后，文艺界提出“复兴散文”的口号。散文创作开始趋向繁荣，一些老作家的抒情散文或游记，像老舍《养花》、冰心《小橘灯》、丰子恺《庐山面目》、钦文《鉴湖风景如画》、姚雪垠《惠泉吃茶记》等都脍炙人口。

魏巍的《谁是最可爱的人》成为影响最大的作品。他善于从大量素材中提取最有代表性的事件和人物，充分表现人物的精神意志和美好品质，并将深刻的思想与激越的诗情熔为一炉，从而大大激发了一代读者的热情。

以写作“战地报告”“英雄特写”见长的刘白羽，也转向抒情散文的创作，写下了著名的《长江三日》，吴伯箫《歌声》，以及后来的翦伯赞《内蒙访古》、李健吾《雨中登泰山》、杨朔《茶花赋》等……散文进入了一个大创作时代。

第十八讲　朱自清的“美文”散文

◎ 原文鉴赏

桨声灯影里的秦淮河

一九二三年八月的一晚，我和(俞)平伯同游秦淮河；平伯是初泛，我是重来了。我们雇了一只“七板子”，在夕阳已去，皎月方来的时候，便下了船。于是桨声汩——汩，我们开始领略那晃荡着蔷薇色的历史的秦淮河的滋味了。

秦淮河里的船，比北京万生园，颐和园的船好，比西湖的船好，比扬州瘦西湖的船也好。这几处的船不是觉着笨，就是觉着简陋，局促；都不能引起乘客们的情韵，如秦淮河的船一样。秦淮河的船约略可分为两种：一是大船；一是小船，就是所谓“七板子”。大船舱口阔大，可容二三十人。里面陈设着字画和光洁的红木家具，桌上一律嵌着冰凉的大理石面。窗格雕镂颇细，使人起柔腻之感。窗格里映着红色蓝色的玻璃；玻璃上有精致的花纹，也颇悦人目。“七板子”规模虽不及大船，但那淡蓝色的栏杆，空敞的舱，也足系人情思。而最出色处却在它的舱前。舱前是甲板上的一部，上面有弧形的顶，两边用疏疏的栏杆支着。里面通常放着两张藤的躺椅。躺下，可以谈天，可以望远，可以顾盼两岸的河房。大船上也有这个，但在小船上更觉清隽罢了。

舱前的顶下，一律悬着灯彩；灯的多少，明暗，彩苏的精粗，艳晦，是不一的，但好歹总还你一个灯彩。这灯彩实在是最能钩人的东西。夜幕垂垂地下来时，大小船上都点起灯火。从两重玻璃里映出那辐射着的黄黄的散光，反晕出一片朦胧的烟霭；透过这烟霭，在黯黯的水波里，又逗起缕缕的明漪。在这薄霭和微漪里，听着那悠然的间歇的桨声，谁能不被引入他的美梦去呢？只愁梦太多了，这些大小船儿如何载得起呀？我们这时模模糊糊的谈着明末的秦淮河的艳迹，如《桃花扇》及《板桥杂记》里所载的。我们真神往了。我们仿佛亲见那时华灯映水，画舫凌波的光景了。于是我们的船便成了历史的重载了。我们终于恍然秦淮河的船所以雅丽过于他处，而又有奇异的吸引力的，实在是许多历史的影象使然了。

秦淮河的水是碧阴阴的；看起来厚而不腻，或者是六朝金粉所凝么？我们初上船的时候，天色还未断黑，那漾漾的柔波是这样恬静，委婉，使我们一面有水阔天空之想，一面又憧憬着纸醉金迷之境了。等到灯火明时，阴阴的变为沉沉了：黯淡的水光，象梦一般；那偶然闪烁着的光芒，就是梦的眼睛了。我们坐在舱前，因了那隆起的顶棚，仿佛总是昂着首向前走着似的；于是飘飘然如御风而行的我们，看在那些自在的湾泊着的船，船里走马灯般的人物，便象是下界一般，迢迢的远了，又象在雾里看花，尽朦朦胧胧的。这时我们已过了利涉桥，望见东关头了。沿路听见断续的歌声：有从沿河的妓楼飘来的，有从河上船里度来的。我们明知那些歌声，只是些因袭的言词，从生涩的歌喉里机械的发出来的；但它们经了夏夜的微风的吹漾的水波的摇拂，袅娜着到我们耳边的时候，已经不单是她们的歌声，而混着微风和河水的密语了。于是我们不得不被牵惹着，震撼着，相与浮沉于这歌声里了。从东关头转湾，不久就到大中桥。大中桥共有三个桥拱，都很阔大，俨然是三座门儿；使我们觉得我们的船和船里的我们，在桥下过去时，真是太无颜色了。桥砖是深褐色，表明它的历史的长久；但都完好无缺，令人太息于古昔工程的坚美。桥上两旁都是木壁的房子，中间应该有街路？这些房子都破旧了，多年烟熏的迹，遮没了当年的美丽。我想象秦淮河的极盛时，在这样宏阔的桥上，特地盖了房子，必然是髹漆得富富丽丽的；晚间必然是灯火通明的，现在却只剩下一片黑沉沉！但是桥上造着房子，毕竟使我们多少可以想见往日的繁华；这也慰情聊胜于无了。过了大中桥，便到了灯月交辉，笙歌彻夜的秦淮河，这才是秦淮河的真面目哩。

大中桥外，顿然空阔，和桥内两岸排着密密的人家的景象大异了。一眼望去，疏疏的林，淡淡的月，衬着蔚蓝的天，颇象荒江野渡光景；那边呢，郁丛丛的，阴森森的，又似乎藏着无边的黑暗：令人几乎不信那是繁华的秦淮河了。但是河中眩晕着的灯光，纵横着的画舫，悠扬着的笛韵，夹着那吱吱的胡琴声，终于使我们认识绿如茵陈酒的秦淮水了。此地天裸露着的多些，故觉夜来的独迟些；从清清的水影里，我们感到的只是薄薄的夜——这正是秦淮河的夜。大中桥外，本来还有一座复成桥，是船夫口中的我们的游迹尽处，或也是秦淮河繁华的尽处了。

我的脚曾踏过复成桥的脊，在十三四岁的时候。但是两次游秦淮河，却都不曾见着复成桥的面；明知总在前途的，却常觉得有些虚无缥缈似的。我想，不见倒也好。这时正是盛夏。我们下船后，借着新生的晚凉和河上的微风，暑气已渐渐消散；到了此地，豁然开朗，身子顿然轻了——习习的清风荏苒在面上，手上，衣上，这便又感到了一缕新凉了。南京的日光，大概没有杭州猛烈；西湖的夏夜老是热蓬蓬的，水象沸着一般，秦淮河的水却尽是这样冷冷地绿着。任你人影的憧憧，歌声的扰扰，总象隔着一层薄薄的绿纱面幂似的；它尽是这样静静的，冷冷的绿着。我们出了大中桥，走不上半里路，船夫便将船划到一旁，停了桨由它宕着。他以为那里正是繁华的极点，再过去就是荒凉了；所以让我们多多赏鉴一会儿。他自己却静静的蹲着。他是看惯这光景的了，大约只是一个无可无不可。这无可无不可，无论是升的沉的，总之，都比我们高了。

那时河里闹热极了；船大半泊着，小半在水上穿梭似的来往。停泊着的都在近市的那一边，我们的船自然也夹在其中。因为这边略略的挤，便觉得那边十分的疏了。在每一只船从那边过去时，我们能画出它的轻轻的影和曲曲的波，在我们的心上；这显着是空，且显着是静了。那时处处都是歌声和凄厉的胡琴声，圆润的喉咙，确乎是很少的。但那生涩的，尖脆的调子能使人有少年的，粗率不拘的感觉，也正可快我们的意。况且多少隔开些儿听着，因为想象与渴慕的做美，总觉更有滋味；而竞发的喧嚣，抑扬的不齐，远近的杂沓，和乐器的嘈嘈切切，合成另一意味的谐音，也使我们无所适从，如随着大风而走，这实在因为我们的心枯涩久了，变为脆弱；故偶然润泽一下，便疯狂似的不能自主了。但秦淮河确也腻人。即如船里的人面，无论是和我们一堆儿泊着的，无论是从我们眼前过去的，总是模模糊糊的，甚至渺渺茫茫的；任你张圆了眼睛，揩净了眦垢，也是枉然。这真够人想呢。在我们停泊的地方，灯光原是纷然的；不过这些灯光都是黄而有晕的。黄已经不能明了，再加上了晕，便更不成了。灯愈多，晕就愈甚；在繁星般的黄的交错里，秦淮河仿佛笼上了一团光雾。光芒与雾气腾腾的晕着，什么都只剩了轮廓了；所以人面的详细的曲线，便消失于我们的眼底了。但灯光究竟夺不了那边的月色；灯光是浑的，月色是清的。在浑沌的灯光里，渗入一派清辉，却真是奇迹！那晚月儿已瘦削了两三分。她晚妆才罢，盈盈的上了柳梢头。天是蓝得可爱，仿佛一汪水似的；月儿便更出落得精神了。岸上原有三株两株的垂杨树，淡淡的影子，在水里摇曳着。它们那柔细的枝条浴着月光，就象一支支美人的臂膊，交互的缠着，挽着；又象是月儿披着的发。而月儿偶尔也从它们的交叉处偷偷窥看我们，大有小姑娘怕羞的样子。岸上另有几株不知名的老树，光光的立着；在月光里照起来，却又俨然是精神矍铄的老人。远处——快到天际线了，才有一两片白云，亮得现出异彩，象是美丽的贝壳一般。白云下便是黑黑的一带轮廓；是一条随意画的不规则的曲线。这一段光景，和河中的风味大异了。但灯与月竟能并存着，交融着，使月成了缠绵的月，灯射着渺渺的灵辉，这正是天之所以厚秦淮河，也正是天之所以厚我们了。

这时却遇着了难解的纠纷。秦淮河上原有一种歌妓，是以歌为业的。从前都在茶舫上，唱些大曲之类。每日午后一时起，什么时候止，却忘记了。晚上照样也有一回，也在黄晕的灯光里。我从前过南京时，曾随着朋友去听过两次。因为茶舫里的人脸太多了，觉得不大适意，终于听不出所以然。前年听说歌妓被取缔了，不知怎的，颇涉想了几次——却想不出什么。这次到南京，先到茶舫上去看看，觉得颇是寂寥，令我无端的惆怅了。不料她们却仍在秦淮河里挣扎着，不料她们竟会纠缠到我们，我于是很张皇了，她们也乘着

"七板子"，她们总是坐在舱前的。舱前点着石油汽灯，光亮眩人眼目：坐在下面的，自然是纤毫毕见了——引诱客人们的力量，也便在此了。舱里躲着乐工等人，映着汽灯的余辉蠕动着；他们是永远不被注意的。每船的歌妓大约都是二人；天色一黑，她们的船就在大中桥外往来不息的兜生意。无论行着的船，泊着的船，都是要来兜揽的。这都是我后来推想出来的。那晚不知怎样，忽然轮着我们的船了。我们的船好好的停着，一只歌舫划向我们来了；渐渐和我们的船并着了。烁烁的灯光逼得我们皱起了眉头；我们的风尘色全给它托出来了，这使我不安了。那时一个伙计跨过船来，拿着摊开的歌折，就近塞向我的手里，"点几出吧!"他跨过来的时候，我们船上似乎有许多眼光跟着。同时相近的别的船上也似乎有许多眼睛炯炯的向我们船上看着。我真窘了！我也装出大方的样子，向歌妓们瞥了一眼，但究竟是不成的！我勉强将那歌折翻了一翻，却不曾看清了几个字；便赶紧递还那伙计，一面不好意思地说："不要。我们……不要。"他便塞给平伯，平伯掉转头去，摇手说："不要。"那人还腻着不走。平伯又回过脸来，摇着头道，"不要!"于是那人重到我处。我窘着再拒绝了他。他这才有所不屑似的走了。我的心立刻放下，如释了重负一般。我们就开始自白了。

我说我受了道德律的压迫，拒绝了她们；心里似乎很抱歉的。这所谓抱歉，一面对于她们。一面对于我自己。她们于我们虽然没有很奢的希望；但总有些希望的。我们拒绝了她们，无论理由如何充足，却使她们的希望受了伤；这总有几分不做美了。这是我觉得很怅怅的。至于我自己，更有一种不足之感。我这时被四面的歌声诱惑了，降伏了；但是远远的，远远的歌声总仿佛隔着重衣搔痒似的，越搔越搔不着痒处。我于是憧憬着贴耳的妙音了。在歌舫划来时，我的憧憬，变为盼望；我固执的盼望着，有如饥渴。虽然从浅薄的经验里，也能够推知，那贴耳的歌声，将剥去了一切的美妙；但一个平常的人象我的，谁愿凭了理性之力去丑化未来呢？我宁愿自己骗着了。不过我的社会感性是很敏锐的；我的思力能拆穿道德律的西洋镜，而我的感情却终于被它压服着。我于是有所顾忌了，尤其是在众目昭彰的时候。道德律的力，本来是民众赋予的；在民众的面前，自然更显出它的威严了。我这时一面盼望，一面却感到了两重的禁制：一，在通俗的意义上，接近妓者总算一种不正当的行为；二，妓是一种不健全的职业，我们对于她们，应有哀矜勿喜之心，不应赏玩的去听她们的歌。在众目睽睽之下，这两种思想在我心里最为旺盛。她们暂时压倒了我的听歌的盼望，这便成就了我的灰色的拒绝。那时的心实在异常状态中，觉得颇是昏乱。歌舫去了，暂时宁静之后，我的思绪又如潮涌了。两个相反的意思在我心头往复：卖歌和卖淫不同，听歌和狎妓不同，又干道德甚事？——但是，但是，她们既被逼的以歌为业，她们的歌必无艺术味的；况她们的身世，我们究竟该同情的。所以拒绝倒也是正办。但这些意思终于不曾撇开我的听歌的盼望。它力量异常坚强；它总想将别的思绪踏在脚下。从这重重的争斗里，我感到了浓厚的不足之感。这不足之感使我的心盘旋不安，起坐都不安宁了。唉！我承认我是一个自私的人！平伯呢，却与我不同。他引周启明先生的诗，"因为我有妻子，所以我爱一切的女人；因为我有子女，所以我爱一切的孩子。"他的意思可以见了。他因为推及的同情，爱着那些歌妓，并且尊重着她们，所以拒绝了她们。在这种情形下，他自然以为听歌是对于她们的一种侮辱。但他也是想听歌的，虽然不和我一样。所以在他的心中，当然也有一番小小的争斗；争斗的结果，是同情胜了。至于道德律，在他是没有什么的；因为他很有蔑视一切的倾向，民众的力量在他是不大觉着的。这时他的心意的活动比较简单，又比较松弱，故事后还怡然自若；我却不能了。这里平伯又比我高了。

在我们谈话中间，又来了两只歌舫。伙计照前一样的请我们点戏，我们照前一样的拒绝了。我受了三次窘，心里的不安更甚了。清艳的夜景也为之减色。船夫大约因为要赶第二趟生意，催着我们回去；我们无可无不可的答应了。我们渐渐和那些晕黄的灯光远了，只有些月色冷清清的随着我们的归舟。我们的船竟没个伴儿，秦淮河的夜正长哩！到大中桥近处，才遇着一只来船。这是一只载妓的板船，黑漆漆的没有一点光。船头上坐着一个妓女；暗里看出，白地小花的衫子，黑的下衣。她手里拉着胡琴，口里唱着青衫的调子。她唱得响亮而圆转；当她的船箭一般驶过去时，余音还袅袅的在我们耳际，使我们倾听而向往。想不到在弩末的游踪里，还能领略到这样的清歌！这时船过大中桥了，森森的水影，如黑暗张着巨口，要将我们的船吞了下去。我们回顾那渺渺的黄光，不胜依恋之情：我们感到了寂寞了！这一段地方夜色甚浓，又有两头的灯火招邀着；桥外的灯火不用说了，过了桥另有东关头疏疏的灯火。我们忽然仰头看见依人的素月，不觉深悔归来之早了！走过东关头，有一两只大船湾泊着，又有几只船向我们来着。嚣嚣的一阵歌声人语，仿佛笑我们无伴的孤舟哩。东关头转湾，河上的夜色更浓了；临水的妓楼上，时时从帘缝里射出一线一线的灯光；仿佛黑暗从酣睡里眨了一眨眼。我们默然的对着，静听那汩——汩的桨声，几乎要入睡了；朦胧里却温寻着适才的繁华的余味。我那不安的心在静里愈显活跃了！这时我们都有了不足之感，而我的更其浓厚。我们却又不愿回去，于是只能由懊悔而怅惘了。船里便满载着怅惘了。直到利涉桥下，微微嘈杂的人声，才使我豁然一惊；那光景却又不同。右岸的河房里，都大开了窗户，里面亮着晃晃的电灯，电灯的光射到水上，蜿蜒曲折，闪闪不息，正如跳舞着的仙女的臂膊。

我们的船已在她的臂膊里了；如睡在摇篮里一样，倦了的我们便又入梦了。那电灯下的人物，只觉得象蚂蚁—般，更不去萦念。这是最后的梦；可惜的是最短的梦！黑暗重复落在我们面前，我们看见傍岸的空船上一星两星的，枯燥无力又摇摇不定的灯光。我们的梦醒了，我们知道就要上岸了；我们心里充满了幻灭的情思。

一九二三年十月十一日作完，于温州。

一、名篇解析

《桨声灯影里的秦淮河》是一篇十分有趣的作品，是朱自清与友人俞平伯同游秦淮河时所作的散文，两位散文大家同时创作了这篇同名作品，各具风情，别有意兴，堪称一段文坛佳话。

该文发表于1924年1月25日《东方杂志》。这篇文章记述的是夏夜泛舟秦淮河上的见闻感受：敏感而多思、暧昧而羞怯，哀怨而失落，一对文人游览秦淮河时的复杂心情感受，真实细腻得令人无比动容。作者将自己的感情与思绪，融合在风景人物描写之中，使读者真切地感受到作者的思想情感的起伏、曲折，韵味悠长，欲说还休……这篇散文标志着“五四”散文创作达到了较高的艺术成就。

这篇著名游记，写于五四运动之后，文化领域日渐寂寥冷落。身为新文学的弄潮儿的两位作家，想借游览秦淮河这一文化故地，放松心情找到一点寄托，滋润自己枯竭的心灵，慰藉受伤的灵魂。但是在游览的过程中，在灯影闪烁、笙歌彻夜的秦淮河上，亲身感受到新旧文化的两种错位，时代和环境的两种不协调。两位作家乘兴而来，惆怅而去；深有感触，心有不甘，便相约写下这篇同题散文。

“秦淮河”是中国明清时代的文化昌盛之地，也是历来文人墨客心中的精神故乡，而不仅是一般的旅游景点。明末清初“秦淮八艳”光彩照人的美丽传说与文人名士的风流传奇共同谱写了一曲秦淮河的浪漫猗情，散发着诱人的文化底色。

值此特定环境，借由暮色的掩饰之下，两位文人开始游历秦淮河，借助小船进入“幻梦”般的精神世界，通过水光月色的阴暗不定，表达内心的惆怅不安。歌妓的出现使得畅神移情的游览被迫中止而不得不回归现实。作者情感的生成既源于秦淮河这一特殊的环境，更与情感的独特经历密不可分。风云乱世，落寞文人，不再有携妓纵酒、狂论天下的豪情；“六朝金粉”、纸醉金迷的秦淮河风光难再；昔日的名士风流不得不随着历史长河的流淌而消隐无形了……这其实是这篇作品的核心和要害！

本文“形散而神不散”——从作者与友人一起雇“七板子”（一种小驳船）游秦淮河写起，巧妙地以“桨声”“灯影”为行文线索，由“利涉桥”到“大中桥”外，自夕阳西下到素月依人，描写了完整的游览行程，形成了明确的时空顺序，同时又紧紧抓住作者的情感起伏一线贯串——在开始的游程中，作者的心境是平静的，从容品味，赏心悦目，陶醉于秦淮河入夜的景色；并在描绘灯影、水色和月光时，将自己喜悦的感情灌注了进去；而后秦淮河中的妓船（人）的出现，使作者“遇着了难解的纠纷”，文章就此出现了一个大转折——作者的心绪遭遇变化，由对美景的欣赏沉醉转为现实难堪的怅惘；而文章的后半部分，在表现自己失落、“幻灭的情思”中，为读者留下了一言难尽的回味空间……

朱自清是写景的高手，状物抒情不动声色，这篇散文自不例外。其高明之处就是作者紧扣秦淮河夏夜的特点，将月光、灯火、水色等景致作为描写对象，其中又以灯光为重点，不仅细致地描写了不同时间、不同水域的灯光、河水、月亮三者的变化，而且还表现了华灯映水，灯月交辉的独特意境，使读者也能品出许多独特新异的滋味——正是在这种美景抒情的烘托之下，彰显了怅然若失的内心落寞！

> 朱自清通过文字的描绘，构成油画般的景观效果，“这不仅需要他在描述自然景色时，有自己细致独到的观察，还得运用泼墨似的技法作出充分的勾勒；这种工笔画的风格，也还需要他的辞藻来得华美、明艳和精雕细刻，只有像这样的文字本身，才能够保证他画幅中的许多形象，达到十分精确、丰满和浑厚的超度。他这些经过了千锤百炼的文字，尽管是够华丽和明艳的了，却又一点儿不显出雕琢的痕迹，在这些读起来琅琅上口，颇有情韵的文字底下，更显得是蕴藏了十分饱满的形象，他尽力用文采去渲染和烘托形象，而不是用这来损害它，这正是他运用辞藻的高超之处”。

文章的结尾，作者用细腻繁复的文字抒写了游后满腹的惆怅和复杂心情——今日的秦淮河似乎繁华依旧，然而物是人非，时过境迁，触景生情不免是淡淡的哀愁，而这哀愁又来自对繁华背后的不幸人生的同情。作者对歌妓一直心怀愧疚、过意不去，更多的是对歌妓局促人生命运的怜惜，有一种“同是天涯沦落人”的认同感。“拒绝了她们，无论理由如何充足，却使她们的希望受了伤；这总有几分不做美了。”本来期望游览“秦淮河”，温故而知新，找到某种寄托或解脱，不料“遇见了唱着清歌载妓的船，使作者感到了寂寞。”而在追寻“明末秦淮河的艳迹”的整个过程中，反射出的深沉的历史思考，让作者黯然神伤——“这是最后的梦；可惜是最短的梦！”“黑暗重复落在我们面前，我们看见彼岸的空船上一星两星的，枯燥无力又摇摇不定的光。”

这种梦幻似的痛苦，是作者为歌妓命运的不平与呐喊，也是对自我懦弱行为的一种否定，但也不知如何是好，这一刻内心十分复杂，想不出一个头绪来，乃至“心里充满了幻灭的情思”…… 而后又通过自我内心的剖析，来写自己对人性与道德律的思考等等。一个矛盾纠结的文人形象，跃然纸上，在这般反复诉说中，似乎达成了一种心灵上的和解……

文人此刻被置于一个十分尴尬的位置上。新时代的文人与旧时代的传统风尚在此“交错”——却了无结果，秦淮风雅如何再现？其实这真实反应了一个时代的精神面貌：原来那种男尊女卑、女性随意被视为玩偶(哪怕是高级陪衬)的时代已经一去不复返了；再骄傲的文人也不再拥有那种恣情狂放、风流自负的豪情自信了。

总体来说，朱自清《桨声灯影里的秦淮河》堪称经典，这篇文章不在华美的文采与精密的构思上，而是在复杂惆怅、欲说还休的意味中流露出了一个文人的真实人性。“五四”新时代文人遭遇了传统的风情文化挑战，显得局促不安、困顿茫然——这恰恰是“五四”时期文人知识分子的真实心境。何去何从？他一直不得解脱，并一直陷入没完没了的纠结中，这种真实的矛盾表现十分可爱，准确地记述了一个文人的心路历程。这是一个时代的象征，文化上的断裂使得那个时代的知识分子处在一种左右不适的尴尬中，成为一种意味深长的文化景观，引发后来者的思考，因而成为“五四”散文创作一个成功的标本。

二、朱自清散文三大特色

朱自清是中国现代文学史上卓有成就的散文大家，也是“五四”新文学继冰心之后又一位代表性的小品文作家。他以唯美、纯情的“美文”散文的创作，打破了复古派文人认为白话不能创作精品“美文”的胡话，彻底扭转了白话文粗俗、低级、难登大雅之堂的传统偏见。他在传统美文的基础上，融合“五四”文化的新潮，以娴熟高超的技巧和缜密细致的风格，独创了具有中国民族特性的散文体制和美学准则，为白话文证明，为白话散文(现代散文)创造了新的典范，开创了一个别有洞天的艺术世界，具有极高学术成就。

他的散文显示了新文学强大的艺术感染力和生命力，具有三大显著特征：

(1)诗意的浪漫，唯美。朱自清写得最多也最为人称道的是写景抒情的篇什，他的笔触细腻而敏感，娇弱而多情，整体呈现出一种特有阴柔气质，特别适合散文这一种文体风格。其实他骨子里延续的还是中国传统文化那一脉高贵典雅的气息，在新文学中的现实应用。如记述秦淮河畔风情的《桨声灯影里的秦淮河》，写得绮丽纤秾；《荷塘月色》则运用对于音乐和色彩的感受，进行巧妙的比喻和联想；深情呼唤的《春》、依依惜别的《匆匆》和《歌声》，大都赋予了拟人化的情感色彩……这些贮满诗情画意的文字，新异独到、婉约别致，文情并茂，脍炙人口，在艺术上呈现出绚丽多姿的色彩。

(2)挚爱的情怀，纯真。主要描写个人和家庭生活，表现父子、夫妻、朋友间的人伦之情，具有浓厚的人情味，如《背影》《给亡妇》《哀韦杰三君》，这一时期，朱自清散文的情致和风采虽稍逊于早期，不似过去那般华美流畅、丰姿绰约，但构思的精巧、态度的虔诚令人莫名震撼，文学的口语化则更为自然、洗练。以朴实无华的文字，真挚强烈的感情，表达了亲情之爱人性之美，感天动地。像《背影》以白描的文字，勾画了家庭遭到变故、父子离别的凄切场面。这一寻常场景却写得一波三折，柔肠百转，情意绵绵，“做到了文质并茂，全凭真感受真性情取胜”(叶圣陶《朱自清新选集序》)。

(3)时代的感伤，忧思。主要是叙事性和抒情性的小品文，如《温州的踪迹》《旅行杂记》《海行杂记》，以写社会生活抨击黑暗现实为主要内容。自1928年至1931年这一时期，朱自清的散文着力于揭示社会的黑暗、军阀的暴行和帝国主义的罪恶，寄寓着大革命失败后、在黑暗现实面前他怅然若失的寂寥和郁闷，对被压迫者、被损害者寄予深切同情，表现出强烈的忧国忧民情怀、可贵的人道主义精神和反帝反封建的民主思想。

一个作家如果仅只局限于“小我”，也可能写出精致一时的美文，但若以写散文而成一代大家，作家必须是“时代的一面镜子”，作品必须反映时代的变幻风云，并留下那个时代最真切的声音。后一类散文，是朱自清最拿手的最出色的。其散文素朴缜密、清隽沉郁，以语言洗练，文笔清丽著称，富有真情实感。他追求一个“真”字，以真挚的感情，写自己的所见所闻所思所感，求得逼真的艺术效果。“真”是朱自清散文的艺术核心。讲真话，写真情，描绘实景，是他散文艺术的独特成就。

“出淤泥而不染，濯清涟而不妖。”朱自清是中国旧时代知识分子中的典型代表，他曾是一个清高的自由主义者，不热衷政治活动、甚至刻意与政治疏离。但是他又是一个极具正义感、追求真理的新时代文人。“朱自清”之名是他1917年报考北京大学时改用的，典出《楚辞·卜居》“宁廉洁正直以自清乎”，意思是廉洁正直使自己保持清白。之所以选“自清”作为自己的名字，其意是勉励自己在困境中洁身自好，不同流合污，坚守知识分子清白人格。他同时还取字“佩弦”。“佩弦”出自《韩非子·观行》“董安于之性缓，故佩弦以自急”，意为弓弦常紧张，性缓者佩弦以自警。但在大时代的暴风骤雨中，在黑暗现实的教育下和爱国民主运动的推动下，他被逼上了“民主战士”之路，将一个作家的风骨定格在作品之上。

三、作品汇集

出版时间	作品	作品类别
1922 年	《雪朝》	诗集
1923 年	《毁灭》	长诗
1924 年	《踪迹》集	诗和散文
1928 年	《背影》	散文
1930 年	《春》	散文
1934 年	《欧游杂记》	散文
1936 年	《你我》	散文
1943 年	《匆匆》	散文
1944 年	《伦敦杂记》	散文
1945 年	《国文教学》	论文集
1946 年	《经典常谈》	论文集
1947 年	《诗言志辨》《新诗杂谈》	诗论
1948 年	《标准与尺度》《语文拾零》《论雅俗共赏》	杂文集

四、作家简介

朱自清(1898 年 11 月 22 日—1948 年 8 月 12 日)，原名自华，号秋实，后改名自清，字佩弦。原籍浙江绍兴，出生于江苏省东海县(今连云港市东海县平明镇)。现代著名散文家、诗人、学者、民主战士。

1912 年进入江苏省立第八中学(今扬州中学)学习。1916 年考入北京大学预科，1917 年升入本科哲学系。在北大期间，积极参加“五四”爱国运动，嗣后又参加北大学生为传播新思想而组织的平民教育讲演团。其间与武仲谦结婚。

1919 年开始发表诗歌，他以清新明快的诗作，在诗坛上显出自己的特色价值。1919

年 2 月出版处女作诗集《睡吧，小小的人》。

1920 年修完课程，从北大哲学系提前毕业，先在杭州第一师范、江苏省立第八中学任教。积极参加新文学运动，成为文学研究会的早期会员。

1922 年商务印书馆出版了文学研究会 8 位诗人的合集《雪朝》第一集，内收朱自清的诗作 19 首。还参与发起新文学史上第一个诗歌团体“中国新诗社”和创办第一个诗歌杂志《诗》月刊等工作，支持由青年学生组成的“湖畔诗社”及“晨光文学社”的活动。

1923 年朱自清发表了近 300 行的抒情长诗《毁灭》，表明自己对生活的严肃思考和“一步步踏在土泥上，打上深深的脚印”，在当时有较大影响。

1924 年，诗和散文集《踪迹》出版。1925 年任清华大学中文系教授，开始从事文学研究，创作方面则转为以散文为主。

1928 年第一本散文集《背影》出版，以平淡朴素而又清新秀丽的优美文笔独树一帜。

1931 年 8 月，朱自清留学英国，进修语言学和英国文学；后又漫游欧洲五国；1932 年 7 月回国，任清华大学中国文学系主任，与闻一多同事一起论学。

1932 年 8 月，朱自清携第二任妻子陈竹隐回扬州省亲，并在上海举办婚礼。8 月底，朱自清赴欧洲游学，出版《欧游杂记》和《伦敦杂记》，都是用印象的笔法写成的两部游记。

1935 年编辑《〈中国新文学大系〉诗集》并撰写《导言》。翌年出版散文集《你我》，其中《给亡妇》娓娓追忆亡妻武钟谦生前种种往事，是著名篇章。

抗战爆发后，朱自清随清华大学南下，辗转至昆明，任西南联大中文系主任，并当选为中华全国文艺界抗敌协会理事。在抗战的艰苦岁月里，他认真严谨地从事教学和文学研究，与叶圣陶合著《国文教学》教材。

1946 年，好友李公朴、闻一多先后遇害，使他震动和悲愤。他出席成都各界举行的惨案追悼大会，并报告闻一多生平事迹，担任“整理闻一多先生遗著委员会”召集人。

在反饥饿、反内战的斗争中，他身患重病，签名于《抗议美国扶日政策并拒绝领取美援面粉宣言》，始终保持着一个正直的爱国知识分子的气节和情操。1948 年 8 月 12 日，因严重的胃溃疡不幸病逝，享年 50 岁。

朱自清的风骨气节，被作为知识分子的代表赢得了毛泽东的高度评价，“闻一多拍案而起，横眉怒对国民党的手枪，宁可倒下去，不愿屈服。朱自清一身重病，宁可饿死，不领美国的救济粮。”（毛泽东《别了，司徒雷登》）“我们应当写闻一多颂，写朱自清颂，他们表现了我们民族的英雄气概。”（《毛泽东选集》第 4 卷，1499 页）

编 后 记

最开始接手编著这本教材时，并没有觉得有特别大的压力，或者说还有那么一点点自信。毕竟从事这方面的教学和研究的时间不短了，从 1986 年进复旦大学中文系开始接受文学专业学习至今，已经有 35 个年头了，一直不曾间断。且所遇皆名师，鄂基瑞先生教授过中国现代诗歌，陈思和先生讲授现代中国小说，余秋雨先生曾教过我们一段戏剧文学，程光炜先生曾指点过我的诗歌创作；更为关键的是我们相当长的一段时间选用的教材，即是陈思和老师编写的《现当代文学名篇十八讲》(北大版)……所以面对这门课程，曾一度信心满满，感觉优势无限，等到真的沉潜下去，便发现一个又一个深坑，我们顿时四眼迷茫。

"纸上得来终觉浅，事非经过不知难。"当我们开始编写各位名家大师的作品时，这才知道现当代文学的敏感性不是一般的课目可以比拟的，惊恐之余手足无措，最后还在武汉大学出版社尊敬的编辑、专家们的指导下，一点点地克服，才慢慢如释重负。当然一定还有不少不尽如人意的地方，会在再版时做进一步的修改或完善。在此特向对本书有帮助的诸多学界专家、同行和青年才俊，致以诚挚的感谢!

1931 年胡适出任北大文学院院长时，曾强调"文学有三个方面：一是历史的，二是创造的，三是鉴赏的。历史的研究固然重要，但创造方面更是要紧，而鉴赏与批评也是不可偏废的。"在这本书中，我们基本上秉持了这个编辑原则：历史的，创造的，鉴赏的。所以对很多作家、作品的介绍分析，基本上遵循了"三个部分"的模式，形成了一个所谓的"常用体例"。简单、直接。究其原因，还是不想在所谓的结构上煞费苦心、空耗精力，文学的最终目标，是要帮助具体个体建立起生命的自我认知价值——这才是最值得看重的。

本书之所以能作为教材尝试出版，首先得感谢湖北美术学院始终如一地推行"教材资助项目"；也感谢武汉大学出版社台前幕后的编辑们的辛勤努力，他们为此书的出版煞费苦心，反反复复，真的令人钦佩不已；最后得郑重地感激上述授业先生，求学时真的没想到将来要从事教师这份职业，如果知道，绝对会好好学习刻苦钻研以不负诸位大师的盛名，现在只能是羞涩无言、惭愧有加了。

"风雨如晦，鸡鸣不已。"在此我们将真诚的祝福一一奉献于他们，还有那些被借用了精彩言论或观点的未被署名的作者们!

编 者

2022 年 3 月 28 日昙华林